아이들은 도대체
어디로 달려가는 것일까

소금북 소설선 · 005

아이들은 도대체
어디로 달려가는 것일까

ⓒ박여은, 2026. printed in seoul, Korea

초판 1쇄 인쇄 2026년 1월 15일
초판 1쇄 발행 2026년 1월 20일
지은이 박여은
펴낸이 박옥실
디자인 유재미 정지은

펴낸곳 소금북
출판등록 2015년 03월 23일 제447호
발행처 춘천시 행촌로 11, 109-503 (우24454)
편집·인쇄 주식회사 정문프린팅

구입문의 ☎ 010-5211-1195, 010-9263-5084

ISBN 979-11-91210-24-8 03810

값 20,500원

소금북 소설선 005

아이들은 도대체
어디로 달려가는 것일까

박여은 장편소설

소금북
sogeumbook

1960년대 부산의 영도다리가 빤히 보이는 바닷가의 골목 동네 사람들은 다닥다닥 등 붙이며 살았습니다. 옆집과 옆집 그리고, 그 옆집과 옆집이 마치 같은 울타리를 가진 사람들처럼 그렇게 기대고 살았습니다.

태풍이라도 불어닥치면 고단한 가장들이 서로의 허술한 지붕을 동아줄로 엮으며 지붕이 날아가지 않도록 애를 썼습니다. 장마가 진 날이면 조리나 딸딸이 슬리퍼를 신은 채 현관문에 넘치는 물을 플라스틱 바가지나 박으로 만든 바가지로 물을 퍼냈습니다. 행여 부엌에 물이 들어오면 그날 저녁밥은 해 먹을 수 없었습니다. 가까운 동네 시장의 채소 장수 아지매들은 다음날 팔기 위해 재어놓은 채소들을 기꺼이 동네 사람들과 나누어 먹었습니다.

그 시절은 육이오 전쟁 때 피란을 온 후 고향으로 돌아가지 못한 사람들이 많았습니다. 서울과 경상도, 충청도, 전라도 그리고 북한의 개성과 고성, 대만 사람과 일본에서 귀환한 사람들이 섞여서 살았습니다. 집마다 아이들은 넘쳐났으며 늘 시끌벅적했습니다.

여름밤, 아지매들은 골목 동네 평상에 모여 앉아 부채질로 땀을 식히면서 아이들이 무사히 크기만을 소망하는 한편, 적산가옥 2층에 사는 청년의 낭랑한 기타 음률에 마구 울렁대는 가슴을 들키지 않으려고 애를 써야 했습니다.

본 소설은 1965년대, 그 시절 영도의 풍경입니다.

프롤로그

1.

　바닷가의 오르막길은 좀체 멈출 생각이 없어 보였다. 가파른 길을 따라 동글게 엮은 가시철망이 이따금 위협적으로 길을 막았으나 아이들은 개의치 않고 오직 앞으로만 내달렸다. 햇빛이 쏟아지는 눈부신 길을 발뒤꿈치가 닿기도 전에 달리고 달렸다. 아이들의 뒤를 쫓던 정임은 숨이 턱까지 차올라 잠시 걸음을 멈추어야 했다. 가슴 아래쪽에서 통증이 연이어 치고 올라왔다. 그 순간 한 아이가 한참 뒤처져 달리는 것이 보였다. 정임은 저도 모르게 다시 속도를 높였다. 거리가 좁혀지면서 아이의 모습이 선명하게 다가왔다. 어딘가 익숙하다고 여긴 순간 숨이 훅 막혔다. 홍규였다. 분명 홍규였다. 믿을 수가 없었다. 정임은 고개를 저었다. 홍규… 홍규라니! 두 손으로 마구 눈을 비볐다. 온몸에 힘이 쭉 빠지는 순간 다리가 사정없이 후들거렸다. 그럴 리가 없었다. 그럴 리가 없어야 했다. 홍규일 리가 없는 것이다. 그러나 속도를 늦출 수 없었다. 정임은 뜻밖의 상황을 밀어내려 애썼다. 홍규 오빠라니? 홍규 오빠라니! 그렇다면 이번에는 홍규 오빠를 꼭 불러세우고야 말 것이었다.

　“홍규…오빠야!”
　정임은 목청을 돋워 힘껏 외쳤다.
　“홍규 오빠야, 또 어디 가노? 거어는 길이 아이라니까. 거어는 위험하다카이. 어서 이리 온나!”
　정임은 그때처럼 두 손을 동그랗게 입에 모아 힘껏 소리치고 또 소리쳤다. 곧 부르는 소리를 들은 듯 홍규가 걸음을 멈추었다. 정임이 덩달아 걸음을 멈추는 순간 곧 더 높이 소리쳐야만 했다. 홍규가 다시 힘껏 달렸기 때문이었다. 정임은 목청을 더 높였다. 이번에야말로 홍규를 기어이 돌려세워야 했다.

"홍규 오빠야, 참말로 미안하다아이가, 너무 무서워서 손을 잡을 수가 없었다아이가. 오빠 손을 잡으면 같이 떨어질 것 같아서 손을 못잡았다아이가. 그때 내가 너무너무 작았다아이가!"

정임은 그 누구에게도 차마 하지 못했던 말을 한순간에 쏟아냈다. 눈물이 마구 흘러내렸다. 오래 참았던 날이었다. 우르르 함성을 내지르던 성난 파도는 허연 거품을 입에 문 채 사정없이 밀어닥쳤다. 그때였다. 눈이 허옇게 뒤집힌 또 다른 파도가 함성을 토하며 정임을 와락 덮쳤다.

2.

항구도시의 풍채는 여전했다. 협소한 영도다리 아래 크고 작은 배들은 여유롭게 그러나 빠르게 줄을 이어 통과했다. 서로의 허리춤을 꽉 부여잡은 채 앞으로 몰아가는 아이들의 기차놀이가 그럴 것이었다. 아무것도 바뀌지 않았다. 어쩌자고, 어쩌자고 여기까지 온 것인가. 정임은 걸음을 멈춘 채 잠시 숨을 골랐다. 그러자 기다렸다는 듯 진득한 물비린내가 콧속으로 울컥 치고 들어왔다. 손에 든 사진 속의 아이들이 양손을 마구 흔들어 댄 것도 그때였다. 곧 고개를 저으며 정임은 다시 발끝에 힘을 모았다. 앞으로 계속 걷고 걸어야 했다.

근처 선박수리소에는 크고 육중한 화물선이 도크에 올려져 있었다. 배 중앙에 걸쳐진 사다리 위로 시커먼 기름칠 범벅을 한 대여섯의 작업자들이 연신 오르내렸다. 검정의 보안 안경과 함께 강철 헬멧을 단단히 눌러쓴 작업자의 거침없는 행동은 사뭇 위협적이었다. 용접기술자가 긴 혀를 날름거리는 용접봉을 철판에 갖다 댈 때마다 형광의 눈부신 불꽃들이 사방으로 튀며 쉭쉭, 컥컥 애절한 비명을 내질렀다. 그것은 울컥 솟아올랐다가 맥없이 자지러지기를 반복하며 근처 무엇이든 걸리면 기어이 집어삼키고야 말겠다는 듯 카악 카악 크크르 크르릉 입을 한껏 벌렸다. 용접봉이 쏟아낸 시뻘건 쇠 파편은 작업자의 발 부근에서부터 사방으로 흩어질 때 거친 장르 영화의 클라이맥스처럼 주변의 풍경까지 죄다 녹이며 간단없이 싹둑싹둑 잘라내었다. 정임이 한발 다가서려는데 철판에 닿은 용접봉이 꺽꺽 용트림하며 연신 앙칼진 숨을 내뱉었다. 시퍼런 혓바닥에서는 휙휙 날 선 회오리가 위로 솟구쳤다. 그 순간 낮고 부드러운 그의 속삭임이 간단없이 정임의 귓속을 파고들었다. 망설이지 말라고 더는 모른 척 말라고 그는 힘주어 말했다.

“숨지 마!”

그러나 용접봉은 피범벅 된 천 조각들과 함께 정임의 숨통을 더욱 욱죄며 뾰족 솟은 천길만길의 바위틈 사이로 간단없이 밀어 넣었다. 엄청난 파도가 기함을 토하며 득달같이 달려온 것도 그때였다. 물보라와 함께 시커먼 바위를 향해 마구 돌진하는 것이었다. 아, 아악! 단말마의 비명을 내지르며 정임은 발버둥을 치며 꺽꺽거리며 몸부림쳐야 했다.

"거, 아지매요! 와그라는교? 여… 여, 불꽃 튀는 거 안 보이는교? 참말로 위험하다카이!… 얼른 저쪽으로 비키이소. 마!"

난데없는 인기척에 깜짝 놀란 용접작업자가 고함을 지르는 순간 귀가 잘려 나가듯 예리한 굉음 사이로 누군가의 비아냥거리는 소리가 정임의 귀에 비수처럼 훅 꽂혔다.

"우째, 이리 위험한 곳에 여자가… 여자가, 와, 와! 뭐 볼 거 잇따꼬 구경하는데요? 불꽃이라도 튀면…우짤라꼬요! 그 보드라운 살이 한순간에 시커멓게 탈 낀데… 참말로… 참말로 우짤라꼬요… 거, 와, 와 그라는교!"

곧 뒤이어 다른 누군가가 귀찮다는 듯 또글또글 쇠구슬 튕기듯 목청을 높였다.

"우리는요. 얄짤 없심더! 보상안 해줍니데이! 퍼뜩 저리가이소마!"

그 순간 정임은 똑똑히 보았다. 우르르 달려왔다가 곧 쫓겨가면서도 뒤를 돌아보던, 햇볕에 까맣게 그을린 그 작은 다섯 아이들을.

"그, 아…아, 아아들은 어서 퍼뜩 저 짝으로 안 가나? 큰일난데이! 여어가 마, 얼마나 위험한 줄이나 아나? 후딱! 후딱 마…마, 저 짝으로 가라카이, 퍼뜩 퍼뜩 가라카이!"

정임은 귀를 사정없이 때리는 작업자의 거친 고함을 뒤로 하고 눈앞의 아이들을 놓칠세라 빠른 걸음으로 뒤좇았다. 숨을 고를 사이도 없이 아이들은 뛰고 또 뛰었다. 그러나 곧 멈춰야 했다. 길이 끝난 곳에는 규모가 꽤 큰 조선소의 지게차와 기중기가 도로 한쪽을 벽처럼 가로막고 있었다. 정임이 턱까지 차오른 숨을 연신 가쁘게 내쉬며 두리번거리는데 정박한 배 사이로 좁은 길이 나타났다. 순간 아이들은 기다렸다는 듯 동시에 방향을 틀어 급하게 내달리기 시작했다. 그때였다. 누군가 소리쳤다.

"야! 거어는… 길이…길이 없다 아이가! 바다라꼬!"

곧 또 다른 누군가가 손을 흔들어 대며 다급하게 소리쳤다.

"너그들, 마, 큰일난데이! 고마 물에 빠져 죽는다카이!"
"저 바다가 우리 눈을 속이는 거라니까!"
"야야, 어서, 퍼뜩 퍼뜩 돌아온나!"

파도는 마치 기다렸다는 듯 날카로운 이빨을 공중으로 힘껏 밀어내며 아귀처럼 입을 쩍 벌렸다. 여기저기 깜짝 놀란 사람들의 다급한 외침과 부웅부웅 울리는 뱃고동 소리와 더 큰 소음을 삼켜버렸다. 행인들의 웃고 떠드는 소리, 빵빵거리는 자동차들의 경적, 선박수리소에서 쉴 새 없이 쇠를 자르는 굉음과 함께 리어카와 소달구지를 한 번에 꿀꺽꿀꺽 삼키고 또 삼키는 것이었다. 그러나 세상을 토막이라도 내어버리겠다며 쟁쟁 숨넘어가는 비명을 내지르는 쇳소리를 도저히 밀어낼 수 없었다. 정임은 진저리를 치며 두 손으로 귀를 힘껏 움켜쥐었다. 자칫 소음 속으로 몸이 빨려 들어갈 것만 같아 두 발로 땅을 힘껏 밀어내어야만 했다. 그 순간, 잔뜩 약이 오른 성난 바다가 기다렸다는 듯 두 팔을 쩍 벌리며 우르르 달려들었다. 아귀처럼 커다란 입을 위아래로 한껏 벌리는 것이었다.

"일어나라카이! 어서 일어나라카이!"
"어서 퍼뜩 안 일어날끼가? 일어나라카이!"

그 순간 누군가의 다급한 외침이 울렸고 핏빛의 천 조각들이 팔랑팔랑 춤을 추어대며 정임을 향해 마구 돌진했다. 천 조각들은 이리저리 흩어지다 곧 위로 솟구치며 한순간 우박처럼 와르르 쏟아져 내렸다. 당황한 정임은 어쩔 줄 몰라 발버둥을 쳐야 했다. 그러나 발버둥을 칠수록 천 조각은 악착같이 더 들러붙었다. 천 조각들은 뾰족한 주둥이를 치켜들며 몸 여기저기를 사정없이 찔러대었다.

“아니야, 아니라고!”
“내가 안 그랬다고!”

정임은 두 손을 마구 휘저으며 소리쳤다. 몸 여기저기 들러붙은 천 조각을 떼어내기 위해 안간힘을 썼다. 그러나 안간힘을 쓰면 쓸수록 온몸이 옥죄어 왔다. 곧 턱밑까지 숨이 차올랐다. 그때였다. 어디선가 고함이 들리더니 몇 사람이 급하게 달려왔다.

“아구야! 참말로 큰일 날 뻔했심더! 근데, 아지매요. 거, 갑자기 와그 라는데요?”
“여는요, 마, 한눈팔면 얼매나 위험한지 압니꺼? 바다에 빠지는 건 아무것도 아니라꼬요. 저 힘이 센 배에 한 번 받히면 참말로 한방에 꼴 깍 골로 갑니더. 우짤라꼬 이라요. 쯧쯔, 구경하는 것도 좋지만서도… 요, 꼭, 꼭 앞을 보고요, 발끝도 쪼매 보고 또 또 보고요. 마, 움직일 때마다 험한 것도 꼭 확인도 하고요, 마, 그래 다니이소예. 아지매요, 정말로 정말로 조심하이소예! 제발 목숨 아끼이소. 예!”

정임의 발끝이 경사지에서 간단없이 미끄러질 때 근처 어부가 날랜 동작으로 정임의 팔과 등을 재빠르게 잡아채지 않았다면 정말 큰일 났을 거라고, 곧장 바다로 굴러떨어졌을 것이라고 목청을 한껏 높이는 것이었다. 두어 걸음 옆에 있던 어부도 야무지게 그러나 한결 누그러진 어투로 너스레를 떨며 거들었다.

“아지매, 오늘 참말로 운 되게 좋심더!”

“오늘 운수를 꼭 한 번 더 살펴보이소 예! 아마도 대운이 들었을 기라요!”

그래도 이 정도로 끝난 것이 어디냐며 낯선 여인에게 덕담인지 야유인지 모를 말을 던진 또 다른 어부는 약국에도 들르라고 친절하게 일렀다. 아마도 팔꿈치와 무릎에서 핏물이 비친 것을 본 모양이었다. 고개 숙여 고마움을 표시하고 돌아선 정임은 걸을 때마다 상처 난 곳이 쓰라려 얼굴을 찡그려야 했다. 그러나 코끝에 달라붙는 역한 물비린내를 밀어내는 것이 더 급했다. 울컥대는 목을 움켜쥐어야 했다. 차그락차그락 뱃전에 잔물결이 이는 포구엔 크고 작은 고깃배들이 줄줄이 결박되어 엇박자를 놓으며 끼익 끽 날 선 비명을 질러댈 때는 귀를 막아야 했다. 제 앞에 그물을 산더미처럼 쌓아놓은 어부들 몇은 낯선 여인의 행보를 힐끔거리면서 연신 손으로는 해진 그물을 깁고 기웠다. 그때였다. 기다렸다는 듯 누군가 물귀신 될 뻔한 겁도 없는 여자라며 거칠게 쏘아붙였다.

“여기 뭐, 볼 끼 있심니꺼? 배 수리하는 거 보러 왔어예?”

“여는요. 여는 말이요. 고깃배를 묶어놓는 경사지라예. 외지 사람들이 잠깐 한눈팔다가 미끄러지면 골로가이까네, 정말로 조심하이소예!”

오직 그물 깁는 것에만 열중하던 몇몇 어부가 고개를 들어 진지하게 주의를 주는 것도 잊지 않았다. 한편으로는 양손으로는 쉬지 않고 그물을 뜨면서도 웬 여자가? 하며 정임을 향해 미심쩍은 눈빛을 보내는 이도 있었다. 그러나 곧 어부들은 어깨를 앞뒤로 쉼 없이 밀며 일을 했다. 누군가 선창을 하고 뒤따라 누군가 추임새를 넣으면서 주변에 널린 그물들을 한데 모았다. 정임은 쉬지 않고 손을 놀리는 어부들에게 가볍게 머리를 숙인 후 얼른 그곳을 벗어났다.

차도를 조금 비켜난 아래쪽 디귿 자 형의 포구에 놓인 그물들은 아무런 방해를 받지 않고 가지런히 펼쳐져 있었다. 한쪽에선 또 다른 어부들이 정박한 배 여기저기 편하게 앉아 엉킨 그물을 풀어내고 있었고 또 다른 한쪽에선 손상된 그물을 꼼꼼히 손질하고 있었다. 오래전의 모습 그대로였다. 등을 동그랗게 구부린 채 땅에 펼쳐놓은 그물을 깁는 어부의 모습도 그대로였다. 여느 바다 부근에서도 익숙한 풍경일 터였다. 그것은 한순간 쨍쨍한 오후의 햇빛 아래 펼쳐진 인상파 화가들의 강렬한 색채처럼 훅 안겨 왔다. 거친 삶의 현장에 펼쳐진 힘겨운 노동의 현장이 여과 없이 널브러져 있었다. 그 아래의 배에서는 입항한 지 얼마 되지 않은 듯 어부들이 생선이 잔뜩 걸린 그물을 힘껏 끌어 내리고 있었다. 두 조로 나뉘어 한 조가 '어야디야' 목청을 높여 선창하면 다음 조가 다시 '어야디야'를 후창하며 그물을 이쪽저쪽으로 나누는 것이었다. 대도시의 바닷가에서 쉽게 보기 어려운 풍경이었다.

그물을 펼쳐낸 어부들은 안팎으로 부지런히 꿀을 모으는 꿀벌처럼 그물에 코를 박았다. 허리에서 발끝까지 내려오는 진녹색의 천막지 앞치마를 두른 채 처음부터 그 자리에 있었던 것처럼 능숙한 솜씨로 상처 난 그물을 꿰고 또 꿰었다. 그 한쪽엔 대여섯의 어부들이 신나는 추임새를 넣으며 그물에 걸린 남은 생선들을 후려내었다. 그 모습에 넋을 놓은 행인 몇이 걸음을 멈추었다. 한편에선 재빠른 손놀림으로 그물을 기워내는 솜씨에 탄복하면서 진득한 삶의 현장이 곧 눈앞에서 사라질 것만 같아 차마 발을 뗄 수 없다는 듯 미동도 없었다. 오래전부터 해안 도시의 작은 동네가 만들어 낸 익숙한 풍경이었으나 계절마다 고깃배가 입항하면 매번 새로운 볼거리를 펼쳐놓았다. 정임은 그다지 변하지 않은 어부들의 작업을 잠시 지켜보다가 걸음을 옮겼다. 근처의 최신형 고층아파트와 상가 콘크리트 건물들이 바다를 마주하며 쭉쭉 뻗어있었다. 건물은 갯가에 작은 고깃배가 들락이며 부려놓은 질박한 어구들과는 전혀 어울리지 않았다. 아니 너무나 생경했다. 더 오래 익숙한 그 무엇을 찾을 수 없었다. 그때의 시간이 진작 다 사라져 버린 것에 고개를 흔들어야 했다.

갯가에 죽 늘어선 고깃배와 그물을 꿰매는 어부들의 모습은 마치 솜씨 좋은 화가가 능숙하게 그림을 그려놓은 듯했다. 근처 크고 작은 조선소에서 엄청난 굉음이 엇박자를 놓을 때 등을 구부린 채 선박 수리에 몰두한 기술자들과 단단한 주물 마스크를 쓴 용접공이 시퍼런 불꽃을 일으킬 때는 마치 최후의 심판을 보는 듯 섬찟했다. 순간 정임은 누구에겐가 뒷덜미를 낚이듯 꼼짝할 수가 없었다.

그랬다. 좀 더 신중했어야 했다. 충분히 더 고민했어야 했다. 먼 기억 저편에서 퇴화한 이곳을 찾는 건 현명한 선택이 아니었다. 그러나 되돌릴 수도 없는 일이었다. 정임은 기어이 현실을 맞닥뜨려야만 했다. 이즈음 반복해서 같은 악몽을 꾸지 않았다면 다시 이곳을 찾아올 일은 없었을 터였다. 정작 이해할 수 없는 건 왜 지금에서야 그때의 일로 악몽을 꾸는가였다. 도망간다고 되는 일도 아니었다. 아니, 뜻밖의 낡은 사진 한 장이 바꾼 현실을 이제 온전히 받아들여야만 했다. 그것은 시간이 흐를수록 단단해졌으며 체기처럼 가슴에 걸렸다. 어느 순간 몸 여기저기를 가리지 않고 사정없이 쳐댔다. 이즈음 들어서 깊은 잠에 빠졌다가도 벌떡 일어나기도 했다. 꿈에서 마구 헝클어진, 형체가 또렷하지 않은 그 무엇이 반복해서 목을 욱죄었다. 어느 날은 막다른 골목에 내몰려 유령처럼 우두커니 서 있는 자신과 마주해야만 했다.

'정말 못 봤나?'
'정말 못 본 기 맞제?'

얼굴을 바짝 들이민 누군가 천천히 또박또박 그러나 사뭇 위협적으로 물었다. 매번 그런 식이었다. 윽박지르면서 묻고 또 물었다. 그럴 때마다 속이 울렁거렸다. 기억 저쪽의 얼굴을 가린 그 누군가가 같은 어조로 같은 말을 반복할 때마다 모골이 송연하여 한쪽 구석으로 내쳐질 뿐이었다. 형체가 불분명해 누구인지 알 수 없었으나 분명한 것은 목소리가 오래 귀에 익었다는 것이다. 귓속에 입술을 바짝 들이대고 웅얼거릴 때마다 휘몰아치는 느닷없는 공포에 애벌레처럼 몸을 둥글게 말아 손톱으로 바닥을 긁으며 구석으로, 구석으로 내쳐졌다.

그랬다. 그때의 시간이 아직은 남아 있어야 했다. 떼를 쓰고 억지 쓰듯 꼭 그래야 했다. 지금 기어이 이곳에 찾아오지 않았느냐고 그러니 기꺼이 받아주어야 했다. 정임은 막다른 벽을 마주한 미아처럼 떼를 썼다. 피가 맺힐 때까지 입술을 깨물었다. 낡고 흐린 사진 속 다섯 아이를 만나기 전까지 오래 잊었으며 외면했던 시간이었다. 아니, 기어이 외면하고 싶었던 그 사건이었다. 오랜 세월 그 기억에서 한 번도 자유롭지 못했다는 것을 이제 인정해야 했다.

바닷가 아이들

3.

그 바다는 무엇이든 꿀꺽 집어삼켰다. 매일 이른 아침이면 골목의 집집에서 차오르는 변소 통의 양을 줄이기 위해 지린 요강의 이물들을 사정없이 들이켰다. 땅에서 밀려난 나뭇조각이나 지푸라기들, 골판지나 찢어진 만화책, 신문지 등 종이 나부랭이라든가 배에서 몰래 쏟아낸 시커먼 디젤 기름 등이 둥둥 떠다녔다. 이것은 여러 번 파도에 떠밀려 왔다가는 어떤 것은 그 자리에 머물고 또 어떤 것은 어딘가로 흩어지다 곧 사라졌다. 조금만 가까이 들여다보면 멀리서 보던 아름답고 빛나는 푸른 바다가 아니었다. 바람이 지날 때마다 잔물결이 일며 보석처럼 빛나던 눈 맑고 다정한 바다는 아니었다.

간혹 죽은 고양이 사체와 태아의 사체를 발견한 날엔 호기심이 발동한 남자아이들이 위험을 감수하며 바다 위에 뜬 그것을 툭툭 건드렸다. 자칫 미끄러져 물에 빠질 수 있는데도 목까지 차오르는 호기심과 정체를 밝히고 싶은 유혹을 이길 수 없었다. 긴 꼬챙이로 물 위에 뜬 것들을 이리저리 헤집으며 기어이 그 정체를 밝혀야 했다. 기괴한, 전혀 예상치 못한 것의 정체는 눈으로 담아내기에 너무 징그러웠고 무서웠다. 곧 공포를 불러왔고 결국엔 슬픈 것이 되었다. 몇몇 아이들은 감당하기 벅차 사뭇 뒷걸음질 쳤으나 호기심을 참지 못한 어떤 남자아이는 이내 목을 빼고 끔찍한 실체를 기어이 확인했다. 처음엔 모두 갈매기 사체인 줄 알았다가 고양이나 물속 깊은 곳에 사는 얼굴이 큰 물고기라고 큰소리쳤으나 곧 사람의 형상임을 알아챘다. 모골이 송연해지는 순간 모두 침묵했다.

그때 간 큰 누군가 '잘 봐라카이! 거… 아… 아 얼굴이다!' 크게 소리쳤다. 한 아이가 '악!' 비명을 내지르며 돌아섰고 애써 모른 척했던 주변 아이들의 얼굴은 한순간 공포로 일그러졌다. 얼마 전에 누군가 바람을 피워 몰래 아이를 낳은 후 들킬까 버린 태아의 소문이 비로소 떠올랐기 때문이었다. 간이 컸던 아이가 제일 먼저 꼬챙이를 내던지며 내뺐다. 남은 아이들도 뒷걸음치며 재빠르게 달아났다. 그날 밤 약속이나 한 듯 아이들은 악몽을 꾸곤 했다. 알 수 없는 누군가에게 세차게 등을 떠밀려 깊은 바다에 떨어지거나 막다른 절벽 끝을 향해 다리를 절뚝이며 도망가는 꿈이었다. 파도가 들이치는 바닷가에 솟은 뾰족한 징검돌을 뛰어넘고 달리다가 돌부리에 걸려 넘어지거나 간신히 헤엄쳐서 바위를 움켜쥐고 올라오는 그런 꿈이기도 했다. 그런 날이면 어른들은 땀을 뻘뻘 흘리며 악몽을 꾸는 아이들에게 늘 그래왔듯 '키 크는 꿈이다. 마!' 하며 등짝을 탁탁 두들겼다.

학교 수업이 끝나면 아이들은 바닷가를 향해 쏜살같이 달려 나갔다. 여름 뙤약볕 아래에서 애써 어깨를 펴고 헛기침을 해대며 사뭇 어른 흉내를 냈다. 멀리 남쪽 수평선에서 불어오는 큰바람과 끊임없이 밀려드는 잔바람이 물결을 꼭 껴안고 한순간 요동을 칠 때면 어깨가 움찔움찔했다. 햇빛이 쨍쨍할 때, 비바람 칠 때를 가리지 않고 나무가 맥없이 부러지듯 순식간에 물에 빠질 수도, 더한 일을 겪을 수도 있다는 것을 알면서 누가 먼저랄 것도 없이 슬금슬금 바닷가에 모여들었다. 약속이나 한 듯 하나같이 고개를 들었고 힘주어 작은 어깨를 폈다. 무서워하기는커녕 오히려 용감함을 뽐내었다. 잔잔한 파도가 갑자기 입을 쩍 벌려 뱀처럼 긴 혓바닥을 요리조리 날름거리며 훅 덮칠 때는 아무 생각 없이 그 속으로 뛰어들고 싶은 강렬한 유혹과 찰흙처럼 진득진득 들러붙는 격한 충동을 떨치지 못했다.

단단한 방파벽을 때리는 거친 파도를 볼 때는 헤엄을 치지 못하는 아이도 온몸이 근질거렸다. 아무 말 없이 바다를 한참 바라볼 뿐이었다. 땅이 끝나는 지점에 쪼그리고 앉아서 수도 없이 쑥 밀려갔다 쑥 밀려오는 파도를 보고 또 보았다. 누군가는 침을 꿀꺽 삼켰고 또 누군가는 애써 기침을 참았다. 약속을 한 것처럼 모두 꼼짝하지 않았다. 그다지 멀지 않은 곳에서 이 광경을 본 뱃사람 몇이 깜짝 놀라 바다 끝에 앉은 아이들을 향해 고래고래 소리를 질러도 못 들은 척했다. 어깃장 부리듯 일부러 땅끝에 발을 걸쳐놓고 서슬 퍼렇게 부서지는 힘찬 파도를 보고 또 보았다. '근데, 형아, 저 파도는 또 어디로 가노?' , '오줌 누고 싶다.' 라고 누군가 말할 때까지, 근처 어른들이 달려와 뒷덜미를 움켜쥐고 '이누무 자슥들! 죽을라꼬 환장했나? 어서, 퍼뜩 안 일어날 끼가? 소리치며 몸을 강제로 일으킬 때까지 일어설 생각이 없었다.

"니, 봤나? 저, 저… 허연 파도 혓바닥… 엄청 길제? "

"요래…펑퍼짐한 궁뎅이도 봤나? 허연 모가지도 봤나?"

"파도도 어깨가 있는 기라. 저, 저 봐라! 어깨가 얼마나 큰지 봤제?"

"소리는 좀 시끄럽지만서도 파도는 정말 힘도 셀끼다!"

"맞다. 우리 아부지처럼 힘이 장사다 아이가!"

"마, 뭐라캐사도 파도는 세상에서 제일로 가는 변덕쟁이인기라. 아무 말 없이 막 달려왔다가 갑자기… 갑자기 멱살을 꽉 움켜잡고 덮치는

기… 정말로, 우와! 간 터지는 줄 알았다. 입을 쩍 벌리고 고래고래 고함칠 때는 얼매나 무섭더노?”

“나는 마, 파도를 볼 때마다…슬픈 생각이 난다 아이가. 술 먹고 그릇 집어던지고 엄마 패던 못된 우리 아부지가 자꾸 눈앞에 왔다갔다한다 아이가.”

그랬다. 아무것도 사라지지 않았고 지워지지 않았다. 그대로였다. 겉모습만 조금 달라졌을 뿐이야라고 여긴 순간 그때의 기억이 밀물처럼 정임의 목까지 차올랐다. 정임은 주위를 둘러보았다. ‘아무것도 달라지지 않았어.’ 애써 몇 번이고 고개를 주억였다. 걸음을 옮길 때마다 사방에서 마구 몰려드는 예리한 빗금에 틈이 생겼다가 사라졌다가를 반복했다. 우르르 세차게 밀려왔다가 이내 힘을 잃고 흠칫 뒤로 물러서는 파도가 낯설 뿐이었다.

해가 길어져 덩달아 심심해진 사내아이들은 파도에 출렁대는 배를 꼭 타야 했다. 스릴이 만점인 출렁 배를 탄다는 것은 남자라면 한 번쯤 경험해야 했다. 선원들의 점심 밥때와 낮잠 자는 시간에 맞추어 하나둘 바닷가에 모여들었다. 정박지에 묶어놓은 배들은 근해에서 전갱이나 꽁치 같은 잡어를 잡는 배들이어서 크기가 고만고만했다. 아이들에겐 꽤 마음에 드는 일이었다. 놀기에 만만했기 때문이었다. 용감한 그 누군가가 줄줄이 묶여 있는 가장 작은 배에 가장 먼저 올라타는 놀이는 그중에서도 압권이었다. 작은 어깨를 마구 으스대며 승리를 뽐낼 수 있었다. 구멍이 숭숭 뚫리고 땟국물에 찌든 러닝셔츠가 바닷바람에 펄럭이는 것도 꽤 멋있었다. 하나둘 뱃전에 찰랑이는 물살을 훌쩍 뛰어넘어서 아슬하게 배에 올라타면 남은 아이들은 힘을 모아 축하의

박수를 보내는 것도 잊지 않았다. 곧 간 큰 또 누군가가 도전장을 내밀며 뛰어오를 준비를 했다.

배에서 배로 옮겨 타거나 다음 배로 훌쩍훌쩍 뛰어넘는 놀이는 정말 아슬아슬하고 위험했다. 간이 큰 아이들은 그 정도는 아무것도 아니라는 듯 예사로 즐겼다. 위험이 클수록 모험은 배가되었고 느닷없이 등줄기에 얼음을 털어 넣은 듯 오싹하니 시원했다. 재미있었다. 마구 신이 났다. 아이들은 누구의 판정이 정확한지 더 힘이 센지 더 용감한지를 보여줄 수 있다는 것만으로 작은 어깨를 으쓱할 수 있었다. 최소한 주변의 그 누구에게서도 그 어떤 위험한 것으로부터 두려워하지 않는다는 것을 인정받는 절호의 기회이기도 했다. 간이 아주 큰 멋진 나를 주변 아이들에게 인정받는다는 것은 무엇보다 중요했다.

어느 틈에 한두 발 뒷걸음을 놓던 여자아이들은 남자아이들을 눈부신 듯 부러운 눈으로 바라보았다. 아무리 애를 써도 거칠게 노는 남자아이들을 따라잡을 수는 없었다. 뜨거운 여름 땡볕 아래 사내아이들은 새까맣게 얼굴이 그을리도록 놀고 또 놀았으며 부러운 눈을 할 뿐이었다. 남자아이들은 뜨거운 햇볕에 더 검게 그을려야 형들에게서 가장 용감한 증표를 확인받았다. '봐라. 사나이는 햇빛을 부서워하면 안 되는 기라.' 하며 어른 흉내를 내기도 했다. 술래잡기나 달리기나 한 발로 깽깽이 뛰는 놀이에서 이기면 얼굴을 위로 쳐들고 실눈을 한 채 잠시 햇빛을 바라보는 것도 잊지 않았다. 승리감에 도취한 자만의 특유한 포즈였다.

그러나 한편으로는 그런 모험을 강행하기에는 아이들이 너무 작았다. 스스로 어리다는 것을 모르는 바가 아니었다. 거칠게 놀다가 가끔 피를 철철 흘릴 때도 있었다. 팔다리가 부러지거나 머리가 깨지는 사고였다. 아이들은 최소한 상처에 대한 겁은 알았다. 몸이 덜 성숙하고 덜 여문 탓에 마음만 앞설 뿐 늘 기대하는 만큼의 결과가 나오지 않아도 실망하지 않았다. 조금씩 간을 키우는 편을 택했다.

보리밥이라도 많이 먹어야 했다. 금세 꺼지긴 해도 배부르게 먹어서 어서어서 커야 했다. 집 앞의 얕은 바다에서 조수간만의 틈 사이에서 갑자기 밀려드는 사나운 파도 더미에 뛰어드는 일도 정말 조심해야 했다. 얕보면 안 되었다. '잘 놀다가 한눈팔고 까불면 물에 빠져 팍, 뒈지는 기라!' '니를 못 보면 아무도 구해줄 수도 없다아이가. 마, 그냥 물고기 밥이 되는 기라.' 라는 등 어른들의 협박성 발언을 마음에 꼭꼭 새겨야 했다. 물고기 밥이라니, 상상만 해도 무서운 일이었다. 그러므로 새로운 놀이를 만드는 것은 여전히 희망 사항이었다. 뭔가 억울했지만 조금 더 클 때까지 꾹 참을 수밖에 없었다. 어쩔 수 없이 좀 더 깊은 곳과 넓은 곳은 몸이 조금 더 몸이 자란 형과 오빠들의 영역임을 인정해야 했다.

어느 날 기어이 사고가 났다. 찻길의 흙을 퍼 날라 경사진 바닷가로 옮겨와 놀던 한 아이가 보이지 않았다. 자주 그랬듯 아마 집으로 갔겠거니 했다. 그때였다. 누군가 소리쳤고 곧 큰 소동이 일었다. 순식간에 주변에서 그물을 깁고 있던 뱃사람들이 우르르 몰려와 근처에 정박한 배와 배 사이를 뒤져서 겨우 아이를 찾아내었다. 아이는 물을 잔뜩 먹어 숨이 넘어가기 직전이었다. 재빠른 응급처치로 아이에게 바닷물을 토하게 한 후 한숨을 돌린 한 어부는 그제야 목울대에 힘을 넣어 '후

딱 저리 안 갈끼가? 저리가라카이!' 소리치며 아이들을 멀리 쫓아냈다. 그러나 아이들은 한순간 날아올랐다가 곧 몰려든 갈매기처럼 '야, 우리끼리 꼭 조심하자!' 더욱 굳게 다짐하면서 좀전의 일은 금세 잊고 더 신나게 노는 것이었다.

4.

여름의 하루는 길었다. 바닷가 동네 골목은 안전했으나 단조로웠고 심심했다. 아이들끼리 공을 차고 놀거나 노래라도 부르면 곧 이집 저집에서 아기 잠 깬다고, 라디오 듣는데 시끄럽다고 어른들은 고함을 질러댔다. '저어…기, 저… 짝에, 멀리 가서 놀아라카이!' 마구 짜증을 냈다. 아이들은 골목에서 쫓겨나면 갈 데가 없었다. 크랭크 모양의 골목은 조금만 달리면 골목 이쪽 끝이 나오고 저쪽 끝이 나왔으므로 골목을 벗어나는 건 일도 아니었다. 아이들은 숙제를 마친 후 남아도는 시간에 뭔가 새로운 놀이를 찾아서 자주 골목을 벗어나야 했다. 그러나 집을 벗어나 만나는 세상은 넘치는 사람들과 여기저기 부연 먼지를 일으키는 트럭과 짐을 잔뜩 실은 리어카와 소달구지, 자전거 등으로 온통 붐볐다. 갈 곳이 마땅찮았다. 심심했다. 여기도 저기도 사람들이 넘쳤다. 길 가장자리엔 찹쌀, 좁쌀, 팥과 약초, 푸성귀며 과일 등을 펼쳐놓은 장사꾼들이 진을 치고 있었다. 근처 선박수리소에서는 매일 쇠를 자르고 이어 붙이느라 끊임없이 날카로운 굉음을 내었으며, 수입한 중고 낡은 화물선과 원양어선의 몸체에 녹을 제거하기 위해 뾰족한 쇠망치를 두들겨 대는 깡깡이 소리는 늦은 저녁까지 이어지곤 했다. 이것저것 가리지 않고 잘 놀던 아이들도 어른들 눈치를 보아야 했다. 적당한, 다른 놀 곳을 찾아 헤매어야 했다.

아이들은 약간의 위험을 무릅쓰고 골목 초입 바닷가의 가파른 긴 돌바닥에 작은 엉덩이를 걸칠 때도 좋았다. 쉴 새 없이 작은 고깃배들이 들어오고 나가기를 반복할 땐 가슴이 벌렁벌렁했고 마구 설레었다. 그것이 좋았다. 배를 타고 저 먼 수평선 가까이 달려가고 싶은 간절한 마음을 숨기지 않았다. 큰소리를 내지르며 갈매기처럼 출항하는 큰 배를 따라가고 싶었다. 무엇보다 하루 종일 흙먼지 날리는 찻길에서 위험하게 오가는 트럭들이 무서웠다. 여기도 저기도 사람들이 넘쳤다. 오밀조밀하고 복잡한 길과 방치되고 아무렇게나 쌓아 올린 거칠고 낯선 구조물이 가득 널려있었다. 이들에 포위된 이 상황을 벗어나고 싶은 마음이 굴뚝 같았다. 익숙한 곳을 벗어나면 위험할 수도 있다는 것을 모르지 않았으나 마음 놓고 놀 곳이 없었다. 앞이 탁 트인 세상을 향해 달리고 싶어서 몸이 근질거리는 것은 더욱 참기 어려운 일이었다.

기회가 날 때마다 다른 놀이와 다른 장소를 찾아야 했다. 가끔 근처 보세창고의 야적장 철조망과 블록담을 넘다가 운이 나빠 머리가 깨져 피를 흘리거나 다리가 부러지는 아이도 있었으나 그 정도는 약과였다. 동네의 익숙한 담장 넘기 놀이보다 특히 보세창고 야적장의 철조망 타넘기는 스릴이 넘쳤다. 위험을 모르는 바가 아니었으나 한 번 모험을 맛본 아이들은 쉽게 물러나지 않았다. 남자아이들은 학교에서 돌아온 후나 일요일 아침에 눈만 뜨면 새로운 모험에 들떴다. 몸속에서 성급한 호기심이 솟구쳐 오르는 것을 굳이 감추지 않았다.

바닷가에서는 그 누구의 눈치를 볼 필요가 없었다. 사방이 탁 트여 마음껏 소리치며 달릴 수 있었다. 바닷가에 몰려든 갈매기는 언제나 좋은 친구였다. 늘 부러운 대상이었다. 대여섯 살 정도의 아이들도 잘 알고 있었다. 자유가 무엇인지 누구보다 잘 알고 있었다. 특히 저학년 여자아이들은 언니 오빠들과 함께 두 손을 입에 모은 후 바다를 향해 힘껏 소리 지르는 것이 좋았다.

"니는 참, 참말로 좋겠데이! 니, 가고 싶은 곳에 아무 때나 갈 수 있고, 학교도 안 가고, 숙제도 없고 한밤중에 담배 심부름도, 술 심부름도 안 가도 된다 아이가. 어른들 잔소리도 안 듣고 얼매나 좋겠노. 정말로 참, 참 좋겠다 아이가!"

키가 제법 큰 남자애들은 가슴을 힘껏 앞으로 내밀고서는 코끝에 숨을 끌어모았다. 저 높고 푸른 하늘을 마음껏 날아다니고 가고 싶은 곳 어디든 솟구치는 갈매기의 자유에 제 몸을 내맡겼다. 땅에 앉고 싶으면 앉고 날고 싶으면 날 수 있는 가볍고 매끈한 몸짓이 부러웠다. 긴 날개를 퍼덕이며 공중 높은 곳까지 날아오를 때는 온통 눈이 부셨다. 아득한 저 하늘의 햇빛이 눈 부신 것이 아니라 코끝에서 펼치는 갈매기의 힘찬 날갯짓이 눈부셨다. 날개 끝이 가지고 있는 무한한 자유가 부러웠다. 새로운 세상을 향해서 어디든 망설이지 않고 솟아오르는 저만의 자유가 한없이 부러웠다.

아이들은 커다란 갈매기가 코앞에서 날카롭고 뾰족한 주둥이를 들이밀 때도 무서워하지 않았다. 오히려 갈매기와 아이들은 약속이나 한 듯 눈 맞추기 경쟁을 벌이곤 했다. 길을 지나던 아저씨가 깜짝 놀라서 소리치며 아이들을 제지할 때까지 간 큰 놀이를 멈추지 않았다.

"이누무… 이, 아…야들이! 미쳤나? 갈매기한테 눈까리 파묵힐라꼬! 어서, 어서 마, 저리 안 가나!"

다급한 소리에 정신이 번쩍 들었으나 돌아서면 금세 잊었다. 아니 잊은 것이 아니라 잠시 물러섰을 뿐이었다. 다음 날이면 또 누군가가

"우리, 갈매기하고 눈 맞추기 놀이할래?"

하며 진지하게 눈을 반짝일 때 아이 중 그 누구도 고개를 가로젓지 않았다. 놀이가 조금 무섭긴 해도 집에서 멀리 가지 않고도 가슴설레는 기똥찬 놀이였기 때문이었다. 그러나 어느 날, 상국이가 놀이를 미처 해보지도 못하고 갈매기의 뾰족한 부리에 이마를 쪼인 사건이 일어났다. 머리 위를 뱅뱅 돌던 갈매기가 한순간 날아들어 미처 피할 수 없었다. 이마에 피를 철철 흘리는 것을 본 아이들이 비명을 질렀고 근처 어른들이 달려와 수습을 한 후 아이들을 저 멀리 쫓아내었다. 하지만 그때뿐이었다. 흩어진 갈매기가 곧 날아들 듯 아이들 역시 저들끼리 모여 아무 일 없다는 듯 태연히 놀았다.

바닷가 경사진 곳에서도 어선에서 출하하고 남은 생선 부스러기를 먹으려는 갈매기들로 항상 난장판이었다. 어디서 그 많은 갈매기가 날

아든 건지 바닥을 마구 쪼아댈 때는 손을 휘저어도 효과가 없었다. 사람에게 익숙한 탓인지 장난을 걸고 깃털을 만져도 도망가지 않았다. 아이들이 발을 굴리며 위협해도 잠시 날개를 펼쳤다가 다시 아장거렸다. 이럴 때 아이들은 갈매기와 아주 가까이 놀 수 있었다. 가까이 다가가 머리를 살짝 만져도 부리에 쪼일 걱정은 없었다. 갈매기의 관심은 오직 바닥의 생선 부스러기에만 있었다. 어느 정도 배를 채운 갈매기들은 천천히 나머지 바닥을 마저 쪼고는 여유 있게 아이들과 다정하게 눈을 맞추기도 했다. 이때를 기다렸다는 듯 아이들은 장난기가 발동했다. 갈매기하고 눈 맞추기 놀이뿐만 아니라 숨바꼭질 놀이도 하고, 엉덩이를 실룩이며 아장아장 걷는 흉내를 내면서 뒤를 쫓았다. 아이들은 알고 있었다. 바닥에 생선 부스러기만 있으면 갈매기들은 절대 도망가거나 날아가지 않는다는 것을.

　정작 아이들이 좋아한 놀이는 따로 있었다. 게 잡기 놀이였다. 갈치 대가리나 생멸치 대가리, 꽁치나 고등어 대가리 조각 등을 집에서 가져오거나 근처 생선 부스러기 모아놓은 곳에서 찾아와 실에 매었다. 조그만 쌍통에 미끼를 넣어 바닷물이 출렁이는 곳까지 내리거나 바닷가 돌벽 틈에 줄을 길게 늘이고서는 게를 잡았다. 생선 대가리 일부나 꼬리를 실에 매달아 물 가까이 내려놓으면 바다와 경계인 겹쳐놓은 돌벽 사이에 숨어 있는 게들이 거품을 물고 한순간에 우르르 밖으로 끌려 나왔다. 돌벽 틈과 틈 사이가 게들의 집인 것을 아이들은 잘 알고 있었다. 각자 자리를 잡고는 조금 큰 돌 틈을 찾아서 미끼를 묶은 실을 내려뜨리면 냄새를 맡은 게가 큰 집게발을 앞으로 내밀어 덥석 물 때 잽

싸게 낚아채야 했다. 실을 살금살금 끌어 올리면 미끼에 물린 게가 공중을 향해 앞발을 들어 올린 채 대롱대롱 매달렸다. 주변에서 구경하던 아이들은 큰 소리로 환호하면서 박수를 보냈다.

게잡이는 늘 신이 났다. 아슬아슬한 위험과 짜릿함 사이의 자잘한 재미를 안겨주었다. 특히 실에 매단 갈치의 긴 꼬리나 고등어 창자로 게를 약 올리며 능숙하게 낚아채는 일은 아무나 하지 못했다. 경험이 많아야 가능했다. 바닷가 경사진 돌 틈 사이에 교묘히 숨어 있는 게는 알았다. '누가 이기나 보자'였다. 영악했다. 웬만해서 비릿한 생선 냄새만 맡고 나오지 않는 날도 있었다. 그래도 아이들은 '니들이 생선 냄새를 맡고도 안 나오고 배기나!' 입술에 힘을 모아 종알거리며 비린내가 진동하는 갈치 꼬리를 이리저리 흔들면서 꾹 참고 기다렸다. 그러다 막상 게를 많이 잡은 아이는 승리를 크게 외친 후 선심 쓰듯 또는 별것 아니라는 듯 힘들게 잡은 게를 다시 바다에 놓아주었다. 어떤 날은 너무 흥분해서 바다에 미끄러질 뻔도 하였으나 한번 놀이에 가담한 아이들은 이 기막힌 재미를 놓을 수 없었다. 게잡이는 주로 남자아이들의 놀이였으나 더러 여자아이도 있었다. 최소한 집집의 아이 중 한 명 정도는 이 놀이만큼은 꼭 해야 했다. 누군가 시작하면 기다렸다는 듯 순식간에 이 집 저 집에서 생선 꼬리든 대가리 일부든 실에 매달아서 줄줄이 골목 앞 바닷가로 달려 나오는 풍경은 정말 가관이었다.

"이 아~ 아들이… 이기, 대체 뭐 하는 기고?"

길을 지나던 어른들이 중얼거리며 바닷가 끝까지 당겨 앉아서 얼굴을 들이밀어 아래의 바다 사정을 살피는 사람도 있었다. 한참 내려다본 후 곧 뭔가 내용을 알았다는 듯 빙그레 웃으며 고개를 끄덕이고는

"너거들, 헤엄은 칠 줄 아나?"

한마디 하는 것도 잊지 않았다. 아이들이 줄줄이 쭈그리고 앉아서 땅끝 아래로 고개를 숙이고는 게를 잡다가 실수로 미끄러져 물에 빠지는 일이 가끔 발생했으나 이 또한 그다지 무서운 일은 아니었다. 게를 잡는 부근의 바닷가 아래의 얕은 곳은 아이들 가슴 정도로 연탄재가 차올라 있었다. 일년내내 거의 매일 아침 일찍 사람들의 왕래가 뜸할 때 근처의 동네 사람들은 태우고 난 연탄재를 내다 버렸다. 쓰레기를 대문밖에 쌓아놓으면 정기적으로 청소차가 와서 치우곤 했으나 매일 부지런히 연탄재를 처치하기엔 마땅치 않아서였다. 신작로에서 놀이에 열중할 때도 '야, 게 잡으러 가자!' 누군가 소리치면 아이들이 다시 익숙한 제 자리를 찾아서 앉는 것은 다 믿는 구석이 있어서였다.

경사진 바닷가에서 노는 재미를 붙인 아이들은 거의 매일 게잡이에 애를 썼고 열중했다. 게를 십에 가지고 가면 엄마늘은 배 기름 냄새나서 먹을 수 없다며 쓰레기통에 곧바로 던지곤 했는데도 아슬아슬한 게잡이만큼은 결코 멈출 수가 없었다. 위험한 곳에서 무언가 도전한다는 건 큰 용기와 용감함을 인정받을 수 있었기 때문이었다. 그러므로 크고 작은 아이들은 틈만 나면 경사진 가장자리 끝에 깊이 고개를 숙이고 게를 낚아채는 것에 몰두했다.

변덕스러운 파도가 사납게 철썩이며 들이치기 전 제방 돌 틈에서 큰

집게발이 보이는 순간 숨을 죽일 때는 아이들의 가슴이 마구 벌렁거렸다. 게가 갈치 꼬리 같은 생선 미끼를 잽싸게 물어뜯고는 돌 틈 사이로 재빨리 숨어버려서였다. 게와 아이들의 머리싸움, 바로 이것이었다. 아이들은 머리싸움의 맛을 제대로 알았다. 게와의 게임을 결코 포기할 수 없는 이유였다. '야아가… 얼마나 게를 잡고 싶으면 잠꼬대를 다하노? 엄마가 등짝을 두드릴 때까지 꿈속에서조차 게잡이를 하는 날도 있었다.

뱃사람들이 고함을 지르며 위협해도 못 들은 척 능청을 떨던 어느 날, 게를 잡던 아이가 찻길에서 흘러내린 흙에 미끄러져 기어이 물에 빠졌다. 순식간에 아이의 턱 밑까지 바닷물이 넘실대었으나 쌓인 연탄재 덕분에 바닷물은 아이의 머리를 넘지는 않았다. 그러나 당황하고 겁이 난 아이는 연신 물을 먹었다가 뱉었다.

"사람 살리이소! 여, 여…아, 아~아 가… 물에 빠졌어예!"

다급히 외치는 아이들의 소리에 마치 기다렸다는 듯 여기저기서 우르르 뱃사람들이 달려왔다. 곧 가장 날랜 사람이 얼른 바다에 뛰어들어 아이를 야무지게 건져냈다. 뱃사람의 손은 의사들 손보다 날랬고 섬세했으며 정확했다. 물에 뛰어들어 아이를 건져낸 후 축 처진 아이를 바닥에 편안히 뉘어 놓고는 입에 숨을 불어 넣으면서 가슴을 여러 번 눌렀다가 다시 입에 숨을 불어 넣고를 반복했다. 몇 번을 아이를 뒤에서 팔을 돌려 안고선 뱃속의 물을 게워 올렸다. 어느 순간 축 늘어져 있던 아이가 울음을 터뜨릴 때까지 재빠르고 완강한 힘과 정확한 손놀림으로 환상의 장면을 연출했다. 위기의 순간이 안도의 순간으로 바뀐 영화의 한 장면이 극적으로 눈앞에서 펼쳐지는 것이었다. 신이 난 아이들은 박수로 환호했고 모여든 주변의 어른들은 고개를 끄덕이며 입가에 웃음을 매달았다. 곧 뱃사람들은 그제야 휴, 한숨을 내쉬고는 땅바닥에 철퍼덕 주저앉아 한숨을 쉬었다.

"이눔들아, 이 끼는 말이다… 저 바다를 한 번 봐라. 온통 기름 천지 빼까리다 아이가. 배에서 나오는 기름에 쩔이 갖고 잡아도 묵지도 못한다 아이가. 천지도 모르고 모할라꼬 잡노! 죽을똥살똥 모르고 쪼맨 것들이… 와, 와, 이리, 위험한 데서 논다고 난리를 부리노!"
"그래. 마, 인제 이곳에 오면 궁디를 막 두들겨 패줄끼다 마!"
"퍼뜩퍼뜩 저짝으로 안 갈끼가?"

힘 빠진 목소리로 아저씨들이 야단을 치면 아이들은 겁먹은 척하며 슬금슬금 물러났다. 그러나 그것도 잠시였다. 언제 그랬냐는 듯 갈매기처럼 다시 몰려들었다. 어느 날부터 도저히 안 되겠다 싶은지 뱃사람이 돌아가면서 그곳을 지키기 시작했다. 아이들이 경사진 바닷가로 절내로 내려오시 않게 누군가가 지켜보고 있다가 여기저기 아이늘의 머리통이 조금씩 보이기 시작하면 고함을 질러댔다. 갑작스러운 고함에 놀란 갈매기들도 일제히 날아올랐다.

아이들은 게 잡기 놀이가 심심해지면 제 간이 얼마나 큰가에 서로 내기를 걸었다. 바다에서 이 미터 정도 거리의 땅에 선을 그어놓은 후 신나게 달렸다가 바닷가 경사면에서 딱 멈추는 놀이였다. 꽤 위험한 놀이였다. 발끝의 속도를 조절하지 못해 누군가 가끔 물에 빠지기도 했지만 아랑곳하지 않았다. 어지간히 숙달된 탓과 경쟁심이 더 컸기 때문이었다. 처음엔 섬뜩하니 무서워하는 표정을 짓곤 했으나 곧 용감해졌다. 어선이 정박한 바닷가였으나 집에서 가장 가까운 익숙한 놀이터였고 지나다니는 사람들이 많아서였다. 여차 일이 생길 때면 행인 중 꼭 수영을 잘하는 사람이 있어 물에 빠진 아이를 재빨리 구했다. 아이들이 물에 빠져도 어른들이 꼭 구해주리라는 믿음을 가진 것은 아주 자연스러운 일이었다.

그러나 그것도 잠시였다. 뱃사람들이 배를 띄우기 전에는 한가한 모습이었으나 출항을 앞둘 때면 분주했다. 찢어진 그물을 마지막까지 확인해야 했다. 바닷가 근처나 찻길 한쪽에 난 공터에 모여 이 배 저 배에서 끌어 올린 그물을 잔뜩 펼쳐놓고 찢어진 그물을 가려내고 손끝 야무지게 정리했다. 하지만 심심한 아이들은 이때를 놓치지 않았다. 뱃사람들이 자리를 비울 때를 노려 일정한 높이로 쌓아 올린 그물 사이를 파고들며 술래잡기 놀이를 하는 것이었다. 그물에 발이 걸려 거미줄에 걸린 벌레처럼 아등바등할 때는 곧 근처의 누군가 달려와 아이들을 빼내어 주었다. 어부들은 아이들을 위험으로부터 쫓아내었으나 그때뿐이었다. 아이들은 발에 걸린 그물의 느낌을 좋아하지는 않았으나 싫어하지도 않았다. 특별한 그 무언가를 경험할 수 있는 여기만의 놀이여서였다. 골목에서 어른들이 신작로로 나와 저녁밥을 먹으라고 제 아이들의 이름을 부를 때면 못 이기는 척 자리를 털 때 비로소 아이들의 위험한 놀이는 끝났다. 서쪽 하늘이 온통 붉게 물들기 시작할 때, 어둠이 바다 안개처럼 등 떠밀린 밀물처럼 느물느물 성큼성큼 다가올 즈음이었다.

카페에서

5.

　까페는 꽤 안정적이었다. 거친 바닷가 동네가 만들어 낸 낮은 명도의 안온한 색채 탓이었다. 정임은 바다를 향한 큰 창가에 자리를 얻었다. 무채색의 잔잔한 바다 풍경은 곧 창문 유리로 옮겨 앉았다. 투명한 액자 속 바다는 매우 낯설었으나 안온했다. 부지런히 들고 나는 크고 작은 배들과 강렬한 햇빛에 색바랜 묵은 항구도시의 느슨한 풍경이며 창유리 너머에서 그지없는 평화로움도 그랬다. 그러다 어느 순간 느슨한 허리춤 부근이 꿈틀거리며 어디를 먼저 보여줄까 망설이는 외설적 바다 풍경이 한순간에 들이닥칠 때는 분위기가 반전되었다. 바닷가 까페 역시 수시로 분위기가 바뀌었다.

　오후의 긴 해가 지려면 아직 시간이 더 필요했다. 정임은 등받이에 몸을 기대며 잠시 호흡을 가다듬었다. '이제 더는 숨지 마!' 그는 힘주어 말했었다. 익숙함과 낯섦이 얽어낸 혼란이라니. 시간 여행자처럼 익숙함과 낯섦의 교차에 사정없이 침몰했던 좀전의 상황을 가라앉혀야 했다. 그러나 곧 핏빛의 천 조각들이 다시 날아들며 사정없이 몸을 조여왔다. "내가 아니야, 내가 아니라고!" "내가 안 그랬다고!" 웅얼거리며 정임은 애써 가슴을 누르며 등받이에 몸을 기대어야 했다. 찻집 주인이 조심스레 눈길을 주다 곧 고개를 끄덕이며 하던 일에 열중했다.

　숄더백의 지퍼를 길게 밀어낸 정임은 사진을 꺼내 탁자 위에 조심스레 내려놓았다. 순간 누런, 빛바랜 사진 속 그때의 시간이 뭉클 피어올랐다. 아이들의 웃음소리가 귓전에 폭죽처럼 팡팡 터졌다. 여전했다. 아이들은 이제 모두 저만의 시간을 살고 있을 것이었다. 막 내어 온 따끈한 아메리카노 커피를 두 손으로 감싸 쥐고서야 정임은 잠시 어깨를 펼 수 있었다. 그러나 곧 이상한 낌새를 느껴야 했다. 진하고 달콤한 커피 향이 코끝과 이마를 지나 공중으로 천천히 퍼질 무렵 탁자 위의 사진 속 다섯 명의 아이가 네 명으로 바뀌어 있었다. 뭔가 잘못 본 것이라 여겼다. 몇 번을 확인하고 다시 확인했으나 그대로였다. 정임은 뭔가에 세차게 얻어맞은 듯 갑자기 호흡이 가빠지면서 꼭 하니 숨이 막혔다.

'정말 못 봤나?'
'정말 못 본 기 맞제?

곧 숨찬 목소리가 다급하게 달려들었다. 정임은 잠시 눈을 감고 호흡을 골라야 했다. 상황을 곧 가라앉힌 정임은 떨리는 손으로 탁자 위의 사진을 들고서는 아이들을 하나하나 들여다보았다. 분명 다섯 명이었다. 아이들은 여전히 그대로였다. 햇빛에 눈이 부셔 얼굴이 조금씩 일그러져 있을 뿐이었다. 그랬다. 여긴 까페야. 거봐. 아무 일 없었어. 정임은 '괜찮아, 괜찮아!' 중얼거리며 가슴을 토닥였다. 전혀 예기치 않았던 뜻밖의 공포였다. 좀전의 것이 아직 남아 있기라도 하듯 손끝으로 몸 여기저기를 툭툭 쳐내었다. 주변엔 자신을 위협할 아무것도 없었으나 조금만 더 조금만 더 애써야 했다. 그는 진작 이 모든 일을 알고 있었던 것처럼 말했다. '쉽지는 않을 거야. 그래도 그곳에 가야만 해. 가서 정면으로 자신과 마주해야 해.' 하며 가볍게 등을 떠밀어 주었다. 그랬다. 봄날 설익은 살구가 뜬금없이 툭툭 떨어지듯 느닷없이 튀어 오르는 먼 시간 속의 얼룩진 기억이 이즈음 확연히 되살아난 것은 정말 뜻밖의 일이었다. 더 뜻밖의 일은 마치 이때를 기다렸다는 듯 정임의 얼굴 가까이에 다가온 그의 익숙한 행동이었다. 그는 웃지 않았다. 굳이 이렇다 할 표정을 짓지도 않았으나 그의 눈빛은 달랐다. 정임의 지난 시간과 지난 일을 오래전부터 다 들여다보고 있었던 것처럼 보였다.

한밤의 일이었다. 정임은 깊은 수면에 들었다가 느닷없이 깨었다. 처음엔 일시적이라고 여겼다. 그러나 그 일은 생각보다 오래 지속되었다. 그것은 전혀 다른 방식으로 정임을 향해 달려들었으며 때로는 기습하듯 훅 치고 올라왔다. 정임은 느닷없는 일이 그렇듯 선뜻 받아들일 수 없었다. 너무나 오래전의 일이었으므로. 진작 다 잊었다고 생각했다. 아니, 다 잊었었다. 그런데도 그는 정임의 등을 밀며 '더 늦기 전에 아이들을 만나'라고 말했다. 그것만이 가장 좋은 방법이라고 말했다. 그는 무엇을 알고 있는 것일까. 정임이 결국 그 제안을 받아들일 수밖에 없었던 것은 오래전 자신을 끈질기게 따라다니는 그 어떤, 시간이 갈수록 더 또렷해지는 그것을 기어이 확인해야 했기 때문이었다. 내면 깊이 웅크린 가엾은 작은 아이를 모른 척하기는 더 어려운 일이었다. 시간이 더 필요해. 시간이 더 필요하다고! 외치며 힘껏 밀어낸 그 시간은 다 어디로 갔을까. 정임은 더는 물러설 곳이 없었다. 이제 그 아이들을 놓아주어야 해. 정임은 숄더백에서 다시 사진을 꺼내 들었다. 다섯 아이들은 눈부신 여름 햇살에 여전히 눈을 찡그리며 활짝 웃고 있었다. 툭 건드리면 어디론가 훌훌 날아갈 홀씨처럼 서로에게 가볍게 기대 있었다.

6.

    지난 몇 년의 겨울은 길었다. 겨울이 지속하는 동안 정임의 눈엔 오직 밝은 부분과 어두운 부분의 그 어떤 극명한 것들로 가득했다. 봄이 왔는데도 추웠다. 햇살이 거실 한가운데까지 밀고 들어왔으나 몸이 떨렸다. 발까지 시렸다. 초여름에도 긴팔 옷을 입었다. 덧옷을 껴입고 양말까지 신었다. 태연히 반 팔 티를 바꿔 입고는 자신에게 일어난 설명하기 어려운 그 어떤 변화를 밀어내려 애썼다. 여전히 그는 아무 없다는 듯 정임을 바라보며 그라인더에 볼리비아산 커피 알을 넣고 천천히 갈기 시작했다. '흠, 냄새가 아주 좋은데?' '세상에서 제일 맛있는 커피를 기다려! 내 손맛이 정말 좋거든!' 했다. 익숙한 동작으로 마지막 한 알까지 찾아내어 갈고는 거름종이에 알맞게 갈린 커피를 얹었다. 뜨거운 물을 천천히 몇 번이고 나누어 부었다. 카페인을 줄이는 방법이라고 했다. 곧 진한 커피 향이 정임의 코끝에 달라붙었다. 그가 내려준 커피는 그의 말처럼 향기로웠고 달콤했다. 그는 정임이 두 손으로 커피잔을 쥐고서는 조금씩 커피를 아껴 마시는 모습을 흐뭇하게 바라보았다. 발그레한 저녁 햇살 아래의 정임이 마치 다른 세상에 옮겨 앉은 듯 보인 것을 놓치지 않았다. 그러한 그녀를 다시 본다는 것이 반가워 고개를 주억이며 '그림을 다시 그려보는 건 어때?' 라고 속삭였을 때 정임은 마치 오래 기다렸다는 듯 그의 조언을 기꺼이 받아들였다.

    정임은 무엇을 그려야 할 것인지에 대해 생각하지 않았다. 무작정 선만 그었다. 오래 손을 놓은 탓이었다. 무수한 선이 겹치면서 탄생한 대상이 대부분 동물이 되었다. 그러나 곧 그것은 정물로 변했다. 통증이 손가락의 힘을 무너뜨릴 때까지 같은 그림을 그리고 또 그렸다. 그것이 무엇이든 빛이 있을 때 비로소 드러나는 대상이면 되었다. 눈에 보이는 모서리나 이면을 다르게 그리기도 했다. 그것은 원래의 모습을 갖추었다가 곧 분리되었고 전혀 다른 형태로 변했다. 비슷한 형체였다가 곧 각각 다른 존재가 되기 일쑤였다. 바닥에 늘어놓거나 빛의 위치와 각도를 달리했을 뿐인데 전혀 의외의 존재나 생명체로 탈바꿈했다. 처음 모습은 선이 반복적으로 이탈하면서 사라지기도 했다. 어느 날부터인가 선을 그을 때마다 어떤 가파른 지점을 지나는 것을 알았다. 수직 낙하의, 텅 비어버린 공간과 그 사이를 자전거 바퀴처럼 굴렁쇠처럼 데굴데굴 굴렀다. 몸은 한군데 두었음에도 사막의 허공을 잘게 쪼개며 굴러가는 공중뿌리발 선인장이 되었다. 의식의 단면이, 결과 결이 계속 분열되는 것을 알았으나 속수무책이었다. 어디까지 굴러다니는지 어디로 갈 것인지 그냥 두고 볼 수밖에 없었다. 밝음과 어둠의 바퀴를 번갈아 굴리는 의미 없는 시간이 지나가고 있다는 것만은 알았다. 도대체 시간이 가진 무게와 의미에 대해서 뭘 알 수 있을까. 뭘 알아낼 수 있다는 말인가. 내게 주어진 빛과 시간과 공간은 나의 어디에 놓여 있는가. 그것은 어디에서 무엇을 되려는 걸까. 나는 도대체 누구인가. 시간의 어디쯤 숨어서 숨을 쉬고 있는 것인지 목을 죄는 의문에 문득 내몰리면서 정임은 깊은숨을 토했다.

곧 무언가 결단을 내려야 했다. 오래 무언가에 눌리는 압박감을 덜어내기 위해 뭐든 비워야 했다. 집 안을 살펴야 했다. 목까지 차오른 압박감을 벗으려면 뭐든 버려야 했다. 최근까지 입지 않은 옷을 거의 덜어냈다. 신발장 칸칸이 묵혔던 신발도 버렸다. 다음에 쓸 기회가 있을 거라고 보관했던 쓸만한 종이 상자들과 이즈음 거의 쓰지 않는 그릇들도 버렸다. 베란다 창고에 보관했던 먼지 쌓인 것들은 거의 내쳐졌다. 그러나 정작 책이 문제였다. 겨울이 깊어지기 전에 오래 묵은 책들을 치워야 했다. 한때 벽면을 가득 채운 책의 무게는 세상 그 무엇보다 든든했다. 바람과 비를 막아주는 지붕이었으며 햇빛과 초록의 시간을 열어준 창문이었다. 그것은 정임의 일상을 지탱하는 힘이었다. 정작 읽을 겨를 없이 쌓인 책과 손때만 묻힌 책 그리고 시간만 묵힌 채 펴보지도 못한 책에 미안한 일이었으나 어쩔 도리가 없었다. 빼낸 책들은 일단 한쪽 벽면에 쌓았다. 가장 가까이 있었으면서 가장 멀리 떨어져 있던 존재라니, 제대로 함께하지 못했던 지난날들도 이러했을 것이다. 설명하기 어려웠으나 몸 한쪽이 기울어진 기분만은 어쩌지 못했다. 곧 내쳐질 책에서 새삼스럽게 활자의 무게를 느끼며 특별한 감정에 잠시 기댔다가 오래전 책에 몰두하느라 끼니를 건너뛰었던 때를 떠올렸다. 순전히 활자가 갖는 무게 덕분일 것이었다. 정임은 잠시 책 위에 손을 얹고는 이해를 구했다. 오랫동안 시간에, 무관심에, 분주함에 짓눌러있던 활자들이여 안녕! 오래 나를 지켜주었던 단단하고 밝은 문장들이여 안녕! 오래 함께 아무런 불평 없이 옆을 지켜주어 힘이 되었던 책이여, 안녕! 나의 빈 곳을 채우고 가장 보잘것없는 부분을 비추었던 빛이여, 안녕! 꽃이었고 새가 되었고 해가 되었으며 달과 별이 되었던 활자들이여 안녕! 하며 마지막 인사를 해야 했다.

　벽 한쪽을 비우고 나니 집이 한결 가벼워졌다. 이제 바닥에 널브러진 책만 묶으면 정리가 될 것이었다. 정임은 쪼그리고 앉아 벽 한쪽에 밀어놓았던 책을 마저 정리했다. 그러나 조이던 끈을 놓치면서 안으로 집어넣었던 작은 책자가 불거져 나왔다. 문고판 앙드레 지드의 '지상의 양식'이었다. 한때 유행했던, 그리고 오래 잊었던 책이었다. 책엔 판매한 서점의 도장이 찍혀 있었고 인쇄한 연도와 날짜도 적혀 있었다. 책 가장자리와 내용 면이 누렇게 변색이 되어 활자가 흐릿한 부분도 있었다. 어느 페이지의 내용 아래엔 연필이나 볼펜으로 밑줄이 그어져 있었다. 순간 정임의 마음이 말랑말랑해졌다. 낱말과 문장이 처음 만난 것처럼 낯설었다. 갑자기 뭉클 뭔가가 치밀어 올랐다. 울컥거림이 그 뒤를 따라왔다. 근래 느껴본 적 없는 아주 특별한 감정이었다. 스무 살이 갓 넘은 보송보송한 얼굴이 눈앞을 스쳤다. 뜻밖이었다. 앙드레 지드의 문장은 여전히 유효했다. 페이지를 넘길 때마다 활자의 온기가 느껴지는 듯했다. 지드가 가진 햇빛은 여전했다. 그때의 한없이 작고 초라했던 작은 소녀의 햇빛은 앙드레 지드의 단단한 햇빛을 받아안으며 더없이 편안해했다.

 정임은 작고 낡은 책자와의 뜻밖의 조우에 감사했다. 이 작은 책이 여태 내쳐지지 않고 선재한 것에, 정임의 곁을 지켜준 것에 다시 감사했다. 곧 펼쳤던 책을 덮으려는데 뭔가 툭 떨어졌다. 낡은 흑백 사진이었다. 작은 아이들 몇이 눈부신 햇빛에 얼굴을 찡그린 채였다. 정임은 사진을 보고 또 보았다. 순간 아이들이 모두 어디론가 달아나 버릴 것 같아 정임은 잠시 호흡을 조절해야 했다. 그리고 이 책에 왜 이 사진이 끼워져 있었는지 먼 기억을 떠올리려 애썼다. 눈을 감았다. 그리고 아이들 옆으로 다가갔다. 너는? 너는? 또 너는? 하고 말을 걸었다. 아이들은 마치 오래전부터 이때를 기다렸다는 듯 장난을 걸며 움직였다. 정임은 곧 '자, 찍는다! 움직이지 마!' 손짓하며 사진을 찍어준 이를 기억해 냈다. 8월의 그 환한 햇빛에 눈이 부셔 이마를 잔뜩 찡그린 아이들을 기억해 냈다. 정임은 두근두근 뛰는 가슴을 진정시키려 애쓰지 않았다. 그대로 마구 출렁이게 두었다. 그래야 했다. 곧 사진을 바닥에 내려놓는 순간 아이들은 시간 저쪽의 문을 열 수 있는 뾰족한 열쇠로 변했다.

7.

한때 날마다 얼굴을 보지 않으면 안 되었던, 그러나 어느 날 하나하나 흩어진 아이들이었다. 시간은 지난 것들을 흐리게 할 수 있어도 지울 수는 없었다. 형체가 흐트러지고 모든 선이 사라지더라도 그 속에 존재했던 기억은 화석의 그것처럼 더욱 선명히 살아 있을 것이었다. 정임은 툭 건드리면 벌떡 일어설 것만 같은 사진 속의 아이들을 멀리 밀어놓고서 다시 들여다보았다. 엎드려서도 벽에 기대서도 보았다. 게슴츠레 보았고 활짝 뜨고도 보았다. 골목 동네 위쪽 전찻길을 건너 동쪽 바다에 면한 수산시험장을 지나서 꽤 먼 이송도 오르막을 향해 다섯 명이 서로 내기하며 달렸던 기억이 한순간에 떠올랐다. 흐린 사진만큼 어떤 기억은 선명하지 않았다. 이름이 얼른 떠오르지 않은 것도 그랬다. 그러나 눈앞에서 우르르 파도가 일고 이름이 선명히 떠올랐다. 사진 뒷면엔 놀랍게도 아이들 이름이 비뚤비뚤한 글씨로 적혀 있었다.

‘정임 씀’이라는 글과 함께였다. 사진을 찍은 이도 금세 눈앞에 짠! 하고 나타났다. 아이들이 ‘기타 아저씨’라고 불렀었던 젊은이였다. 여름날, 간혹 지나던 아이스케키 파는 남자를 불러다 탱글탱글한 팥이 든 아이스케키 한 개씩을 안겨 선심을 썼고 멋진 하모니카를 불게 해줬던 그 아저씨였다. 골목 동네에서 일제 소니 카메라를 가진 유일한 아저씨였고, 아이들을 만날 때는 한 번도 그냥 지나친 일이 없던 설탕 알갱이가 잔뜩 붙은 큰 눈깔사탕도 사주었던 ‘총각 아저씨’였다. ‘자, 찍는다. 눈 감지 말고!’ 했던 말과 아저씨 뒤로 눈을 뜰 수 없을 만큼 강렬한 여름날 오후의 햇빛에 눈이 부셨던 기억이 순간 떠올랐다. 쿵쿵 가슴이 뛰었다. 다 잊은 줄 알았다. 정임은 눈을 감았다. 오후의 눈부신 햇빛이 마구 쏟아지던 그때 그 햇빛이 달려왔다. 아직도 그 햇빛은 그대로일까. 그대로 있기는 할까. 그 순간, 힘껏 등이 떠밀렸다. 높은 언덕을 향해 달리는 작은 정임이 키 큰 들꽃처럼 손을 흔들었다.

“이젠 더는 미루지 마!”

어느 날, 악몽을 꾸는 횟수가 잦아졌을 무렵 신경정신과 치료를 받아야만 했을 때 그는 단호하게 말했다. 정임이 한 번 집안에 틀어박히면 좀체 바깥출입을 하지 않는다는 것을 그는 알고 있었다. 그는 정임의 등을 토닥였다. 아내에게 햇빛이 필요하다는 것을 일깨웠다. 햇빛은 어디나 있었다. 거실 마룻바닥에도 화단에도 베란다 창가에도 있었다. 가끔 알 수 없는 눈빛을 하고 ‘사람은 누구나 때때로 강한 햇빛이 필요한 법이거든.’ 했다. 그때 처음 그도 햇빛이 필요한 사람인 것을 짐작했을 뿐이었다. 아내가 다니는 신경정신과 주치의를 만나 아내에게 점점 심해지는 불면 증세와 대인기피증과도 같은 유사신경증 진단에 대한 설명을 그가 진지하게 들었다고 했을 때 정임은 화를 낼 수 없었다. 아니 화를 내어야 할지 판단이 서지 않았다. 천변으로 운동을 나갔을 때 문득 참을 수 없는 강박증에 떠밀리면서 자신도 모르게 신발을 신은 채 도로변 하천으로 걸어 들어갔던 사실을 의사에게 말했던 것이었다. 의사로부터 주변 사람들이 소리치지 않았다면 하천 깊이 걸어 들어갔을 것을 안 그는 일이 끝나면 얼른 퇴근해서 아내 곁을 지켰다. 어느 날, 진지한 얼굴로 그가 제안했다. 이제 예전의 자신과 만나야만 한다고. 그때 그 일로부터 더는 미루지 말라고 그래야만 한다고 등을 가볍게 토닥여 주었다. 아니 반드시 그래야만 한다고 속삭였다. 그는 뭐든 다 알고 있다는 듯 말했다. 그는 무엇을 알고 있는 걸까. 정임은 고개를 가로저었다.

"그땐 눈부셨잖아! 우리에게 쏟아졌던 그 햇빛 말이야."
누군가 귀에 대고 속삭였다.
일어나! 일어나라구!
그때의 햇빛이 아직 그대로라니까!
얼른 와! 어서 오라니까!

아이들이 정임을 향해 손을 흔들었다. 어서 달려오라고 소리쳤다. 뜨거운 여름 햇볕 아래 달리고 달려서 기어이 찾아냈던 그 길을 아직도 달리고 있었다. 길의 끝에는 늘 바다가 있었고 바다 끝에는 늘 길이 있었다. 길 끝에 서서 가위바위보를 하며 내기를 하였고 누군가 미는 척할 때 재빨리 피하는, 그것이 몹시 위험한 놀이였음에도 겁 없이 즐겼다. 시간 가는 줄도 몰랐다. 햇빛 아래 찰랑이는 짙푸른 바다를 오래 바라보다가 또 다른 그 길을 찾아서 바닷길을 따라 달렸다. 달리고 또 달렸던 날들. 왜 달리고 싶었는지 왜 달려야만 하는 것인지에 대해서 아무도 몰랐으나 모두 알고 있었다. 달리면서 온몸으로 느꼈던 그것은 달려야만 얻을 수 있어서였다. 달려야 확인하는 숨이었다. 턱에 차야 얻어지는 힘찬 심장 뛰는 소리였다. 그것은 심장에서 귀로 갔다가 다시 심장으로 돌아온 후 온몸을 맥박으로 바꾸어 놓는다는 것을 알았다.

"나는 내가, 내 몸이 심장이데이. 그기 살아있다는 증거인기라!"

동주 오빠가 큰 소리로 외치면 홍규 오빠가 합창하듯 맞장구쳤다.

"나는 내가, 내 몸이 심장이데이. 그기 살아있다는 증거인기라!"

정임은 사진 속 아이들의 뒤를 놓치지 않아야 했다. 그 길은 어떻게 되었을까. 여태 남아 있기는 할까. 정임은 걸음을 멈추고 주위를 둘러보았다. 걸으면서 보고 또 걸었다. 오래 익숙한 것이란 낯선 것의 또 다른 가면이었다. 새로운 것들이 그곳을 채운 것은 당연했다. 익숙함과 낯섦 사이에 꼭꼭 숨어버린 그 길을 찾는다는 것은 쉽지 않을 것이었다. 각기 다른 감정이 또 다른 감정을 밀어낸다는 것은 쉽지 않을 것이었다. 알 수 없는 누군가에게 눌리는 강한 압박감이 두려웠다. 그때의 아이들이 달렸던 그 길이 있기는 한 것인가. 쿵쿵 심장이 뛰었고 발은 허둥대었다. 익숙한 바다는 곧 낯선 풍경으로 바뀌었다. 보이는 것 모두 지독한 현실이면서 한순간에 아무것도 아닌 채 사라지는 저 과거의 무풍지대였다. 새로운 그리고 오래 낯익은 것들의 충돌이 이럴 것이었다.

그랬다. 오래전의 시간과 그때의 무서운 사건을 애써 기억해 낸다는 것은 엄청난 무게의 쇠뭉치를 맨손으로 들어 올리겠다는 식의 무모하고도 불편한 진실 게임 같은 것이었다. 다시는 떠올리고 싶지 않은 악몽을 들추어낼 뿐이었다. 엔진 장치가 다 낡아버려 쓸모에 대해 과감한 결단을 내려야 하거나 힘껏 바다 가장 자리로 밀어내어야만 하는 폐선에 불과할 것이었다. 이른 봄날 돌밭에 널린 잔설이거나 추수가 끝난 가을날의 발끝에 툭툭 차이는 말라버린 쓸쓸한 잔해일 수도 있었다. 오래 묵어 표지조차 너덜너덜한 시간은 쓸모가 없었다. 없어야 했다. 떠올리는 자체가 무모한 일이었다.

정임이 기억을 떠올릴 때마다 파도는 제 귀를 덮으며 우르르 쾅쾅 고함을 내질렀다. 허옇게 길게 빼문 혀를 내밀고는 조롱하듯 멀어지기만 했다. 그때의 지워진 시간은 진작 아득한 수평선이 되어 있었다. 그러나 파도보다 더 지독한 것은 여름날 오후에 화살처럼 깃털을 달고 쏟아지던 햇빛이었다. 힘을 잃은 줄 알았는데 그게 아니었다. 무엇이든 찔렀고 사정없이 베어버렸다. 예리한 햇빛 칼날에 단숨에 베인 기억들. 그 기억을 송두리째 저 파도에 실어야 했던 상실의 순간은 햇빛이 다시 잘게 바수어버렸다. 의사는 말했다. 내면의 나와 정면으로 마주해야 한다고. 그래야만 숨을 쉴 수 있다고. 나의 시간을 살 수 있을 거라고 다독였다.

정임이 신경정신과에서 한숨을 돌린 후 잦은 기침 증세로 호흡기내과를 다시 찾아야 했다. 의사는 기관지확장증세를 조금 보일 뿐이라고 했다. 누구나 나이가 들면 자연스레 찾아오는 여러 증세 중의 하나라고 했다. 물을 자주 마시고 자주 쉬어주고 뭐든 잘 먹으라고 했다. 그러나 약을 먹고 잘 쉬고 잘 먹었는데도 증세는 나아지지 않았다. 약을 먹은 후 천천히 청소기를 돌리거나 거실에 길게 뻗은 저녁 햇살을 안고 명상 호흡을 할 때, 명상 음악을 듣거나 소파에 기댄 채 쪽잠을 잘 때는 그나마 나았다. 물론 임시방편이었다. 무릎을 세우고 팔을 돌리며 올려다본 책장에 꽉 찬 책이 사물로 다가온 것도 이와 무관하지 않았다. 책은 펼쳐 읽기 전에는 아무 쓸모가 없었다. 출입구를 막아버린 먼지 쌓인 자잘한 돌멩이들이었다. 오전에 길게 거실에 들어온 햇빛도 그랬다. 책장에 한참 머무르다 오후에 사라진 것이 아니었다. 잘게 부서져서 책 사이에 숨어 있다가 먼지와 함께 집안을 굴러다녔다. 압정처럼 발에 찔리기도 했고 누우면 등을 찌르기도 했다. 책을 펴들면 뭔가에 눈을 찔리기도 했고, 작은 기침을 해댔다. 멍하니 있는 날이 늘어났다. 일상에서 벗어난 시간은 책을 읽으면 대부분 가라앉기 마련이었다. 그러나 어느 날부터 그게 잘 안되었다. 이제 책을 밀어내어야 했다. 먼지를 조심하라는 의사의 조언을 받아들여야만 했다. 오래된 먼지를, 책 속에 숨어 있는 잘게 바수어진 무수한 햇빛을 밀어내어야 했다. 시간이 많이 흘렀음을 깨닫는다는 것은 그 무언가를 받아들일 여지가 없음도 뜻했다.

정임은 긴 호흡을 조절했다. 그때와는 전혀 다른 낯선 바다였다. 그래, 그건 웃기는 일인 거지. 뭔 감상적인 작태인가 말이야. 말도 안 되는 시간 낭비일 뿐이야. 뭣 때문에 여기를 와? 무엇을 보려고? 왜 그런 쓸데없는 데 시간을 허비하는 것이지? 그래, 그래서 뭘 어쩌겠다는 것이야? 지나간 것은 지나가 버린 것일 뿐이야. 아무것도 아니야. 그걸로 뭘 어쩌겠다고. 그가 상기시킨 햇빛은 그냥 한때의 지나가 버린 시간일 뿐이었어. 때늦은 싸구려 감상인지도 몰라. 굳이 여기까지 오기는 왜 와. 부인할 때마다 길은 자꾸 흩어졌다. 바닷바람이란 그런 것이었다. 이쪽에서도 불고 저쪽에서 불었다. 머리카락이 한곳에서만 날리지 않게 작정한 것처럼 사방에서 불었다. 거친 바닷바람 속에서 정임은 꼼짝할 수 없었다. 순간 귓속에 잉잉 벌 한 마리가 날아다녔다. 어디선가 천둥소리가 났다. 아득한 저편에서 들렸는가 했는데 바로 가파른 바닥의 아래서 들렸다. 정임을 향해 우르르 들이닥친 파도는 무엇이든 삼키겠다고 삼켜버리고야 말겠다고 입을 쩍 벌린 채 엄청난 속도로 달려왔다 이내 크릉 크크을크르릉 짐승의 고함을 내지르며 한순간 뒤로 내뺐다가 곧 사정없이 달려들었다. 끈질겼다. 오직 하나만을 목표한 집요였다.

8.

"아지매! 아지매요! 거, 죽을라꼬 환장했어예? 우짤라꼬 그라는교? 가파른데 서 있다가 헛디디면 한순간에 골로 가는 거 모르는교?"

뱃전에 앉아 그물을 손질하던 어부의 크고 거친 말이 순간 정임의 허둥대는 발을 막아섰다. 눈앞에서 출렁이는 시퍼런 바다가 펼쳐져 있다는 것을 보면서도 조금씩 앞으로 미끄러지고 있었다는 것을 정임은 알지 못했다. 온통 검게 그을린 어부가 재차 고함을 지르며 두 손을 휘젓고는 거칠게 밀어냈다.

"여는요, 아무나 오는 데가 아이요! 위험하이까네 마, 얼씬도 마이소!"

어부의 다급한 손사래에도 정임은 꼼짝할 수가 없었다. 겨우 한 발 뒤로 물러나는데 맥없이 밀려갔던 파도가 금세 우르르 밀려들었다. 뭐가 그리 억울한지 눌렀던 절박한 함성을 토하고 또 토했다. 이제는 도저히 알아들을 귀가 없었다. 모르는 소리 마. 여기가 좀 부대꼈어야 말이지. 전쟁통에 사람들은 끊임없이 밀려들고 들이닥치지, 휴전됐어도 먹고 살려고 좀 아득바득했어야지. 이 바닥에서 먹고 살려고 난리 치지 않은 곳이 어디 있었어? 그, 그 왜 팔도 사람들이 이곳에 다 몰려서는 무엇이든 하나라도 서로 먼저 꿰차려고 밀고 당기고… 마구 들이대고는 생난리도 아니었잖아. 사방에서 밀려와서는 아귀처럼 입을 쩍 벌리고 닥치는 대로 물어뜯었잖아. 그래 맞다 마, 이제 전쟁 끝난 지 십 년이 넘으니 그래도 좀 살만한 시대가 됐제. 고기도 많이 잡히고 장사도 잘되고 뭐니뭐니 해싸도… 미국에서 구호물자도 엄청 많다 아이가, 우리는 이럭저럭 산다캐도 온몸에 땀과 먼지를 덮어쓰고 신작로에 뛰어노는 천둥벌거숭이 저기, 저 아… 아들은 우리의 희망인기라. 우짜든지 공부시켜야 하는 기라. 인제 우리는 어쩔 수 없다캐도 마, 마, 쟈들이 더 잘되어야 하는 기라! 에고, 생각만 해도 끔찍하다 아이가… 지금도 그때 그 난리통을 생각만해도….

그래서? 그게 어쨌다는 거야? 그때의 기억을 해서 뭐해?

눈앞을 봐. 모든 게 변했어. 어디를 가도 그때의 흔적은 전혀 보이지 않는다구. 정말 빨리도 그 시간이 지워졌다니까….

그건 아주 잘 된 거야. 경제 개발이 얼마나 좋아. 지저분한 것들, 궁핍하다고 여긴 것들, 불편하게 보이는 것들 모두 앞뒤 사정 볼 필요도 없이 싹 밀어야 했어. 그깟 골목들이 뭔 소용이야. 그깟 우중충한 것들을 싹 밀어버린 것은 아주 잘한 일이었어. 반듯하게 바둑판을 만들듯 밀어버리는 것이 훨씬 나아. 궁색하게 보이는 옛것들은 모조리 싹 밀어버려야 해. 밀어버려야 새것을 얻을 수 있는 거야. 주변을 둘러봐. 저기 위로 더 위로 솟아오른 초고층 아파트를 보라구. 얼마나 대단해! 산꼭대기까지 고층아파트를 지어야 뷰가 아주 좋아. 바다를 내려다보는 풍경이 더 멋질 거 아니냐구. 텔레비전에서 본 미국의 한국판 마이애미나 비버리힐즈 같지 않아?

그렇다고 세상이 좀 달라지나? 사람들 살림살이가 좀 나아지나? 아이들은 신나 할까? 그럼, 그렇고말고. 개발만 하면 모든 게 다 해결되는 거야. 우울하고 불행했던 지난 과거가 단번에 정리되잖아. 지저분하고 불편한 것들을 싹 잘라내어서 단숨에 바로 잡을 수 있다니까! 잘 산다는 건 바로 이것이야. 모난 것은 잘라내고 지저분한 것은 덮고 울퉁불퉁한 것은 다 날려 버리는 거야! 싹 밀어내는 거야.

파도가 힘껏 들이칠 때는 대략 이런 것이어야 했다. 다 하지 못한 말들은 거품으로 흩어졌다. 발끝이 흔들거렸다. 곧 울컥한 정임은 돌아섰다. 파도로부터 등을 졌다. 수평선으로부터 등을 졌다. 저 화수분같이 끊임없이 쏟아내는, 알아들을 수 없는 말들을 밀어내고 또 밀어내었다. 아니야라고 부정하기엔 너무나 많은 시간이 흘렀다는 것을 모르지 않았으나 그렇다고 덥석 껴안을 수도 없었다.

그때도 그랬다. 봄날은 늘 그렇듯 맑았다가 흐렸다가 다시 나빴다가 좋았다가를 반복했다. 이 꽃이 피면 저 꽃이 지고 다시 피기를 반복했다. 진달래가 뒷산을 붉게 물들이던 어느 봄날, 어린 정임은 갑자기 아버지를 떠나보냈다. 아침에 출근했던 아버지가 저녁에 아주 돌아오지 못했다. 받아들일 수 없었다. 있어서는 안 될 일이었다. 기침을 멈추려고 동네 병원에서 맞은 주사 한 대로 마이신 쇼크사를 일으킨 아버지였다. 폐결핵 특효약으로 막 한국에 들여온 스토렙토마이신을 맞았던 것이 사단이었다. 의사가 반드시 해야 할 기본 거부 반응 검사를 빼먹는 사소한 실수로 빚어진 대형 의료사고로 지금까지 소중히 가꾸고 지켜 왔던 한 가정의 삶을 한순간에 바닥에 주저앉혔다. 단 몇 분 만에 주사 한 대로 생사를 달리한 아버지의 존재는 아무것도 아니었다. 바늘에 찔린 풍선처럼 한순간 눈앞에서 빵 터져 흩어졌다. 조금 전까지 분명 존재했으나 마술사가 손 한 번 들자 짠! 하고 감쪽같이 사라져 버렸다. 거친 파도에 스러진 한 움큼의 작디작은 물거품이었다. 태풍에 밀린 것도 아닌데 빛의 속도로 저 우주를 향해 날아든 한 톨의 먼지였다. 좀 전까지 숨을 쉬었던 것을 증명할 수 있는 것은 아무것도 없었다. 다음 날 조간신문 한 귀퉁이에 미국에서 막 개발되어 도입한 신약

스토렙토마이신 주사 부작용으로 대학병원의 환자 누군가가 특이체질을 가진 탓으로 쇼크사했다는 짤막한 기사로 처리되었을 뿐이었다. 병원 측의 의료사고를 미화한, 그러니까 아버지가 존재했다는 사실은 죽음을 증명하는 또 다른 건조한 표현에 불과했다.

정임은 자신의 일부가 여전히 그때의 그 시간 속에 갇혀 있다는 것을 인정해야 했다. 한때의 산 존재를 기억한다는 것은 단지 존재를 증명하기 위한 단순한 추상적 증빙에 불과한 것일까. 갑자기 사라져 버린, 아버지가 없는 동네는 나무 한 그루 없는, 그러니까 한여름 뙤약볕 아래 나무 그늘이 없는 빈 운동장처럼 휑뎅그렁했다. 봄날 송충이가 우글거렸던 소나무가 무성한 학교 뒷산이었다. 마지막까지 동네를 지켰던 하나뿐인 우물이 어느 날 도로 확장에 밀려 사라져 버린 것과 다를 바 없었다. 거인의 힘센 사라호 태풍에도 꺾이지 않고 밤새 지붕을 지켰던 건장했던 아버지의 갑작스러운 부재는 그 자신뿐만 아니라 여러 식구의 삶을 단번에 허물어트렸다. 저 먼 수평선에서부터 몸서리를 치며 끈질기게 달려온 거친 파도가 거품을 있는 대로 물고선 골목에서 으르렁대며 덤벼들어도 바닥에 붙은 발은 뗄 수 없었다. 한때 북적였던, 이제는 쇠잔한 햇살만 마루 끝에 달랑 매단 추석 명절의 늦은 오후가 빚은 날 선 정적이었다. 어느 해 섣달그믐 긴 겨울밤 북풍에 덜컹대는 창문을 도저히 감당할 수 없었던 정임네는 기어이 그 동네를 떠나야만 했다. 의지로 선택할 수 있는 일이 아니었다.

그러나 정임이 훗날 어머니를 떠나보내고도 진작 이곳으로 오지 못한 것은 자의였다. 용기가 없어서도 아니었다. 수십 년 전의 시작점으로 되돌아가서 하나하나 꼼꼼하게 정리한 이후에 남겨질 생경한 외로움과 온몸을 향해 달려드는 늙은 늑대의 흐물흐물한 발톱을 마주할 두려움 때문이었다. 그것은 엄청난 소음과 크기를 가진 한 번도 만나보지 못했던 화가 잔뜩 난 서슬 퍼런 상상 속의 파도이기도 했다. 한순간 땅속에 꺼져버린 천길만길의 허공이었다. 아무짝에도 쓸모없는 사금파리 조각과도 같은, 이도 저도 아닌, 어중간한 크기의 손에 담을 수 없는 모래알과도 같은 지난날을 마주할 용기가 도저히 없었다고 하는 것이 더 옳을지도 몰랐다. 애를 써서 그 누구를 만난다는 것은 스스로에 대한 오만이었고 만용이었다. 더는 풀도 자라지 않는, 텅 빈, 물이 말라버린 깊은 골짜기에 홀로 선 성장이 멈춰버린 작고 마른 아이를 감당할 수 없어서였다.

9.

  줄줄이 엮여 결박된 작은 선박들의 정박지에 다섯 아이들이 멈춰 섰다. 정임도 힘께 멈춰 있다. 육지에 단단히 꽂아놓은 쇠기둥에 선박을 야무지게 매달아 놓아 거친 파도에 안전할 것이었다. 선박들은 바닷물이 찰싹찰싹 댈 때마다 이쪽으로 울컥 쓸렸다가 저쪽으로 울컥 쓸려갔다. 그러다 쿵쿵 콧소리를 내며 작은 몸을 가볍게 서로 부딪거나 마구 비비곤 했다. 볼수록 재미있었고 신나는 풍경이었다. 아이들은 작은 배들이 까불어 대는 장난기를 보고는 야호! 하며 환호성을 올렸다. 울컥 치미는 흥을 참지 못해 누군가 그 배에 오르려고 할 때 다른 아이가 옷깃을 냉큼 잡아당겼다.

"위험해! 안돼!"
"오늘 밤에 태풍 온다꼬 아버지가 말했다 아이가!"
"야! 지금 타야 재미있단 말이다. 저 배 좀 봐라! 궁둥이 삐쭉삐쭉 신나게 춤춘데이!"

그때였다. 햇살에 검게 그을린 한 중년 뱃사람이 두 팔을 마구 흔들며 달려와서는 눈을 부라렸다.

"이노무 시끼들! 죽고 싶어 환장했나? 오늘 저녁에 태풍 온다는 말 들었나? 몬 들었나? 퍼뜩 퍼뜩 마, 저쪽으로 가라카이! 얼른 안 갈끼가?"

그리고 배 주위에 모여 있는 다른 아이들에게도 고래고래 소리를 질렀다. 남자의 말이 떨어지자마자 기다렸다는 듯이 바람이 세차게 몰아닥쳤다. 순식간이었다. 배가 저들끼리 마구 부딪쳤다 사정없이 부딪쳤다. 끼익 끼익, 쿵쿵, 금방이라도 깨질 듯 비명을 질러댔다. 깜짝 놀란 아이들이 어선이 고박된 쇠기둥 뒤로 성큼 물러났다. 잔뜩 겁을 먹은 표정이었지만 한편으로는 무언가를 궁리하고 있는 듯 상기된 표정을 감추지 않았다. 작은 배가 이렇게 멋질 수가 없었다. 몸을 잠시도 가만 두지 않고 들까불며 출렁이는 것을 본 적은 거의 없었다. 절호의 기회였다. 태풍이 오기 전이나 태풍 때만 볼 수 있는 특별하고도 기이한 풍

경이었다. 그러니 꼭 목적을 달성해야 했다. 아이들은 곧 물러나는 척
하면서 금세 다른 곳을 노렸다.

그때 누군가가 아이들을 불렀다.

"야! 우리 저쪽으로 가자!"

기다렸다는 듯 아이들은 환호했고 일제히 다른 곳으로 달려갔다. 순
식간에 아이들이 멀어졌다. 남자는 안도하며 큰 숨을 내쉰 후, 단단히
묶은 밧줄은 문제가 없는지 꼼꼼히 살펴보았다. 남자는 아마도 이 배
의 선장일 것이었다. 서쪽 하늘 끝엔 어느 틈에 붉은 해가 성큼성큼 넘
어가고 있었다. 바람은 점점 거세지고 있었다. 태풍 전야에 만날 수 있
는 거칠고 입자 굵은 바람이었다. 기다렸다는 듯 작은 배들은 쿵쿵 사
뭇 몸서리를 치기 시작하는 것이었다.

잠시 심심해진 아이들은 다시 바닷가를 끼고 조성된 좁은 오르막길
을 내달렸다. 누군가 노래를 부르면 또 다른 누군가가 따라 불렀다.
앞서거니 뒤서거니 두 손을 들어 환호했다. 달리다가 누군가 바다를
향해 친구의 이름을 부르면 뒤를 따르던 아이들도 기다렸다는 듯 친구
들의 이름을 불렀다. 누군가 '야호!' 소리치면 얼른 그 뒤를 받아서 야
호! 하고 소리치는 것이었다. 익숙한 길을 달리다가 낯선 길을 만날 때
는 곧 돌아서면 그만이었다. 때로 위험하기 짝이 없는 길을 만났을 때
아이들은 금세 다른 길을 찾아내었다. 시간은 길을 따라 흘렀다. 길을
따라 달리면 또 다른 시간은 기다렸다는 듯 아이들을 더 멀고 더 높은

곳으로 데려갔다. 그 시간이 어디를 향하는지 알 필요가 없었다. 이유도 중요하지 않았다. 바람 속의 세상은 신이 났으니까. 오직 달리고 멈추고 또 달리는 것만이 전부였으니까. 바람 속을 달리는 일은 전율도 넘쳤다. 숨이 턱까지 차오른 호흡을 잠시 고른 후 다시 달릴 때는 막혔던 가슴이 탁 트였다. 등줄기에서 소나기 같은 땀이 줄줄 흘러내려도 딸딸이 슬리퍼와 코가 없는 납작 고무신과 발뒤꿈치가 닳은 운동화면 되었다. 살 같이 바람을 가르며 가슴이 터지도록 달리면 보였다. 말할 수 없이 크고 넓은 세상이 기다리고 있었다. 높은 바닷가 동네를 돌고 돌아 다다른 그곳은 달짝지근한 침을 고이게 하는 비릿하고 뭉근한 바닷바람이 있었다. 떡 벌어진 우람하고 푸른 어깨를 한껏 벌리고는 언제든지 아이들을 기다리고 있었다.

정임은 잠시 걸음을 멈추었다. 아이들이 달렸던 길을 대략 짐작하기 위해서였다. 익숙하면서도 낯선 풍경이 한순간 눈앞에 펼쳐졌다. 그때의 보세창고가 있던 자리라고 짐작되는 곳은 대부분 고층아파트가 빽빽이 들어서 있었다. 주택가와 아파트 단지와 철공소 등의 공장지대와 바다에 면한 선박수리소의 어설픈 공존이 익숙한 듯 매우 낯설었다. 달리던 아이들이 한 고층아파트 단지 앞에서 잠시 멈췄다. 정임도 뒤따라 멈춰 섰다. 그때의 골목 동네 부근일 거라고 대강 짐작한 곳이었다. 하지만 익숙한 그 무엇도 남아 있지 않았다. 낯선 건물들이 오밀조밀한 어깨를 겯거나 등을 붙인 것만 어딘지 익숙할 뿐이었다, 양쪽으로 보세창고가 즐비했던 그 일대 역시 마찬가지였다. 모두 아파트 단지로 탈바꿈되어 있었다. 아이들을 따라 걸으면서 작업에 한창 열중인 철공소 몇몇을 지나쳤을 땐 생경한 느낌마저 들었다. 근처 몇몇 선박수리소의 도크에 걸쳐진 배들은 예전의 모습에서 크게 벗어나 보이지는 않았다. 배 모양과 시설의 크기가 조금 달라져 있을 뿐이었다. 그러나 아이들은 아주 익숙한 듯 거침없이 앞으로 나아갔다. 아무런 망설임도 없었다.

그때 흥겨운 콧노래가 정임의 귓전을 울렸다. 곧 거대한 블랙홀 같은 소용돌이와 함께 과수원길 노래를 부르며 기다렸다는 듯 먼저 동주가 뛰었다. 그 뒤를 상국이가 따랐고 홍규와 정임, 명자가 빠른 걸음으로 뒤따랐다. 익숙한 그때처럼 아이들은 서로 앞서거니 뒤서거니 하다가 뭔가를 발견한 듯이 망설임도 없이 냅다 달리기 시작했다. 그랬다. 이 아이들은 길을 잘 알 것이었다. 절대 그때의 길을 잃지 않을 것이었다. 정임도 속도를 높였다. 아이들이 거침없이 걸어간 그 길을 향해 빠르게 걸었다. 그때였다. 숨어 있던 길들이 하나둘 나타났다. 그때 그 골목길이 열린 것도 한순간이었다. 아이들이 골목 안으로 뛰어들었을 때 아이들을 놓칠세라 더 빠른 걸음으로 뒤좇았으나 곧 정임은 멈춰야 했다. 오래 익숙한 집들과 오래 익숙한 길이 한순간 쥘부채처럼 확 펼쳐졌기 때문이었다. 이제 길을 잃을 염려가 없을 것이었다. 그때 그 모습 그대로였다.

낮은 촉수의 삿갓 등이 있는 키다리 전봇대 부근에서 아이들은 걸음을 멈추었다. 골목이 기역자로 꺾이면서 만들어진 꽤 넓은 공터였다. 아이들은 그곳에 놓인 제법 큰 평상에 앉아서 '세세세!' 하며 노래에 맞추어 손뼉을 마주쳐 댔다. 손을 위로 올렸다가 아래로 내리며 '푸른

하늘 은하수 하얀 쪽배에 계수나무 한 나무 토끼 한 마리 돛대도 아
니 달고 삿대도 없이 가기도 잘도 간다. 서쪽 나라로'를 신나게 불렀
다. 한때 손뼉을 치며 수도 없이 불렀던 그 노래였다. 문득 정임은 제
손을 내려다보았다. 어디선가 작은 돌멩이로 공기놀이하는 소리가 들
렸고 곧 푸르스름한 밤하늘엔 잔별이 반짝이며 수없이 돋아났다. 덩
달아 골목 여기저기서 백열등이 반짝반짝 켜졌다. 샛노란 보름달이 둥
실 떠오른 것도 그때였다. 짧고도 긴 여름밤이 커다란 꽃잎을 활짝 열
어젖힌 것이었다.

하모니카 부는 저녁

10.

크랭크 모양을 한 골목 동네의 꺾인 귀퉁이의 넓은 평상에는 일찌감치 저녁상을 물린 아낙들의 자잘한 수다가 초봄 남녘 섬의 물오른 붉은 동백꽃처럼 토톡 톡톡 터졌다. 돌아서면 널린 집안일에 아이들 키우기 바쁜 아낙들이지만 웃음은 언제나 생기발랄했고 거침없었다. 돌아서도 쉴 틈이 없었다. 하지만 한여름 밤이 막 익어가는 이 무렵은 동네 아지매들만의 시간이었다. 엉덩이를 평상에 편안하게 걸치고는 소소하고 자잘한 이야기들을 누가 먼저랄 것도 없이 거리낌 없이 주거니 받거니 했다. 그럴 땐 기다렸다는 듯 손바닥으로 맞장구를 쳐대며 깔깔깔 큰 소리로 거침없이 웃어대었다. 이때를 기다렸다는 듯 집집의 미닫이문이 열리며 나이 지긋한 아낙도 하나둘씩 동네 평상으로 모여들었다. 곧 좁은 골목이 바람을 잔뜩 넣은 풍선처럼 터질 듯 팽팽해졌다. 누군가 탁 건드리기라도 한다면 걷잡을 수 없는 찰진 공기 방울들이 골목을 뚫고 폭죽처럼 하늘로 치솟을 것이었다. 무수한 공기 방울이 넘실대는 골목의 저녁은 이 소문 저 소문을 퍼 나르며 실컷 우스갯소리를 주고받은 후 다시 세풀에 느슨해질 것이었다.

그러나 남정네들은 각자의 집 마당에서 담배를 피우면서도 어정쩡 기웃거리기만 할 뿐 문밖으로 나오지 않았다. 저녁나절 퇴근 후 한 번 들어간 집 대문 밖을 다시 나오기는 쉽지 않았다. 저녁밥을 물린 후 펌프 물로 등목한 후 노곤해진 몸을 방바닥에 눕히고 뒹구는 것이 훨씬 복장이 편했다. 온종일 갇혀 부르튼 발도 손끝으로 문질러 풀어야 했고 뻣뻣해진 등은 양손으로 힘껏 훑어내리거나 토닥이면서 노곤함을 어느 정도 씻어내어야 했다. 그래야 다음 날을 대비할 수 있었다. 이즈음 세상이 하루가 다르게 급하게 달라지고 있었다. 그러니 라디오의 저녁 뉴스는 꼭 들어야 했다. 새 소식을 가장 빠르게 전달받아야 시대에 뒤처지지 않을 것이었다.

여름밤이 무르익기에는 아직 시간이 더 필요했다. 젊은 아낙들은 저녁 설거지통을 야무지고도 말끔하게 비운 후 담장에 널어놓은 이불과 마당 빨랫줄에 널린 옷가지를 마저 정리하고는 얼른 평상에 끼어들었다. 고된 일상의 대가인 잠깐의 여유였다. 초로의 여인들과 젊은 아낙들은 서로 맞장구치며 우스갯말과 진탕 웃음으로 풀어놓아야 했다. 이웃과의 친목 도모를 위한 것이었으나 거의 집안일에 매인 여인네들의 소소한 감정의 허기를 채우고 최신 생활정보를 얻기 위한 것이었다. 저 건너 동네 누구네 남편이 건너 동네의 젊은 여자와 눈이 맞았고 얼마 전에 야반도주했으나 아직도 찾지 못했다거나 이발소 옆 초원 다방에 레지가 새로 왔는데 황진이 버금가는 미모를 가졌으니, 아지매들은 우짜든지 각자 남편 단속을 잘해야 한다는 등등의 이야기도 그중 하나였다. 누군가는 아이들 크는 재미에 산다는 말을 하면서도 '거, 아아들은 언제 크노? 새 빠지게 다 키우고 나면 우리는 이미 다 늙어 뿌린 다음일낀데. 이래도 한세상, 저래도 한세상이라지만 우리는 언제 한 번 신나게 놀아 보노?' 하며 쓴웃음 지으며 허탈해하기도 했다.

저녁 마실의 명분은 이렇듯 늘 뻔했다. 대부분 농담 반 진담 반 속에 하루의 일과를 쏟아내고 각자 가진 소소한 정보를 주고받는 것이었다. 그러나 정말 중요한 정보는 따로 있었다. 요즘 아이들에게 머리에 번지는 버짐과 피부병 그리고 결핵과 유행성 신장염을 조심해야 한다거나 저 전차 종점 부근 동네에서 콜레라가 유행한다는 소문이 있으니 아무리 급해도 수돗물은 꼭 끓여 마셔야 한다는 것 등이 그러했다. 미자네 과자 가게에서 미군이 넘긴 미제 초콜릿을 이참에 싸게 판다는 정보도 있었다. 그때 누군가 정색을 하며 큰 대바구니를 짊어지고 다니는 넝마주이를 조심하라고 경고했다. 정부에서 진작 넝마주이를 단속하는데도 일부는 아직도 돌아다니고 있다는 것이었다. 빈 병이나 헌 옷 그리고 골판지박스나 신문지 등 버릴 것을 모으는 척하면서 사실은 이집 저집 기웃거리며 도둑질이 목적이라고 했다. 뒤이어 엿장수도 조심하라는 말을 잊지 않았다. 아이를 꼬드겨서 아직은 쓸만한 양은 냄비나 고무신 같은 것을 집에서 가져오라고 해놓고선 달랑 강엿이나 쌀엿 한 가닥을 주는 약은 사람도 있다고 했다.

그러나저러나 정말 조심할 것은 상이군인이라고 했다. 자기네 중학생 아들이 골목 초입에 막 들어섰을 때 상이군인 하나가 어깨에 끼운 갈고리 팔을 휘두르며 위협해 참고서 살 돈을 빼앗아 갔다는 것이었다. 이즈음 중요한 최신 정보이니만큼 아지매들은 잘 알아들었다는 듯 서로 고개를 끄덕였고 누구는 새심스럽게 손바닥을 마주치며 추임새를 넣기도 했다. 경보와 주의보와 다양한 정보를 꿰찬 아지매들은 하나 같이 요즘 들어 세상인심이 왜 이리 야박한가에 입을 모았다. 날이 갈수록 사회가 더 흉흉한 것에도 점점 야박해지는 것에도 한숨을 쉬었다. 그러다 곧 여기저기 길도 고르고 적극적으로 도로포장을 해주는 정부를 칭찬했다. 그뿐 아니었다. 소독약도 자주 뿌리고 전염병 예방 주사도 놓아주니 예전보다 훨씬 살만하다고 했다. 통장에게 극빈자 신청을 하면 무료로 미국산 밀가루나 안남미 쌀이라도 주니 예전보다 사회 분위기와 사는 것이 훨씬 나아졌다고 할 때는 기다렸다는 듯 모두 고개를 끄덕였다. 그리고 앞으로 더 좋아질 것이라는데 입을 모았다. 누구랄 것도 없이 대부분 낙관하는 분위기였다.

한편 누군가 미국에서 최근 들여온 레드 카우 분유를 소개할 때는 눈이 동그랗게 커졌다. 젖이 부족한 아기 엄마나 유아들 건강에 도움이 되는 품질 좋은 레드 카우 분유와 세련되고 스타일이 좋은 미국구 제품을 싸게 팔고 있으니 생각 있으면 누구네 집에 한 번 들러보라는 말을 한 것이었다. 저녁밥이 늦어 뒤늦게 가담한 아지매 몇도 골목 한쪽에 펼쳐놓은 평상에 엉덩이를 잠시 걸치는 것만으로 그날 하루치의 얼굴도장을 찍었다. 오늘도 정말 온몸에 땀 뻘뻘 흘리면서 땀띠 나도록 열심히 잘 살아내었다는 것과 이집 저집 아이들이 별 탈 없이 쑥쑥 크는 것을 서로 확인할 수 있어 더없는 위안과 온기 어린 위로를 주고받는 것으로 노곤함을 덜어내었다. 언제부터인지 알 수 없었으나 이 골목 동네에서 그날의 일과를 정리하는 공공연한 통과의례의 시간이 만들어졌다. 하나둘 평상으로 모여들었으며 아이들은 덤이었다. 엄마를 따라 나온 아이들은 단단히 배를 채웠으니 이제 잠잘 일만 남았는데 어둠이 깊어질수록 눈이 말똥한 것이 문제였다. 그냥 자기엔 뭔가 억울하고 몸이 들쑤시니 잠자리에 들기 전 조금은 더 놀아야 직성이 풀리는 것이었다. 그러니 어른들과 아이들의 밤마실은 서로 모르는 척 넘어갈 수밖에 없었다.

아직 푸릇푸릇하니 해넘이 빛이 조금이라도 남아 있을 때 놀아야 했다. 곧 해가 질 것이었다. 한쪽 구석에 따로 자리를 잡은 남자아이들 몇은 아까부터 좀이 쑤셨다. 새로운 놀이를 궁리했으나 영 마땅치 않았다. 한 바퀴 돌면 그게 그거였다. 더 근사한 놀이가 없을까, 좀 더 신이 나는 건 뭘까, 할 때 누군가 소리쳤다. '그래도, 마, 구슬치기만 한 것이 없다 아이가!' 라고. '그래, 그게 딱이다!' 누군가 또 받아쳤다. 아이들은 일제히 기다렸다는 듯 '구슬치기할 사람, 내게 붙어라!' 라고 입을 맞춘 후 곧바로 행동에 옮겼다. 다른 아이들 몇 명도 합류했다. 새로 산 빨갛고 푸른색이 섞인 알록달록한 유리구슬은 막 켜지기 시작한 가로등 아래에서 유난히 반짝였다. 오래된 유리구슬은 금이 갔거나 한쪽이 깨지기도 해 새 유리구슬을 가진 아이들은 어깨가 으쓱 올라갔다. 그러나 내기를 할 때는 탐을 내고 잔뜩 벼르고 있는 아이한테 빼앗길 수 있기에 마음을 단단히 먹었다. 아이들은 이쪽과 저쪽 편이 만들어진 후 결의에 찬 표정을 짓고는 흙바닥에 머리를 맞대었다. 그러나 이미 서쪽 하늘에 해가 지고 있었다. 재빨리 비석 치기 놀이를 얼른 끝내고는 '무궁화꽃이 피었습니다' 놀이를 준비해야 했다. 가위바위보로 술래를 정하고 술래가 된 아이는 두 손을 전봇대에 이마를 얹은 다음 '무궁화꽃이 피었습니다!' 를 외친 후 움직이는 아이를 찾아 다음 술래를 씸하는 놀이는 언제나 간을 솔이게 했다. 밤이 깊어 가고 땀을 뻘뻘 흘리면서도 아이들은 집에 갈 생각이 없었다. 열심히 놀고 있는 아이들을 보고 어른들이 덩달아 즐거워했으나 곧 놀이를 멈추어야만 했다. 실컷 놀고 난 다음 날은 아이들은 어김없이 늦잠을 자기 마련이었다.

엄마들이 이제 집에 가자는 말이 떨어질 때쯤 아이들은 아이들대로 말뚝박기 놀이까지 해야 직성이 풀렸다. 더 어두워져서 캄캄해지면 큰

소리로 노래 불렀다. 떠 오르는 대로 불렀다. 그것도 심심해지면 실뜨기하던 여자아이들 옆에 붙어서 간지럼을 태우거나 훼방을 놓았다. 눈꼬리를 사뭇 치켜올리며 여자애한테 몰래 다리를 거는 위험하고 짓궂은 장난이었다. 여름날 해 질 녘에서 밤까지 이루어지는 놀이는 순서가 없었으나 대개 이런 방식으로 반복하기 일쑤였다. 그러나 이날 다섯 아이는 놀이에서 살그머니 빠져나와서는 한곳으로 모였다. 상국은 평상 한쪽에 앉은 구슬치기를 하는 척하면서 동주 가까이 바짝 붙어 앉았다. 그 사이로 얼른 홍규가 끼어들었다. 정임도 명자와 함께 살그머니 다가왔다. 다음 날의 거사를 확인해야 했다. 몇 번을 벼르고 벼르던 거사였다. 이번만큼은 꼭 성사되어야 했다.

“너거들! 알고 있제? 내일 약속한 거 말이다. 학교 갔다 온 다음 얼른 숙제 끝낸 후에 내일은 꼭 저기 이송도 오르막길까지 끝까지 올라가 보는 기라. 올라갈 때는 쪼매 힘들어도 높은 데서 보는 바다가 정말 기똥찬기라! 그곳에서는 수평선까지 한눈에 다 보인다꼬. 미국에서, 영국에서 온 엄청나게 큰 화물선들도 구경할 수도 있다 아이가. 상국이 니는 니 아버지 망원경 있으면 가져 온나. 망원경으로 보면 더 잘 보일끼다. 잊어묵지 말고… 꼭, 알았제?!”

“근데, 근데 말이다. 오늘 일은 우리끼리만 아는 비밀이데이! 진짜로 진짜로 어른들한테 말하면 안 되는 기다. 비밀 꼭 지키라! 잘 알았제?”

동주의 입단속을 기다렸다는 듯이 모두 일제히 고개를 끄덕였다. ‘자, 새끼손가락 걸기!’ 하며 단단히 약속을 걸고 난 후 아이들은 그제야 남은 구슬치기에 열중했다.

정임은 괜히 가슴이 두근두근했다. 뒤늦게 후회가 가슴 밑바닥에서 부터 솟아올랐다. 막상 가겠다고 큰소리를 치긴 했으나 한편으로는 무서웠다. 자꾸 콩닥콩닥 가슴이 뛰었다. 한순간 누군가가 뒷덜미를 챌 것만 같은 기분을 떨쳐버릴 수가 없었다. 먼젓번보다 조금 더 높은 곳이라는 말도 왠지 자꾸 걸렸다. 마음속에서 비눗방울처럼 퐁퐁 솟아 오르는 두려운 마음과 무서운 마음을 애써 참아야 했다. 만약 어른들 이 알면 혼이 날 것은 물론이고 큰 난리가 날 것이었다. 새삼 두려워진 정임이 저도 모르게 몸을 움츠렸다. 그때 누군가 탄식을 했다. 그리고 곧 누군가가 그 뒤를 받았다.

“야, 오늘 밤은 달이 유난히 밝데이! 별도 엄청스리 많다 아이가!!”

“맞다! 맞다! 별이 한꺼번에 반짝, 반짝 하는기, 우리보고 손 흔들고 놀자고 아는 척하는 기제?”

“마, 집에 들어가기 싫다 아이가!”

11.

삼복이 지났는데도 더위는 누그러질 줄 몰랐다. 더위를 식히는 곳 으로 키 큰 전봇대의 삿갓등 아래 저녁 평상만 한 것이 없었다. 아지매 들은 평상에 둘러앉아서 짭짤한 부업을 할 수 있는 정보도 얻어야 했 다. 아이들을 잘 먹이고 교육하는 것을 남편한테만 의지할 수 없는 노 릇이었다. 손을 보태어야 했다. 무슨 일이든 해야 했다. 아직 경제적으로 자리가 잡히지 않은 한국 정세를 라디오 뉴스를 통해 들을 때마다 고개를 끄덕이곤 했다. 한편으로 이미자의 '동백 아가씨'나 남인수의 '무너진 사랑탑'을 들을 땐 조금이나마 위로를 받을 수 있었다. 오기택의 '고향 무정'을 들을 때는 고향을 떠나온 사람들이 눈을 먼데 둔 채 라디오에 귀를 내놓는 것으로도 위로를 얻었다. 하지만 최근에 일어난 베트남 전쟁에 대한 뉴스가 나올 때는 귀를 바짝 세웠다. 남의 나라일 같잖았다. 십수 년 전에 일어난 한국동란의 후유증이 동네 사람들의 마음에도 몸에도, 살림살이 곳곳에 남아 있었기 때문이었다. 한국전쟁의 마지막 사수지 낙동강 전투에 참전했던 이도 있어서 술 한잔만 걸치면 그때의 무용담을 습관적으로 꺼내는 사람도 있는가 하면 9.28 수복 때도 북쪽 고향에 돌아가지 못한 이도 있었다. 목발의 상이군인 역시 그랬다. 개성이 고향이었으나 이곳에 눌러앉았다. 툭하면 술에 의지하고 소란을 일으켰으나 피난민에다 외톨이라 불쌍히 여겨 동네 사람들이 별 문제 삼지 않은 것이었다. 남쪽 여러 지방에 고향을 둔 이들 역시 마찬가지였다. 이들은 새로운 이웃과 형제의 정을 나누며 적응하고자 애를 썼다. 모두 약속이나 한 듯 긍정적이고 적극적인 삶의 자세를 대체로 잘 유지했다. 몸과 마음만 건강하면 무슨 일이든지 해낼 수 있다고 여겼기 때문이었다. 모여서 함께 술을 마시는 이들은 삶이란 무엇보다 정신력이 중요하다고 입을 모아 강조하곤 했다. 그래야 언제든지 무슨 일이 있어도 살아남는다고 여겼다. 억척이었다. 돈이 된다면 크고 작은 일과 힘든 노동도 마다하지 않았다.

그러나 어느 날 라디오에서 새로운 전쟁 뉴스가 나오면서 동네가 술렁였다. 베트남 전쟁이었다. 베트남이 한국에서 그다지 먼 곳이 아님은 사람들은 뉴스를 통해 대강 알고 있었다. 한국전쟁의 처참한 기억이 아직도 눈에 선한데 채 잊기도 전에 이웃 나라의 전쟁 뉴스를 듣는 일은 몹시 불편했다. 물론 북에서 재침한 소식이 아닌 것은 다행한 일이었다. 그러나 전쟁의 참상이야말로 뭐라 말할 수 없는 끔찍한 것이고 그 후유증 또한 얼마나 큰지 알고 있으므로 동병상련의 마음에 '에고' '참!' 혀를 찼다. 베트남도 우리나라처럼 남북이 길게 이어진 나라여서 자연스럽게 둘로 쪼개질 가능성을 걱정하는 이들도 있었다. 거의 쉰 가구가 되는 이 동네에서 청년들의 머릿수를 따져보며 대강 짐작할 뿐이었다.

그러나 문제는 딴 곳에 있었다. 아닌 게 아니라 얼마 전부터 이 동네의 어느 집에서 젊은이 몇이 베트남 전쟁에 파병을 간다는 소문이 돌았다. 남의 나라 전쟁에 한국의 젊은이가 싸우러 간다는 것에 뜬금없어했고 뜨악해하는 사람들이 많았다. 그러나 곧 한국전쟁이 났을 때 전 세계 16개국에서 참전하며 도왔다는 것을 상기했다. 그러니 '그기, 그기다!' 라고 금세 털어내는 것이었다.

골목 동네의 남정네들은 각자 그 시간 집에서 자기만을 위한 소소한 시간을 가지고자 애를 썼다. 골목 안이 조금 왁자해도 아이들이 보여 놀 거나 노래를 부를 때 못 들은 척해주는 것도 그랬다. 뜨거운 여름날 온종일 고생하는 것은 여인들이나 남정네들이 매한가지였다. 오늘도 저녁 마실 나간 아내들과 아이들은 적당히 바람 쐬고 놀다 늦지 않게 집으로 돌아올 것이었다. 식구들이 다 모이면 잠자리에 들고 고된 하루도 어제처럼 막을 내리면 되었다.

한껏 어두워진 골목 안쪽 전봇대에 매단 삿갓 등이 점점 밝아졌다. 이제 슬슬 돌아갈 시간이 되었다는 신호였다. 그러나 이런저런 흥미로운 화제에 물오른 지 얼마 되지 않은 늦게 온 아지매 몇은 오늘도 쉽사리 자리를 털지 못했다. 마지못해 일어나려고 엉덩이를 들썩이는데 그때를 기다렸다는 듯 어둠을 뚫고 명징하고 애달픈 하모니카 소리가 날아들었다. 곧 아지매들이 일제히 소리 나는 쪽으로 고개를 돌렸다가 하나둘 슬그머니 주저앉았다. '그러면 그렇지!' 했다. 서로를 쳐다보며 안심하듯 고개를 끄덕이는 사람도 있었다.

"그나저나 하모니카는 누가 부는기고?"
"기가 막히제?"
"그래 말이다!"

아지매들이 눈을 동그랗게 뜨고는 저마다 하모니카 소리가 들리는 방향으로 몸을 돌렸다. 누군가는 좌우로 고개를 휘저으며 하모니카의 근원지를 적극적으로 찾으려 했으나 곧 고개를 갸우뚱거렸다. 음악에 맞춰 몸을 흔들며 흥을 돋우는 아지매도 있었다. 약속이나 한 듯 몸을 이리저리 흔들며 노래를 따라 부르는 이도 있었다. 당장은 음악을 듣는 것이 우선이었다.
그때 상국이 손가락을 들어 어느 한 곳을 가리켰다.

"저기… 저 이층집 총각 아저씨가 부는기라예."

　　마치 큰 비밀이듯 귓속말로 살짝 알려주었다. 갑자기 눈이 동그래진 동네 아지매들이 너무나 의외라는 듯 짧게 외쳤다. 이내 뭔가를 알아챘다는 이가 질문을 했다.

"정말이가? 근데… 니는 어떻게 아는데?"
"아는 아저씨가?"
"어떻게 생겼노?"
"뭐 하는 사람이라 카더노?"

입에서 나오는 대로 말을 던지던 아지매들이 금세 조용해졌다. 누군가 하모니카 소리를 듣자며 입술에 검지를 갖다 대었기 때문이었다. 이내 고개를 끄덕이며 일제히 하모니카 소리를 향해 일제히 방향을 틀며 몸을 편하게 기울였다. 뭔가 자꾸 궁금했고 또 궁금했다. 그래도 지금은 그저 귀만 열어놓아야 하는 것이었다. 마구 부푸는 설렌 마음도 내려놓아야 했다. 또 언제 이런 생음악을 감상하겠는가 이런 호사를 누릴 건가 싶어서였다. 그저 가슴이 마구 쿵쿵 뛰기만 했고 몸을 내맡겨야 했다. 그렇지, 며칠 전에 한 번으로 끝난 술 알았는데 오늘도 참 좋은 날이지 않은가 하며 고개를 끄덕였다.

　아직 흥이 남은 여덟아홉 살 정도의 여자아이 몇도 그랬다. 이제 막 수수께끼 놀이를 끝내고 둘씩 마주 앉아 부르던 '퐁당퐁당' 노래도 잠시 멈추어야 했다. 아까부터 손바닥을 위에서 아래로 안에서 바깥으로 짝짝 쳐대며 신나게 '푸른 하늘 은하수'를 불렀다가 '오빠 생각'도 불렀다가 다시 새로운 노래를 찾아내며 합창도 한 터였다. 아이들은 잠시 귀를 기울이며 '오늘도 하모니카가 우리 마음을 알아준다 아이가. 거 봐라. '푸른 하늘 은하수'를 불고 있는 것이 희한하지 않나 말이다. 우리가 부르는 노래를 미리 알았던 기다. 우리하고 같은 마음인기라.하고 생각했다. 누가 먼저라 할 것 없이 남자아이 여자아이들은 곧 곡조에 가사를 붙여 큰소리로 따라 불렀다. 아이들에 이어 흥이 오른 아지매들도 슬그머니 따라 불렀다.

'봐라. 노래가 이리 좋다 아이가.' 누군가 탄식할 때 다른 이들도 솟아오르는 흥을 마음껏 쏟아내었다. '이제, 마, 그만 일어서야지' 하면서도 이대로 집으로 돌아가기 아쉬웠던 차였기에 더욱 그랬다. 콧노래로 따라 부르던 아지매 몇은 아예 앞뒤로 몸을 움직이며 아이들과 함께 흥을 한껏 돋웠다. 미국 노래 '스와니강'이 흘러나올 때는 몇몇 아지매는 왠지 모를 슬픔에 가슴이 벌렁거리고 눈물이 찔끔 났다. 어두웠기에 망정이지 주책이라는 말을 들을까 봐 얼른 눈가가 가려운 듯 긁는 척하였다.

"아이고, 참말로, 참말로 듣기 좋데이!"

"하모니카는 나도 쪼매 부르는데… 솜씨가… 마, 이건 장난이 아닌기라!"

"지금 내 마음도 어쩔 줄 모르겠다 아이가…우짜꼬?"

"참, 내사 마, 몬살겠다. 근데, 봐라. 내 가슴에 손 좀 얹어봐라. 와, 와, 이리 쿵쿵 뛰는데?"

"눈물난데이… 잘 들어봐라. 지금 저 총각이… 총각인지 아닌지 몰라도 뭔가 있는기라. 뭔 사연이 있고말고."

“뭔 사연은? 그냥 부는 솜씨가 좋은 기지. 쪼매만 연습하면 다 저 정도는 부는 기라!”

12.

어둠이 더욱 짙어가는데 평상의 아지매들은 일어나기를 벼르면서도 여전히 미적거렸다. 어릴 때부터 하모니카 소리엔 익숙한데도 지금 들리는 하모니카 연주는 웬만한 어른이나 아이들이 부는 것과는 비교 안 되는 솜씨임을 알고 있어서였다. 하모니카는 특히 그랬다. 듣는 내내 신난 줄 알았는데 그게 아니었다. 한쪽 가슴이 아리고 마음이 한없이 뭉쳤다가 풀어졌다. 풀어지면서 아득한 저쪽의 세계를 확 열어젖혔다. 그곳엔 한 번도 가지 못한 나만의 비밀스러운 세계가 있을 것이었다. 어둠이란 이럴 때 얼마나 고마운 것인가. 감정이 한껏 고조되어 상기된 서로의 민낯의 표정을 들킬 염려도 없으니 마음 놓고 마음 가는 대로 자신을 흘려보내면 되었다. 어떤 이는 어둠 속에서 한없이 여려지는 마음을 추스를 길 없다는 듯 한숨을 쉬었고, 어떤 이는 옆에 있은 아지매의 어깨에 살그머니 머리를 기대거나 한 손에 턱을 고인 후 곡조에 맞춰 바닥을 타탁 타탁 두드리기도 하였다.

“니, 정신 차리거래이. 와, 이래 쌌노?” 핀잔을 주었으나 “그래, 그래. 마, 나도 니 마음과 똑 같다 아이가.” 하며 맞장구를 쳐주기도 하는 것이었다.

그때 갑자기 하모니카 소리가 뚝 그쳤다. 잠시 정적이 흘렀다. 곧 기다렸다는 듯 여기저기서 자리 터는 소리가 들렸다. 이제는 '고마 가야지' 하고 아지매들이 아이들을 일으키려는데 맑고 낭창한 기타 소리가 어둠을 이리저리 퉁기는 것이었다. '아지매들요. 지금 어디가는교? 그게 잘 안될끼라예!' 라며 뒷덜미를 한순간에 낚아채며 일어서던 걸음을 가로막았다. 요새 한창 인기곡인 '애수의 소야곡' 이었다. 잔잔하면서도 애절한 음률이었다. 가슴 저 아랫부분을 단숨에 감아올리며 툭 퉁겨냈다가 한순간 산모퉁이를 돌아드는 청산유수처럼 골목 안을 돌고 돌았다가 또 돌아가는 것이었다. 곡조는 힘찬 물방울처럼 귓속에 알알이 박혔다가 툭툭 밖으로 떨어져나오면서 사람들의 가슴으로 죄다 흘러 들어가는 것이었다. 모두 한순간에 포로라도 된 듯 엉거주춤 앉아 도저히 일어날 수 없었다. 뒤이어 '꿈꾸는 백마강' 과 '꿈속의 사랑' 이 흘러나올 때는 곡이 끝날 때까지 아지매들을 마구 흔들어 놓았다. 아니 꼼짝하기 싫었다. 누군가 노래 제목을 일러주었으나 그 곡이 무엇이고 어떤 제목인지 몰라도 좋았다. 애절하고도 강렬한 기타 선율이 어둠을 뚫고 퍼져나가는 동안 그저 귀와 마음을 내줄 수밖에 없다는 것을 알아챘다. 집에는 가야 하고 몸과 마음이 영 말을 듣지 않는 것을 어찌하랴 싶었다. 간간이 아이들은 잡담하면서도 어른들 눈치를 보는 것도 잊지 않았다. 난감함이란 그런 것이었다. 늦은 밤에 어른들이 일어나지 않는 것에는 다 이유가 있는 법임을 아이들은 잘 알고 있었다. 오늘 밤도 며칠 전처럼 조금 늦게 자도 좋았다. 조금 더 놀다가 가야 더 신이 날 것이었다.

“아이고, 우짜노… 우리 엄마 오늘도 잠 다 잤데이.”

한동안 조용하던 정애가 엄마 귀에 대고 속삭였다. 그 말을 들은 경자가 기다렸다는 듯 맞장구쳤다.

“내 말이… 우리 엄마도 그렇다 아이가.”
“어찌, 어찌 이리 잘 불고 잘 치노 말이다. 내사 마…할 말이 없다 아이가.”
“니도 애간장이 다 녹제?”
“도대체 누고? 총각이라메? 도대체 어느 집에 사는 어떤 총각이고?”

좀 전에 쪼매만 연습하면 이 정도는 다 하는 거라고 말했던 아지매가 갑자기 벌떡 일어나더니 한마디 툭 던졌다.
“마, 이제 고마 퍼뜩 일어나거라. 총각인지 아닌지 우리가 우찌 알끼고. 또 총각이면 또 우짤 낀데? 아지매들, 형님, 동생님들 보이소. 가서 안 잘끼요? 내일 학교 가는 아아늘 잠자리도 봐야지. 어서 퍼뜩퍼뜩… 일어나라카이.”

갑자기 정신이 번쩍 들었는지 여기저기서 넋 놓고 있던 아지매들이 하나둘 어둠을 털고 일어났다. 일어나면서 각자 자신의 아이들 등짝을 마지못해 툭툭 쳐댔다. 마음 한쪽으로는 기타 연주를 더 듣고 싶은 마음이 꿀떡 같지만 어쩔 수 없었다. 집에서 기다리는 남편 생각에 마음이 조마조마한 것이 걱정이 된 터였다.

"얼릉 가자, 아부지 기다리겠다 아이가."

이곳저곳에서 말이 떨어지기가 무섭게 아이들이 벌떡 일어나며 하나둘 자리를 털어냈다. 아쉽지만 어쩔 수 없다는 듯 몸을 비비적대며 신발을 꿰었다. 평상은 순식간에 텅 비었다. 하지만 정애는 여전히 주저앉은 채였다. 무릎 사이로 고개를 묻으며 자꾸 미적거렸다. 다리에 힘을 줄 수가 없었다.

"나는 좀… 더… 듣고… 갈끼다."
"이 가시나가… 퍼뜩 안 일어나나? 니, 숙제는 다 했나? 아직도 안 했제?"

엄마의 우왁스런 손에 손목을 잡힌 정애는 마지못해 무릎은 펴고는 치마를 소리 나게 탈탈 털었다. 몸을 비틀며 겨우 따라나섰으나 아쉬워 선뜻 몸을 돌리지 못했다. 숙제는커녕 싹 다 그만두고 여기 잠시 엎드려서 기타 연주만 하염없이 듣고 싶었다. 아니, 이대로 밤을 꼴딱 새우고 싶었다. 그래야 할 것 같았다. '요새 내 마음이 억수로 어수선하다 아이가.' 지금 저 기타는 지금 내 마음을 꼭 알아주는 기라. 싶었다. 하지만 어쩔 수 없었다. 제 아이들을 앞세운 골목의 아낙들은 겉으로는 아무렇지 않게 각자의 집으로 돌아갈 때 정애도 정애 엄마도 발걸음이 떨어지지 않았다. 가슴을 쥐어짜고 쿵쿵 마음이 휘둘리는 것이 속내가 몹시 갑갑했다. 아낙들은 아낙대로 아이 아버지가 큰 소리를 내기 전에 일어날 수밖에 없다는 것에 억울했다. '그나저나 오늘따라 이노무 발이 저리긴 왜 또 저리노 말이다.' 하며 괜한 발을 툭툭 쳐댔다.

어두운 골목 여기저기서 휘적휘적 하나둘 등 떠밀리듯 아낙들과 아이들이 일어나는가 했는데 어느새 골목 안이 텅 비었다. 어둠만 꽉 들어찬 골목엔 애잔한 기타 소리만 끊어질 듯 실꾸리를 풀어놓은 듯 감미롭게 이어지고 있었다. 누구의 애간장을 더 녹이려고 그러는 것인지 늪지대의 실안개처럼 이리저리 몸이고 등이고 가슴이고 마구 기어오르다가 어둠 속 여기저기를 휘휘 내저으며 후끈 퍼지는 것이었다. 그것은 한 번 휘감기면 좀체 뿌리치기 어려운 끈끈한 거미줄과도 같았다. 한 순간에 숨이 꽉 막혀 집으로 들어간 그 순간까지 아지매들의 뒷덜미를 끌어당겼다가 놓았다 반복했다.

마지막까지 엉덩이를 미적거리던 미스 김은 왠지 억울하고 화가 났다. 한편으로는 무섭기도 했다. 이 순간 전혀 알 수 없는 낯선 세상 속으로 한 발 두 발 걸어 들어가는 듯한, 아니 미끄러져 들어가는 듯한 불안한 이 느낌은 왜일까. 이 울렁임은 또 무엇일까. 요즘 늘어 생긴 병인가 싶은 것이 가슴이 막막하고 답답했다. 퇴근길에 발이나 조금 풀어보려 하이힐을 벗고는 평상에 잠시 앉았다가 갑자기 울려오는 하모니카 소리와 기타 연주에 넋을 놓은 것이다. 어느 정도 위로받았나 싶은데 여전히 마음 곳곳에 난 구멍을 막을 도리가 없었다. 종일 다방에서 손님들을 대응하고 차를 나르느라 하이힐을 신은 발이 퉁퉁 부은 것은 억울하지 않았다. 이보다 더 기타를 잘 치는 레코드판이야 다

방에도 많았다. 매일 이 음악 저 음악을 수도 없이 틀고 틀었다. 가요도 틀고 요즘 유행하는 사이먼과 가펑클이나 엘비스 프레슬리의 팝송도 틀었다. 저도 듣는 귀가 있다고 생각했다. 그러니까 음악을 듣고 감상하는 데는 이력이 낮음에도 귀를 의심할 정도였다. 들으면 들을수록 기가 막힌 저 기타 실력이라니. 그것도 생음악이라니. 미스 김이 프로의 기타 연주를 직접 듣는 것은 사실 처음이었다.

누굴까? 갑자기 이 밤에 기타를 치는 사람이. 정말이지 궁금하기 짝이 없었다. 도대체 누구인지 기타를 듣는 내내 궁금했다. 이 정도로 기타를 잘 치는 사람이면 아무래도 밤업소에 나가는 사람이기 쉬울 텐데 이 밤에 골목 동네에서 기타를 치는 것을 보면 그건 또 아닌 듯했다. 동네에 사는 사람들을 대강 알고 있던 터였으나 잘 모르는 사람도 더러 있었다. 요즘 들어 이사를 들고 나는 사람들이 많아서였다. 조금 안면을 익힐 만하면 그새 또 새사람으로 바뀌어 있었다. 벌써 2년을 살았다. 동네에서 오래 산 사람들의 얼굴은 다 알았다. 다방에서 일한다는 것 때문에 얼굴을 마주치지 않으려고 하는 사람도 있지만 대부분 한 동네 사는 편안하게 대해주어 오늘도 이렇게 평상에서 잠시 엉덩이를 걸칠 수 있는 것이었다. 특히 아이들에게 인기가 많았다. 배달을 나갈 때 만난 아이들이 '미스 김 언니, 또는 누나'라고 인사하면 미스 김은 제가 가지고 있던 초콜릿이나 사탕을 나누어준 것도 호감을 샀을 것이었다. 오늘따라 하모니카와 기타 연주는 미스 김의 요즘 심정을 잘 알고 있는 것 같아서 한없이 기대고 싶어지는 것이었다. 이제는 다방 레지를 그만두고 고향으로 돌아가야 할 때가 되었다. 아버지의 병환이 점점 깊어지는 것을 걱정하는 동생의 편지를 받은 지도 벌써 일주일이 지났는데 답장하지 못했다. 그뿐 아니었다. 어디서부터 언제부터 그런 소문이 돈 것인지 모르지만 양갈보라는 소문이 미스 김 뒤를 따라다닌다는 것을 얼마 전에 알았던 터였다.

저 영도다리 건너 미군들을 대상으로 하는 밤업소 근처에서 미스 김을 보았다는 누군가의 말이 소문처럼 빠르게 퍼져가고 있다는 것을 처음 침쟁이 할매에게 전해 듣고는 제 귀를 의심했다. 정말 억울했다. 미군 부대 근처에는 간 적이 없는 것은 물론이지만 얼마 전부터 웬 남자가 치근덕거리고 있었던 것은 사실이었다. 미제 보따리장수에게서나 국제시장에서 구제 물건을 자주 구입한 탓에 남다른 친분이 있는 영란네가 여기저기 나서서 무마되었기에 망정이지 동네 아지매들 중 아직도 수상한 눈빛으로 미스 김을 보는 이도 있었다. 커피 배달을 갈 때도 전에 같지 않게 치근덕거리는 패들도 늘어났다. 하루하루 마음이 불안하고 불편한 것은 어쩔 수 없었다. 미스 김은 아무래도 이쯤 해서 일을 그만두어야 했다. 한 가지 마음에 걸리는 것은 일수계였다. 일을 해서 번 돈의 대부분을 일수계를 넣는데 조금만 더 애를 쓰면 제법 큰 돈이 될 것이었다. 다 붓지 못하고 탈퇴하면 꽤 손해를 보아야 했다. 그러나 어쩔 수 없는 일이었다. 미스 김은 손등으로 촉촉하게 젖어오는 눈가를 훔쳤다. 이미 어두워진 탓에 기타 연주에 눈가가 사뭇 젖어오는 것을 동네 아지매들한테 들키지 않은 것이 얼마나 다행인지 몰랐다.

한여름 밤의 꿈

13.

　“이 한밤중에 누가 기타 치노? 도대체 어떤 놈이고?”

　겨우 참고 누른 기색이었음을 애써 감추지 않은 조한수는 제 가슴을 몇 번 더 토닥였다. 허리를 곧추세운 후 다리가 후들거리는 것을 겨우 잡고 몸을 바로 세웠다. 하지만 한참 참고 참았다가 겨우 큰소리는 쳤는데 아무런 반응이 없는 것이었다. 반응이 없는 게 아니라 저 하모니카 소리는 그렇다 치고 기가 막힌 기타 연주는 아직도 멈추지 않고 있었다. 정애 엄마가 그의 고함을 듣지 못한 것이 틀림없었다. 그때 엄마 손에 이끌려 집으로 향하던 정애는 들었다. 모녀에게 들으라는 듯 갑자기 창문을 벌컥 열고서는 아버지가 큰소리를 내지른 것이었다. 금순 역시 그랬다. 어두운 골목 안쪽에서 냅다 소리 지른 남정네가 남편인 줄 알고 있으면서도 모른 척했다. 아니 못 들은 척했다. 오늘은 그래야 했다. 속에서 뭔가 울컥거리며 숨이 막혀서였다.

　몇 번 더 소리칠까 말까 망설일 때 현관문을 밀고 들어온 모녀를 보고 조한수는 가슴이 뜨끔했다. 금순이 내외하면서 방안에 들어온 후 방에 흩어진 물건을 대강 정리한 후 거칠게 잠자리를 펴는 것이 그랬다. 금순은 등 뒤에 꽂힌 그의 시선을 일부러 모른 척하고는 슬쩍 벽시계를 보았다. 오늘 밤마실은 어제보다 조금 늦은 것을 아니, 그 그저께보다 좀 더 늦어 내심 불안했으나 한편으로는 뭐, 어쩔 것인가. 살다 보면 이런 날도 있는 것이지 하며 마음을 내려놓자 했는데 편치 않았다. 조한수는 저대로 저녁밥 배부르게 잘 먹고 슬그머니 밤마실 나간 금순이 며칠 전부터 느닷없는 저 하모니카 소리와 기타 소리에 온정신을 빼앗긴 것만 같아 마음이 몹시 불편했다. 문제는 남편의 기분이 상한 것을 아내가 모르고 있다는 것이다. 요즘 들어서 아내가 자꾸 바깥으로 눈을 돌리고 있는 것만 같아 은근히 걱정된 터였다. 그때 알지 못할 불안함이 느닷없이 조한수의 뒷덜미를 낚아챘다.

사실 저녁 마실이야 이 동네 아낙들의 일상사가 되었으니 그럭저럭 각자의 시간을 가지는 것도 나쁘지 않았다. 한동네 사는 아지매들이 아이들 키우며 정보도 얻고 살림살이나 이런저런 이 동네 저 동네 돌아가는 사정을 엿보는 것은 여러 가지로 나쁠 게 없었다. 그것뿐만 아니었다. 몸 아끼지 않고 아이 뒷바라지하랴 집안 살림하랴, 뭐라도 일감이 있으면 수월찮게 용돈벌이해서 집안 살림에도 보태니 그깟 저녁 마실쯤이야 아무 문제 삼을 게 없었다. 아내도 잠자기 전만큼은 일에서 벗어나 조금 편안하게 쉬고 싶을 것이었다. 이 정도는 이해해야 좋은 남편일 것이었다. 그러나 그게 잘되지 않았다. 요 며칠 마음이 싱숭생숭한 것이 자꾸 뒷머리가 무겁게 엉겨왔다. 전에 없던 불안감이었다. 알 수 없긴 하지만 이번만큼은 마누라가 무슨 일을 낼 것만 같아 영 좌불안석이었다. 아내에 대해서 아직도 뭘 모르고 있는 것은 아닌가 싶었다. 이런 마음을 가진 적은 지금까지 십수 년을 살아오면서 한 번도 없었다. 조한수는 오른손 왼손을 바꾸어서 제 얼굴을 몇 번 주먹으로 쳐댔다. '지금 니가 무슨 생각을 하는기고. 이게… 미쳤나. 돌아도… 단단히 돌았다 아이가.' 자신을 향해 질책했다. 그러나 질책하면 할수록 마음 한쪽은 불안하기 짝이 없었다.

조한수는 갑자기 다리에 힘이 빠지면서 방바닥에 털썩 주저앉았다.

'니가, 정말로 미쳤제. 그래, 단단히 미쳤나베. 집을 떠나 있을 때도 지금까지 뭐, 의심을 한다거나 이상한 생각을 한 적 없다 아이가. 근데, 지금 무슨 귀신 씨나락 까먹는 생각을 하고 있노 말이다.'

얼굴이 얼얼할 정도로 툭툭 치고 또 쳤다. '한 번도 이런 일은 없었는데' 만 자꾸 되뇌었다. 무슨 믿는 마음인지 몰라도 이상하리만치 지난 몇 년간 배를 타고 집을 떠나있어도 한 번도 아내를 의심하거나 불안한 마음을 가진 적이 없었다. 그러나 이번만은 마음이 여간 불안한 것이 아니었다. 아내의 나이가 벌써 마흔인데 무슨 일이야 있으랴만 이번엔 안심하고 배를 탈 수 있을까 은근히 걱정 아닌 걱정이 되는 것은 어쩔 수 없었다.

말이야 바른말이지 며칠 전에 금순이 집에 돌아와서 몇 번이고 하모니카와 기타 이야기를 했을 때만 해도 그저 그러려니 했다. 그때 조한수도 분명히 듣긴 했다. 라디오 뉴스를 듣고 있을 때 골목 안 중간쯤에서 날아오는 하모니카 부는 소리와 기타 소리를 분명 들었다. 계속 라디오에 집중하고자 했지만 뭔지 모르게 뭔가에 이끌러 자꾸 마음이 바깥을 향하는 것도 그냥 내버려두었다. 아니 순식간에 바깥으로 달려가는 것을 막지 않았다고 하는 것이 옳았다. 누군지는 알 수 없지만, 아니 알 필요는 없으나 하모니카 부는 솜씨에는 탄식했다. 얼마 만에 듣는 하모니카 소리인가 저도 모르게 잠시 마음이 노곤해져 감상에 젖었었다. 그러나 그게 다가 아니었다. 이런 우라질! 기타까지 치는 것이었다. 하모니카도 하모니카지만 정말 더 기가 막힌 것은 기타 치는 솜씨였다. 인정하지 않을 수 없었다. '그렇게 잘 치는 기타 연주는 처음 듣는 기라.' 쓴웃음을 지으며 혼잣말로 되뇌고 또 되뇌었다. 자세를 여러 번 고쳐 앉았음에도 오금이 다 저리는 것이었다.

"이런, 젠장!"

조한수는 다리에 힘이 풀려 털썩 주저앉았다. 다리만 풀린 것이 아니었다. 뭐라고 소리친 것인지 미닫이 건너 방바닥에 엎드려 만화를 보고 있던 정애가 아버지를 힐끗 올려다보며 눈을 치켜떴다.

"아부지, 와그라는데?"
"아…아니…!"

이럴 때 무슨 말이 적당한지에 대해 조한수는 알지 못했다. 아니 생각한 적 없었다. 며칠 전 이불 속에서 금순이가 그의 가슴에 덥석 안기며

"아이구야, 정애 아부지요. 그렇게 솜씨 좋은 사람 처음 보았어예. 어찌 그리도 하모니카를 잘 부는지, 기타는 또 어떤교? 내사 고마, 가슴이 쿵 내려앉는 기!"

했을 때 조한수의 가슴 또한 쿵 내려앉았었다.
그랬다. 아내가 감탄할 때만 해도 그저 그렇겠거니 했다. 그런데 기타 치는 소리를 오늘 또 듣고는 생각이 싹 달라졌다. 기타에 가끔 관심을 두었지만 그때뿐이었다. 골목 초입 선술집 아들이 기타를 뜯는 것을 몇 번 들어보았어도 그저 그랬다. 아직 배우고 있는 햇병아리 솜

씨라서 그럴지도 몰랐다. 그런데 오늘 보니 이건 아니었다. '애수의 소야곡'을 반주까지 차차차…넣을 때는 숨이 막혔다. 귀도 막혔다. 멜로디만 치는 것이 아니고 중간중간에 반주까지 넣어 치는 솜씨는 그야말로 일품이었다. 악보를 보고 뜯었는지 그것까지는 알 수 없어도 보통내기가 아닌 것만은 틀림없었다.

조한수는 도대체 뭐가 뭔지 알 수는 없었으나 오늘 저녁 내내 뭔가 억울하고 속이 편치 않았다. 사흘 전 그날따라 금순이 한 시간이나 집에 늦게 들어온 것이 그렇고 뒤통수를 향해 잔소리한 것도 여간 마음에 걸리는 것이 아니었다. 그뿐 아니었다. 아내의 안색이 어딘지 모르게 뭔가 달라 보이는 것이 더 마음이 씌었다. 한쪽에 정신을 팔고 먼 곳을 보는 것만 같아서 묘한 기분마저 들었다. 십수 년을 함께 살면서도 볼 수 없었던 낯선 표정이었다. 눈으로 빤히 보면서도 쉽게 인정 안 하고 싶었다. '내가 누고, 조한수 아이가.' 하면서도 인정할 건 해야지 하며 마음을 억지로 누그러뜨렸을 뿐이었다. 같은 배 타는 선원 중에서도 기타를 잘 뜯는 이가 있기는 하지만 저 정도는 아니었다는 둥, 신나게 흥을 돋우며 멜로디를 잘 쳤으나 그리 부러울 정도는 아니었다는 둥 하며 애써 털어내었다. 하모니카도 그랬다. '고향 생각'이나 '울 밑에 선 봉선화' 연주는 기본이었다. 좀 분다는 사람은 그랬다. 혼자 알음알음으로 배운 조한수도 어느 정도 실력은 되었다. 그런데 기타는 달랐다. 제대로 배워야 했다. 아는 형님한테나 잘 치는 사람한테 최소한 기본 몇 개월은 배웠으나 이 정도가 되기엔 쉽지 않은 것이다. '나도 듣는 귀가 있는데.' 마음을 누그러뜨려야 했다. 이 상황을 자신에게 이해시켜야 했다. 누군지 몰라도 솜씨가 뛰어난 것은 인정해야 했다. 프로였다. 곡을 치는 내내 기가 막혔다는 표현이 옳았다. 며칠 전까지만 해도 그냥 잘 치는 정도라고 생각했다. 그런데 오늘 들어보니 그게 아니었다. 아주 특별했다. 소리의 높낮이가 빈틈없이 뛰어났다. 사람 마음을 꼭 움켜쥔 채 쉽게 놓아주지 않았다. 들어보면 척 아는 것이다. 일단 한 번 훅 치고 들어온 곡조는 저 가슴 밑바닥까지 사정없이 후벼팠다. 갈고리를 힘껏 던져 바닥 깊숙이 사정없이 찔러넣었다가 이리저리 마구마구 파헤쳤다가 한순간에 잡아당기고 끌어올려서는 그대로 패대기쳤다. 제 마음을 제 마음대로 할 수 없다는 누군가의 말을 조금은 알 것 같았다.

가슴을 다독이며 몇 번이고 자세를 고쳐 앉는데도 조한수는 갑자기 열이 머리끝까지 뻗쳐올랐다. 어떤 놈이고, 어떤 놈인데… 사람 마음을 이렇게 잔인하게 후벼파는가 말이다. 사람 마음의 가장 깊은 곳에 횃불을 활활 타오르게 해놓고는 또 느닷없이 폭풍을 몰고 와서 한순간에 저 먼 우주로 날려 버리다니… 어쩌란 말인가. 진작 기타를 좀 만진 조한수는 갑자기 가슴이 뛰었다. 손가락이 근질근질했다. 그러나 참아야 했다. 이리저리 튀어 오르는 마음을 꾹 눌러야 했다.

금순은 이불을 펴고 자리끼를 들고 오는 동안에도 남편의 심기가 불편해 보였다. 아무래도 너무 늦게 온 것이 탈이라고 생각했지만 어쩔 수 없는 노릇이었다. 한편으로는 좀 더 있다가 올 것을 하는 마음이 남아 있던 터라 제 속도 편치 않았다. 밖으로 다 못 내보낸 그 무엇인가에 덜미 잡혀서 속이 자꾸 울렁거리는 것이 잘 먹다가 급체에 걸린 것만 같은 것이다. 남편한테 뭔가 미안한 마음이 들었으나 어쩔 수 없었다. 조한수는 조한수대로 평소처럼 아내가 가까이 다가오지 않고 멀찌 감치 이불을 펴는 것이 조금 불편했다. 좀 전에 잠자리를 보느라 방을 대강 닦아낸 금순이 부엌에서 그릇을 달그락거리며 미적댈 때 감이 오긴 했다. 뭔가 속이 상했을 때의 행동임을 이내 눈치챘다. 그러나 모른 척해야 했다. 아니 아무것도 아니라고 스스로 마음을 정리해야 했다. 사실이 그럴 것이니까. 하지만 쓸데없는 오버라고 생각하면 할수록 심기가 불편해졌다. 집에 막 들어선 그때의 금순의 얼굴을 다시 떠올려도 그랬다. 애써 지우려 해도 한 번도 보지 못한 아내의 낯선 얼굴이 불편했다. 분명 마음이 딴 데 가 있는 사람의 얼굴이었다. 평소처럼 애교를 떨거나 데면데면 그러지 않았다. 요 며칠 말수가 적어진 것도 마음에 걸렸다. 부엌에 앉아 저녁나절 밥을 짓다가도 혼자 먼 곳을 쳐다보는 것도 십수 년 동안 한 번도 본 적 없었다. 어제는 마실 갔다가 집으로 들어설 때도 무슨 생각을 하는지 그가 오후 내내 집에 있는 것을 뻔히 알면서도 정색하며 '언제 왔능교?' 능청을 떨었던 것도 그랬다.

'이노무 여편네가! 이 여편네가 갑자기… 갑자기 마음이 어디가 있노, 어디에, 누구한테 마음을 쏟고 있나 이 말이다!'

뒤숭숭한 마음을 어찌해야 할지 몰라 조한수는 거부스름한 천정을 올려다보며 긴 한숨만 내뱉었다. 괜히 저 혼자만 억울해 앞뒤 없이 들이치는 불안함을 애써 밀어내었다. 이 모두가 못난 놈의 잡생각이지 했다. 이상하긴 뭐가 이상해. 여자들은 하루에도 몇 번씩 변덕스럽고 잡생각이 많은 것이 특징이라고 삼석이 형님도 그러지 않았나. 그 형님네 형수도 그렇다고 말하지 않았는가 말이다. 조한수는 애써 마음을 진정시키고자 다리에 힘을 빼고는 바닥에 털썩 주저앉았다. 그러나 뒤통수가 자꾸만 당기는 것만은 어찌할 도리가 없었다. 오늘 밤은 긴 밤이 될 것만 같았다. 애를 써도 잠을 설칠 것만 같아 애먼 라디오 채널을 이리저리 돌렸다가 들었다가 놓았다 했다. 그럴수록 마음만 더 심란했다.

14.

아까부터 조용히 작은 방바닥에 엎드려 만화책을 보던 정애가 갑자기 정색하며 벌떡 일어났다. 자기 전에 이 한마디는 꼭 해야겠다 싶어 안방으로 건너와 아버지를 올려보았다. 도저히 아버지를 이해할 수 없다는 표정을 지었다. 곧 눈꼬리를 길게 끌어 올리며 아버지의 안색을 살피며 야무지게 말을 툭 던졌다.

"아부지, 아부지는 와그라는데? 아까부터 참 이상타 아이가. 그래도 이 말은 꼭 해야겠네. 아까 왜 우리보고 소리 지르고 그라는데?"

조한수는 딸의 뜻밖의 말에 순간 눈을 동그랗게 떴다.

"뭐라꼬? 니… 지금… 뭐라캤노?"
"오늘 기분 나쁜 일이라도 있었는가베. 상당히 민감하더라?"

말이 막힌 조한수는 배 아래께서부터 올라온 열이 한순간에 이마까지 훅 치고 올라오는 것을 느껴야 했다. 느닷없는 상황이었으나 딸에게 뭐라고 해야 했다.

"하필, 하필…"
"하필 뭐?"
"이 밤에 어떤 놈이 키타치노 말이다! 놈팽이가 분명하제? 아부지가 혼내줄끼다 마!"

다음 순간 조한수는 순간 멈칫했다. 대충 말하려 했는데 목에 너무 힘이 들어갔다. 평소답지 않게 유치하게 반응한 것과 그것에 더 화가 났다는 것을 알았다. 평소 화를 내본 적 없었던 딸에게 괜히 눈을 치뜬 것도 그랬다. 감정적으로 응수할 일은 아니었으나 말은 이미 따발총처럼 나가버린 다음이었다. 정애는 그제야 뭔가 눈치챘다는 듯 고개를 끄덕였다. 그리고 입가에 짓궂은 웃음을 매달고 아버지를 놀려먹는 것이었다.

"낄낄, 어쩐지, 아부지가 와그라는지 나는 알지롱!"
"알기는! 니가, 니가 뭐를… 뭐를… 안다는 말이고?"
"질…투!"
"뭐라꼬! 니… 뭐라캤노? 방금 뭐라 캤노!"
"아부지는, 아부지는 말이다. 저 기타 치는 오빠를 마…질투하는기라."
"지, 질…투, 질투라 캐, 캤…나?"

평소에 더듬지 않던 말을 더듬으며 얼굴이 벌겋게 달아오른 조한수가 당황한 기색을 감추기는커녕 순식간에 질투에 먼 남자가 되었다. 억울했다. 천둥벌거숭이처럼 짐승 모양 엉거주춤 서 있다가 앉을 수도 없고 서 있는 것도 어색한 이 지경을 고스란히 느껴야 했다. 평소에 수월하게 나오던 말도 얼른 나오지 않았다. 질투라니, 질투가 다 뭐꼬! 조한수는 자신의 인생에 존재하지 않는 질투라는 말을 듣는 순간 갑자기 피가 거꾸로 솟는 것 같아 하마터면 소리를 지를 뻔했다. 그러나 다음 순간 정색해야 했다. 딸한테 무슨 말이든 해야 했다. 평소에 건장했던 아랫도리까지 후들거렸다. 곧 다리에 힘이 쭉 빠졌다. 귓속이 멍해지면서 그만 방바닥에 털썩 주저앉고 말았다.

눈앞에서 일어난 뜻밖의 사태에 난감해진 조한수는 벌렁거리는 가슴을 잠시 진정시켜야 했다. 그 사이 방바닥에 엎드려 다시 만화에 정신이 팔린 정애가 힐끗 쳐다보면서 '그럼, 그렇지, 아빠가 지금 질투에 눈이 멀어 꼼짝없이 쓰러진기다.' 라며 뚱한 표정을 지었다. 조한수는 일단 일어나야 했다. 뭔가를 해야 한다고 생각했으나 아무 생각이 나지 않았다. 마당으로 달려가 얼른 수돗물을 틀었다. 콸콸 쏟아지는 물을 몇 번이고 뒤집어쓸 수밖에 없었다. 억울했다. 진정하려 해도 가슴 어디서부터 시작된 것인지 속이 울렁거렸다. 씁쓸한 그 무엇이 울컥 치밀었다. 여기저기 살점이 벌렁벌렁 떨리는 게 애를 쓸수록 심기만 불편했다. 순간 이건 아닌데 싶어 캄캄한 밤하늘을 올려보았다. 오늘따라 별이 유난히 초롱초롱한 것이 그 속으로 빨려 들어갈 것만 같았다. 곧 조금 전 마지막 들은 곡이 떠올랐다. '애수의 소야곡' 이었다. '애수의 소야곡' 이라니, 그 곡이 어떤 곡인데 말이다. 태평양 한가운데에 뜬 원양어선에서 향수병에 걸려 다 죽어갈 때 마음을 붙들어 준 바로 그 곡이지 않은가. 이후 그 곡은 자신의 목숨줄처럼 따라다녔다. 음악다방이나 술집을 가서도 '애수의 소야곡'은 꼭 들어야 했다. 그러면 마음이 다 후련했다. 향수병이 한순간에 저만치 물러갔다.

'그 노무 기타! 도대체 어떤 놈이고, 어떤 놈이고 말이다.' 조한수는 다리가 후들거렸다. 그러나 한편으로는 뭐 어쨌다는 거가. '애수의 소야곡'을 치든가 말든가 그게 뭐 어떻다는 것인가. 하는 억눌린 감정이 훅 머리를 치고 올라왔다. 말할 수 없는 뜨겁고 진한 감정이 명치 끝을 힘껏 눌러댔다. 제 의지로 스스로 한 발도 앞으로 나아가지 못했다. 한 발을 떼려는데 한껏 달아오른 심장이 가슴을 뚫고 튀어나올 것만 같아 깊은숨을 몇 번이고 들이쉬고 내뱉기를 반복했다. 막상 큰소리는 치긴 했지만 이제 어쩔 셈인가. 마누라가 뭘 잘못했냐고 따지면 사실 할 말은 없었다. 말끝을 채 맺지 못하고 얼버무린 것이 자꾸 마음에 걸렸다. 스스로 생각해도 기타 치는 솜씨는 인정해야 했다. 그랬다. 기타를 잘 치는 것이 문제였다. '아이구야, 장난이 아니네. 낯짝이라도 봐야 할 텐네. 도내체 어떤 놈이길래 이리노 잘 치나 말이다. 나노 소금만 더 연습하면 저 정도는 좀 안 돼도 쪼매 친다는 소리를 들을 수 있을끼지만…' 등등의 복잡한 마음이 한순간 썰물이 되었다가 이내 밀려든 밀물처럼 안간힘을 쓰며 요동을 쳤다. 애를 써도 아니, 애를 쓰면 쓸수록 다리만 자꾸 후들거렸다. 엎드려서 보던 만화책을 덮고는 자리를 털고 앉은 정애가 정색하며 수돗물을 뒤집어쓴 조한수를 빤히 쳐다보았다. 도대체 이해할 수 없다는 표정을 했다.

"아부지! 아까 그 기타… 말인데요. 우리는 듣기 좋기만 한데, 오늘… 아부지 쪼매 이상하다 아이가!"

조근조근 나긋한 목소리로 말을 툭 던진 정애가 아버지 눈치를 살피는데 조한수는 자신을 멀거니 쳐다보고 있는 딸이 문득 낯설었다. 그리고 순간 부끄러웠다.

"아니, 그게….."
"그게 뭐! 뭐! 뭐!"
"아니. 그게, 그러니까 그게….."

말을 더듬거렸다. 이건 아니지, 이런, 갑자기 애한테 밀리다니. 이건 내가 아니다. 내가 누군데 이래 봬도 조한수인기다. 조한수 아이가 말이다.

"하여간 아부지는 질투심이 대단한기라!"
"뭐라? 질투심이라고?"

그때 언제 부엌에서 방으로 들어왔는지 금순이 섭섭하다는 듯이 눈꼬리를 올리고는 큰 가슴을 들이밀었다.

"이 보이소. 정애 아부지. 좀 심하네요. 거, 별거 아인 거 가지고 와그라는데요? 한밤중도 아인데 기타도 몬 치나? 그게 뭐, 뭐 어때서, 뭐 어때서 그라는데요?' 기타 치지 말라꼬 법으로 정해 놨어예? 그 별거 아인 거 가지고 와 분란을 일으키는교? 정애가 뭐라캤다고요?"

평소에는 남편에게 눈을 크게 뜬 적이 없는 아내였다. 근데, 근데 이게 무슨 일인가. 순식간에 바뀌어 버린 기이한 상황이 조한수의 목울대를 기어이 건드리고 말았다. 이쯤이면 화가 나는 기라. 화를 내어야 하는 기라. 하늘 같은 남편이 목에 힘 좀 줬다고 평소에 큰 소리 잘 안 내던 아내가 돌변하다니. 그것도 딸이 보는 데서 말이다. 딸도 그렇지. 아부지가 무서울낀데 왜 눈을 내리까느냐고? 이들 모녀의 전혀 낯선 모습을 처음 맞닥뜨린 조한수는 갑자기 다리가 후들거렸다. 이건 아니지, 아니고 말고 고개를 젓고 어깨를 추스르며 다시 아내를 쳐다보았다. 아니, 눈치 보듯 겉모습을 슬슬 훑어내렸다. 분명 뭔가 달라졌다. 달라진 게 틀림없는기라. 저녁 잘 먹었으면 됐지. 밤마실을 다녀온 것이 뭐 잘한 일이라고 큰 소리로 하늘 같은 남편의 말을 되받아치냐 말이다. 그것도 중학생이 된 딸까지 가세하다니 기가 찰 노릇 아닌가.

금순은 금순 대로 남편을 마주하면서도 아직도 제 가슴이 쿵쿵거리는 것이 웬일인가 싶었나. 뭔가 마음에 걸려 순순히 집으로 돌아오신 했으나 아직도 심장이 절구질하는 것이 스스로 생각해도 낯설었다. 전에 없던 일이었다. 기타 음률에 꽉 움켜잡힌 마음이 하염없이 어디론가 둥둥 떠내려가고 있는 것도 그랬다. 머리털 나고 처음 맞닥뜨린 이 낯선 상황을 어찌해야 할지 몰랐다. 쿵쿵거리는 마음이 도대체 가라앉긴 할지 모를 일이었다.

15.

　사실 금순은 미적댔다. 하모니카 연주를 조금만, 조금만 더 듣고 싶었다. 엉덩이가 쉽게 떨어지지는 않았어도 가슴까지 뛰지는 않았다. 여태 없었던 일이었다. 처음 하모니카 소리를 들었을 때만 해도 편안한 마음뿐이었다. 저도 모르게 흥얼거리며 하모니카 소리에 잠시 마음을 실었던 것도 사실이었다. 그러나 곧 기타 연주가 이어질 때는 숨이 막혔다. 말로 표현할 수 없었다. 아니 표현하기 어려웠다. 그냥 좋았다. 마냥 몸이 흔들렸다. 아는 노래, 모르는 노래가 중요하지 않았다. 마음을 뒤흔들어 대는 기타 선율에 잠시 정신을 놓고 있는데 '거, 거 안 들어오고 뭐하노?' 누군가 버럭 소리를 지르는 것이었다. 귀에 익숙한 목소리였다. 남편이었다. 순간 정신이 번쩍 들었다. 이제 제대로 좀 들나 했는데 일어서야 한다니 몹시 아쉬웠다. 마음 같아서는 밤을 새우고 싶었지만 어쩔 수 없었다. 발걸음이 무거웠다. 무거운 쇳덩이 같은 것이 쿵쿵 소리를 내며 옷자락을 잡아당기는 것만 같았다.

　집으로 돌아온 금순은 남편에게 눈을 흘기며 못마땅한 듯 이죽거리긴 해도 사실 감정을 넣어 되받아칠 마음은 없었다. 남편은 평소 내색을 잘 하지 않지만 한번 감정이 나면 욱하는 성질이 있는 터였다. 그래도 누구네 집 남편처럼 아내에게 손찌검하거나 살림을 때려 부수는 그럴 위인은 아니었다. 지금껏 밖에 나가서도 집안에서도 큰소리치지 않은 것을 금순은 알고 있었다. 그래도 그렇지. 가슴에 뭔가 방망이질을 해댔다. 막상 집으로 돌아오긴 했으나 여전히 마음은 콩밭에 있다는 것이 문제였다. 밖에 중요한 그 무언가를 두고 온 것처럼 한없이 허전

한 것도 그랬다. 애써 손에 쥔 것을 한순간에 맥없이 놓아버린 것만 같았다. 큰소리가 몇 번 더 나더라도 좀 더 있다가 올 걸 하는 아쉬운 마음을 내려놓지 못해 방으로 들어갔다가 부엌으로 갔다가 애먼 부엌살림을 몇 번 더 들었다가 놓았다가 부러 큰소리를 내었다. 마음을 누그러뜨리려고 이렇게 애를 써야 한다는 것이 더 속상한 일이었다. 자리끼를 들고 방으로 들어설 때는 까닭 없는 서운함이 바닥을 쳤다.

금순은 한참 방바닥만 내려다보았으나 마음이 좀체 풀리지 않았다. '그런데, 그런데 말이다. 지가 뭔데, 지가, 뭐… 뭐 했다고 버럭 성질을 내노 말이다. 배 타고 나갈 때까지 하루도 안 빠지고 하루 세 끼 정성스럽게 돼지고기든 쇠고기든 영양가 맞춘 따끈한 밥상을 잘 차려준 것을 저도 알 것 아닌가. 맛나게 잘 먹었으면 아내를 고맙게 생각해야지 뭣 때문에 큰소리고 말이다. 나도 오늘도 종일 바닥에 엉덩이 바닥에 붙일 새도 없이 바빴는데 와 이라노 말이다. 잠자기 전에 잠깐 가슴 한번 뜨겁게 데워보겠다는데 뭐가 나쁘노 말이다. 나도 사람이다 아이가. 힘들 때도 있다 아이가. 나도 기타 소리 들으면서 시리고 시큰한 마음을 좀 위로받고 싶다 아이가.' 하며 중얼중얼했다. 생각할수록 애를 쓸수록 마음은 더 내려앉았다. 아쉽고 불편하고 또 불안했다. 앉은 자리가 영 편치 않았다. 갑자기 눈물이 쏟아질 것만 같았다. 서럽기조차 해 무릎에 얼굴을 묻고 한참을 있을 수밖에 없었다.

"여… 좀 잠깐 댕겨 앉아보소."

언제 왔는지 조한수가 아까와는 사뭇 다른 나긋한 어조로 금순에게 말을 걸었다. 방바닥에 엎드려 라디오를 켜 든 정애가 일부러 못 본 척 못 들은 척 벽 쪽으로 성큼 옮겨갔다. 조한수가 딸을 멀거니 보다가

"거, 쪼매 시끄럽다. 라디오 좀 꺼그라." 하는데 정애가 힐긋거리며 심통스럽게 내뱉었다.

"라디오, 좀 듣고 싶은데…지금 내가 좋아하는 '빙점' 연속극 하는데… 참, 아부지는… 또 와 그라는데요?"

정애가 삐진 것처럼 눈을 내리깔았으나 아까와는 달리 어조를 낮추었다. 그러면서 아버지 눈치를 살폈다. 아버지와 엄마의 분위기도 심상치 않았다. 아까 아버지한테 '질투심'이라고 말한 것도 마음에 걸렸다. 다른 아버지들보다 목소리가 커서 평상시 말투로도 밖에서는 싸움 난 줄 아는 동네 사람들도 있다는데 공연히 아버지 심기를 건드려 목소리를 더 크게 낼 필요는 없었다. 지금까지 큰 소리를 내어본 적은 없었으나 아버지가 울컥 화라도 낸다면 오늘은 큰소리가 오고 갈지도 모른다. 오늘 분위기가 그랬다. 눈치 빠른 정애가 냉큼 자리에서 일어나 조신하게 앉았다. 그리고 목소리를 짝 깔고 아까와는 다르게 또박또박 유리구슬처럼 말을 굴려내었다.

"아부지… 아까 아부지한테 질투심 많다고 말한 거… 쪼매, 쪼매… 쫌 미안하다 아이가. 진짜로 용서해도…."

일부러 눈을 살짝 위로 치켜뜬 조한수는 딸이 얼굴을 숙이며 용서를

구하는 모습을 보았다. 그런데 뭔가 울컥하는 마음과는 달리 그것이 오늘따라 귀엽기 짝이 없었다. '그래 이 정도로 뭘. 아무것도 아인기라. 이렇게 가까이 볼 수 있는 것도 이제 얼마 남지 않았다 아이가. 곧 다시 배를 타야 하는 기라. 이번엔 남태평양 저 너머로 간다는데, 몇 년이 될지, 한참은 더 오래 못 볼 낀데 그래, 그래. 내가 한수 아이가. 내가 한 수 져줘야지. 한 수 위로 생각해야 한다 아이가.' 속으로 되뇌며 고개를 끄덕였다.

조한수는 눈에 힘을 빼고 모처럼 정애 얼굴을 똑바로 들여다보았다. 외항선 타고 삼사 년 동안 떠돌다가 집으로 오면 딸은 몰라볼 정도로 성장해 있었다. 아직 아기였던 딸의 조그만 어깨를 안다가 부서질까 주저주저할 때 아내는 '딸이 낯설어서 그래예?' 라며 섭섭해서 톡 쏘았었다. 하나 있는 딸을 살갑게 안아주는 모습을 보지 못한 아내는 가끔 그를 낯설어했다. 떨어져 산 세월 탓이려니 했으나 아이가 더 낯설어했다. 분명 아버지와 딸인데 한참 멀거니 마주 보고만 있으니 이 노릇을 어찌하는가 말이다. 조한수는 갑자기 속에서 욱하는 것이 치밀어오르면서 이내 눈가가 촉촉해져 왔다. 살짝 올라간 입꼬리는 그대로 두고 딸을 돌아다보았다. 훌쩍 큰 딸이 든든하면서도 한편으로는 시려오는 마음을 어찌해야 할지 몰랐다.

요 몇 개월 사이 부쩍 커버린 딸은 얼마 전에 중학생이 되었다. 중학생이라도 아직 솜털이 보송보송하니 어린 티가 났다. 저 먼 태평양 바다에서 떠돌다 귀환해서 집에 있는 동안 딸을 가까이 볼 수 있는 시간이 순식간에 지나가 버리는 것이 슬펐다. 요즘 일부러 하루하루가 아쉬워서 딸을 보고 또 보고는 하지만 돌아서면 금세 얼굴이 지워졌다.

사진으로 보고 또 보고 애를 써서 외워야 할지 몰랐다. 그러다 이제 는 됐다 싶었다. 한동안 안 봐도 될 것이다. 눈만 감으면 딸 얼굴이 보 름달처럼 둥실 떠오를 것이다. 이제 마음속에 딸이 꽤 큰 자리를 메우 고 있었다. 아내 금순의 얼굴이나 한 번이라도 더 봐야지 하는데 웬일 인지 아내 얼굴은 딸애 얼굴처럼 가슴에 머물러 있지 않고 눈만 감으 면 사라지는 것이다. 요즈음 부쩍 그랬다. 이상한 일이었다. 정말 속상 했다. 자는 모습을 보고 또 보고 외우고 눈으로 사진을 찍어대는데 어 떨 때는 아무 모습도 떠오르지 않는다. 오히려 낯설었다. 눈이 어떻게 생겼는지 코가 어떻게 생겼는지 입술이 어떻게 생겼는지 전혀 생각나지 않을 때도 있었다. 이제 곧 집을 떠나 삼사 년은 바다 위에 떠돌 것인 데 마음이 자꾸 무겁기만 하다. 이제 사춘기에 접어든 딸도 아버지한 테 슬그머니 자꾸 기어오르는 것만 같아 마음이 여간 복잡한 것이 아 니었다. 그럴수록 조금만 조금만 더 참자 했다. 어서 목돈을 벌어서 이 놈의 위험하고 거친 원양어선 타는 것만은 막살해야 한다. 아직 사정 이 크게 나아지지 않은 것은 속상하지만 그래도 조금만 더, 조금만 더 달려야 한다. 힘을 내자. 더 뛰면 된다고 마음을 다잡아보는 것이었다. 조금만 더 애를 써서 어서 번듯한 양옥집도 사고 금순이한테 큰돈을 탁 안겨줘야 가장으로서 큰소리를 칠 수 있을 것이다. 금순도 그렇지. 동네 아지매들한테도 기를 펼 수 있을 것이다. 어쨌거나 정애는 귀한 외동딸이었다. 한참 떨어져 있다가 막상 만나면 남처럼 어색하고 낯선 것은 어쩔 수 없었다. 가끔 날아오는 편지에 부쩍 커버린 딸의 사진이 들어있긴 하지만 어디까지나 사진이었다. 실물을 보는 것과는 달랐다. 특히 딸이 아빠를 보는 것이 더 그랬다. 아이가 부쩍 큰 후 데면데면하면서 혼자 있고 싶어 할 때 아버지로서는 쉽게 적응되지 않았다. 한 번씩 떠나고 돌아올 때마다 더 낯설어져 몹시 힘들었다. 하지만 세 식구가 오순도순 모여 살면 한순간에 다 해결될 것이고 좋아질 것이 틀림없을 것이었다.

조한수는 고개를 푹 숙이고 심호흡했다. 이런 조한수의 마음을 아는지 모르는지 살짝 토라져서 등을 돌리고 있는 금순이 눈에 들어왔다. 순간 처음 만났을 때의 모습이 겹쳐 보였다. 안쓰럽고 또 안쓰러웠다. 함께 산 세월보다 떨어져 산 세월이 더 많아서일 것이다. 처음엔 배를 한 십 년만 타면 될 줄 알았다. 아니, 십 년만 타면 평생 먹을 돈을 다 벌 수 있다고 저 신작로 건너 사는 선장 형님이 말했다. '그 형님도 그렇지, 거짓부렁아이가 말이다. 하긴 그 형님도 곧 오십이다. 오십 넘어서는 원양어선 안 타는 기 소원이라 캤다. 그게 말대로 잘 안되기는 하제. 그래, 그게 말이 쉽지, 말대로 되믄사 뭐가 문제겠노 말이다.' 어느 날 소주 한 잔 기울이면서 툭 튀어나온 말이었다. 그러나저러나 제 나이가 마흔 중반이었다. 그 전에 어서 함께 식구들이 모여 살아야 할 텐데 뭔가 불안하고 울컥거려 조한수의 마음이 자꾸 뒤집혔다. 겉으로는 모르는 척하고 있시반 남의 집안 살림 놉느라 이일 저일 돈 되는 일이라면 가리지 않고 거친 잡일이나 자잘한 일을 하러 다니는 금순을 볼 때마다 마음이 편치 않았다. 더는 배를 타서는 안 되겠다고 또 다짐하게 되는 것이었다. 그렇더라도 요 며칠 뭔가 자꾸 억울하고 불안한 마음이 드는 것만은 어찌할 수 없었다. 금순이 이즈음 밤마실을 다녀서만은 아니었다. 곧 남태평양으로 떠날 텐데 떠날 날이 자꾸 다가오는데 아내가 자꾸 밖으로 나도는 것만 같은 것이다. 이러면 안 되는 거 아닌가 말이다. 함께 있을 때만이라도 나만 바라보아야 하는데… 괜히 불안한 이 노릇을 어찌해야 하는가 말이다. 혼자 맥없이 천정을 향해 읊조릴 뿐이었다.

16.

그나저나 자리에 누웠는데도 조한수는 잠이 오지 않았다. 고개를 번쩍 들어 눈앞의 금순을 찬찬히 보았다. 남편을 외면하고 있는 금순을 보면서 섭섭한 마음과 속상한 마음이 갑자기 실타래처럼 엉겨왔다. 말은 되어 나오지 않고 울컥울컥 부아만 치밀어 올랐다. 그 기타 치는 젊은 녀석이 이 동네에 온 뒤로부터 동네 여인네들이 밤마실에 재미 붙이는 것 같다는 소문에 온통 마음이 씌었다.

삼석이 형님도, '니, 아나? 기타 치는 젊은 총각을?' 이라고 말했다. 삼석이 형님도 알고 있었다. 지나가는 말은 아닌 것 같았다. 그 청년이 기타를 연주할 때 가슴이 울렁거리는 것이 여인네만 아니라는 것이었다. 삼석이 형님도 가슴이 울렁거려서 한참 동안 바닥만 보고 있었다고 했다. 하모니카는 그렇다 치고 기타 소리만 들으면 무엇이 그리 사무치는지 꼿꼿했던 허리가 힘없이 풀어지고 어깨가 축 처지는 것이 엉덩이가 고마 바닥으로 내려앉는다고 말했다. 요즘 잘 나가는 삼석이 형님이 기타 소리에 마음이 흔들리다니. 조한수는 고개를 가로저었다.

그래, 삼석이 형님이야 뭐가 부럽겠노. 싶었다. 삼석이 형님은 얼마 전부터 미군 부대에 경비 일을 얻었다고 했다. 하도 자랑하는 통에 어깨가 떡 벌어진 것도 눈이 부셔서 부러워 죽을 뻔했다. '형님, 나도 그곳에 자리 하나 마련해 주이소, 형님 빽이면 다 되는 거 아임니꺼!' 며칠 전에 술 한잔할 때 없는 아양 있는 대로 떨며 돈푼을 주고 잔뜩 기름칠해 놨으니까 언제고 연락을 해주기는 할낀데 하고 내심 기다리는 중이었다. 물론 아내한테 아무런 말을 하지 않았다. 그러나 요즘 들어 마음이 자꾸 급해졌다. 말이 쉽지, 불안한 마음이 앞섰다. 조한수는 이 생각 저 생각에 머릿속이 점점 맑아졌다. 아예 잠이 달아나 버려 좀체 자리에 눕지 못했다. 가슴 여기저기서 툭툭 불거지는 불안함을 모른 척할 수가 없었다. 아까 정애가 한 말도 자꾸 귀에 왱왱거렸다. '아부지는, 아부지는 말이다. 저 기타 치는 오빠를 마…질투하는기라.' 잠은 오지 않는데 정애가 한 말이 자꾸 귀에 잉잉 벌처럼 감겨드는 것이었다.

금순은 금순대로 남편이 질투라는 말에 충격을 받아 큰 눈을 부라리며 정애를 노려볼 때 영 불안했다. 정애는 아랑곳없이 아빠의 강한 눈빛에 오히려 능글능글 웃기까지 했다. 뭐가 재미있는지 자꾸 어떻게 놀려먹을까 궁리하는 것처럼 보였다. '아이구, 정애야. …야아가… 뭐라캐샀노?' 깜짝 놀라 성애를 쏘아 보았으나 아랑곳 없이 이죽대는 것도 마음에 자꾸 걸렸다. 얼른 정애 입을 손으로 막으면서 '아버지한테 잘못했다고 빌어라카이.'라며 한쪽 눈을 찡긋한 것도 마음에 걸렸다. 정색하던 모습을 그에게 무언가를 들킨 것 같은 모양새였기 때문이었다. 사실 요즘 마음이 마음이 아니었다. 그가 외항 어선 출항을 앞두고는 늘 일어나는 일이긴 했다. 원양어선 타는 집안 사정이야 다 비슷하겠거니 해도 며칠 있으면 저 먼 태평양으로 또 떠날 그가 여간 마음이 쓰이는 게 아니었다. 한동안 남편을 못 보는 것은 물론이고 위험한 배를 타는 그에게 무슨 일이라도 날까, 생각만 해도 마음이 조마조마해 미리 불안한 마음을 억누르고 있던 터였다.

조한수가 멀거니 벽을 쳐다볼 때 금순은 그렇지. 아빠가 앞에 있으니 정애도 티격태격 장난기 어린 말을 예사로 주고받는다고 생각했다. 막상 아빠가 없으면 장난은커녕 겉으로 내색은 안 해도 혼자 방안에 틀어박혀 있는 시간이 많아 안쓰러웠던 적이 한두 번 아니었다. 금순은 갑자기 이 모든 상황이 서러워 울컥 눈물을 쏟아냈다. 무릎에 얼굴을 묻고 훌쩍이는데 깜짝 놀란 남편이 다가왔다. 곧 뭔가 알았다는 듯 연신 고개를 끄덕이며 금순의 등을 토닥이며 살며시 끌어안았다. 금순은 순간 참았던 설움이 터져 나왔다. 몇 년은 또 헤어져 있을 것이다. 남편이 집에 있을 때는 그러려니 하지만 막상 떠나고 없으면 집안은 그야말로 적막강산이 될 터였다. 이미 몇 번의 경험을 한 터였으나 그럴 때마다 늘 처음인 것처럼 새로웠다. 시도 때도 없는 불안이 엄습하고 차고 시린 늦가을 바람에 울타리가 떨어져 나간 듯 을씨년스러운 적적함이 몇 년간 집안을 채울 것이 뻔했다. 금순은 등을 토닥이는 남편의 손이 이렇게 든든하고 따뜻하였나 새삼스러워 더 서러워졌다. 곧 집안은 텅 빌 것이다. 딸과 둘만이 또 몇 년을 버텨야 할 것이다. 각오는 한 터였지만 이런저런 오만가지 생각에 금순은 마음은 점점 복잡했다. 금순이 눈가를 찍어낼 때 정애가 갑자기 달려와 아빠 엄마를 부둥켜안고 엉엉 서럽게 울었다. 기다렸다는 듯 세 식구 모두 울음보가 터졌다. 엉엉 소리 내면 낼수록 서러웠다. 지금까지 벌써 네 번째 이별식이었다.

이젠 아버지가 먼 남태평양까지 왜 배를 타야 하는지 충분히 이해할

만한 나이가 된 정애였다. 그동안 위축되고 서러운 마음을 들키지 않으려고 괜히 심통 난 것처럼 말을 툭 내뱉거나 농담으로 둘러대었다. 딸로서 애교도 부리고 장난도 치고 싶었다. 그러나 커가면서부터 그게 잘 안되었다. 왠지 어색했다. 떨어져 지낸 시간이 많아서였는지도 몰랐다. 정애는 가족을 떠나서 외롭고 힘든 아버지를 생각하면 하나밖에 없는 딸이 좀 더 부드럽고 곰살맞게 추억의 시간을 만들어야 했다. 그런데 기다렸다는 듯 감정이 앞서 버렸다. 막상 애를 써도 마음만 굴뚝 같았을 뿐이라고 변명하는 것보다 우는 것을 택해야 했다. 항상 그렇듯 반성은 꼭 출항을 앞두고서 일어났다. 정애가 가장 마음에 걸리는 것은 정작 오늘이었다. 함께 있을 때는 놀려먹거나 시비를 걸지 않고 그냥 말없이 혼자 라디오를 듣거나 할 것이지 괜한 것으로 아버지를 섭섭하게 했다. 며칠 전 멀리 떠나기 전에 어디 바람 쐬러 놀러 가자고 했을 때 말이 끝나자마자 재미없을 거라고 딱 잘라 거절한 것도 마음에 걸렸다. 스스로 생각해도 정말 후회스러웠다. 정애는 이런저런 감정이 솟구쳐 올라 아이처럼 울음소리가 점점 커지는 것을 어찌할 수가 없었다.

조한수는 식구들의 등을 양팔로 껴안고는 손바닥으로 토닥이며 눈가가 젖어오는 것을 애써 참았다.

"마, 고마, 고마 울어래이. 한 3년 있으면 돌아올낀데 울긴 왜 우노. 우리가 이별을 어디 한두 번 하나? 이제 이번에 갔다 오면 딱 한 번만 더 타고는 안 탈끼다. 안 헤어질끼다. 조금만 기다리면 된다 아이가. 그동안 모은 돈 가지고 장사할 계획을 다 세워 놓았데이. 우리 식구

먹고사는 길 만들 수 있다 아이가!"

울컥하며 속에서 주먹 같은 설움이 터져 나오는 것을 조한수는 간신히 참아내었다. 사내자식이, 한 집의 가장이 울기는 왜 우노. 자책했다. 원양어선에 올라 저 먼 남태평양으로 떠나기 전에 으레 한밤중에 울음바다를 이루는 것도 이제 막살 놓아야 했다. 정말로 딱 두 번만 타고는 안 탈끼다 마. 아내 금순이와 딸 정애를 아무리 꼭 끌어안아도 섬처럼 저 멀리 떨어져 나가는 것만 같아서 조한수는 이번만큼은 왠지 마음이 떨리고 자꾸 작아지는 것이 어쩔 도리가 없었다.

골목안 풍경

17.

　노금자 여사는 아까부터 활짝 열어젖힌 여닫이문 건너 담장에 앉은 고양이에게 먹을 것을 마저 던져주었다. 곧 노을이 번진 서쪽 하늘을 휘둘러보았다. 그때 깔깔거리는 여인들의 웃음소리에 자신도 모르게 평상을 놓은 골목길 안쪽을 한참 들여다보았다. 희미한 골목 안쪽에서 여인네들의 밝고 편안한 웃음소리, 아이들이 우르르 모였다 흩어지는 모습이 눈에 들어왔다. 자주 있던 일이었으나 오늘따라 유달리 살갑게 느껴졌다. 그래, 그럼. 사람 사는 모습이 바로 이것이제. 고개를 끄덕였다. 푸르스름한 저녁 빛이 모였다가 이리저리 실타래처럼 흩어지고 또 흩어져도 누가 누구인지 사람들의 실체만큼은 알아챌 수 있었다. 이 동네에서 산 지가 벌써 십여 년이 되었으니 어지간한 일은 다 알았다. 그뿐 아니었다. 이 골목의 어둠도 대강 읽어내렸다. 구석구석에 웅크리고 있던 어둠이 한순간에 우르르 골목 구석구석 몰려다녔다. 아주 오래전부터 그래왔던 것처럼 노금자 여사에게는 익숙함을 넘어서 친숙함마저 들었다. 오래 혼자 빛이 없는 방안을 지킬 때 시도 때도 없이 울적거려 눈앞의 세상은 나 허깨비시 했넌 지난날이었다. 이젠 어떤 어둠도 어지간히 눈에 익었다. 그 어둠 덕분에 밀렸던 잠을 죽은 듯이 잘 수 있었고 혼자 오래 깨어 있을 수 있었다. 그 어둠 덕분에 사람들의 숨소리를 들을 수 있었고 그 어둠 때문에 누구의 발소리인지 어디로 가는 발소리인지도 거의 알아챌 수 있었다. 햇빛 환한 날 아이들이 소리를 질러대며 신나게 노는 소리를 들을 때면 마음속 깊은 곳에 웅크렸던 어둠이 깜짝 놀라 달아났다.

순식간에 어둠이 내려앉은 골목 안의 밤 풍경은 낯설었다. 그러나 한편으로는 늘 그랬듯 새로웠다. 익숙한 풍경은 수시로 모습을 바꾸며 다가왔다가 훌쩍 달아났다. 어제와 별반 다를 게 없는데도 노금자 여사에겐 오늘따라 생경했다. 한두 번이 아니었다. 십 년의 세월이 눈에 익을 만하면 낯설었다. 하긴 늘 그랬다. 마음을 붙였다 싶으면 어느 틈에 묵직한 그 무엇이 벌떡 그 앞을 막아섰다. 한 살 두 살 나이를 먹을수록 날이 갈수록 마음은 허전하기 짝이 없었다. 그간의 세월이 눈에 익을 만하면 제 속에 겨우 쟁여놓은 것이 하나씩 빠져 달아나는 것이었다. 그럴 때마다 마음 한구석에 커다란 구멍이 뻥 뚫린다는 것은 알았다. 하긴 지금 같은 세상에 마음에 구멍 뚫리지 않은 사람이 어디 있겠는가. 구멍이 뚫렸다고 해도 그냥 넘어갈 수밖에 없는 것이다. 참혹한 육이오 전쟁으로 사람은 물론, 이곳저곳 그 어느 곳이든 산이고 강이고 안 뒤집힌 곳이 있나 말이다.

노금자 여사가 해 질 무렵 시원한 바람이 이쪽과 저쪽에서 불어오는 골목 평상에 여러 번 마실 간 적이 있었다. 이쪽 골목 끝에서 불어오는 바닷바람과 저쪽 골목 끝에서 휘돌아 오는 골목 바람을 쐬고 나서 잠이 잘 왔다. 그러나 이후 밤마실을 간 적이 없다. 내키지 않아서도 아니었다. 노인네가 괜히 젊은 여인들 틈에 끼어 분위기를 망치거나 불편하게 만들고 싶지 않았다. 혼자 있는 것에 이골이 났다. 무엇보다 저녁에는 혼자의 시간이 좋았다. 적적한 것이 이젠 몸에 어지간히 배었는지 사람이 그리울 만한데도 잘 견뎌졌다. 해가 지면 일찌감치 문을 달아 걸고 라디오에 재미를 붙였던 것이 습관이 되어서인지도 몰랐다. 골목 어디선가로부터 쏟아지는 왁자한 여인들의 웃음이 방안까지 밀려들어도 성가시다거나 시끄럽다고 여겨 귀찮아하지 않았다. 오히려 든든하니 반가웠다. 라디오를 틀면 구봉서와 곽규석이 만담도 심심찮게 했다. 다른 코미디언이 하는 만담과 함께 사람 사는 동네가 주는 큰 선물이려니 했다. 요즘 들어서는 고맙기조차 했다. 북적인 장날 마당처럼 모두 다 내 이웃이고 살붙이라고 진작 받아들인 세월이었다.

이 동네에는 아이들이 넘쳐났다. 웃음소리와 울음소리가 끊이지 않았다. 아이들로 집집이 시끌벅적하니 사람 사는 동네가 이거지 싶어 마음이 든든했다. 이 아이 중에 자신의 손주가 있을 리 만무지만 일부러 있다고 생각한 적도 있었다. 그랬다. 어느 순간 골목에서 아이들 노는 소리를 들을 때마다 노금자 여사는 다 내 아이들, 내 손주라 여기며 살았다. 그래도 미련이 남아 혹시 아들이 찾아오나 싶어 습관처럼 귀를 늘 바깥에 두는 것만은 잊지 않았다.

"야들아, 니들은 왜 툭하면 싸우나? 니들이 서로 적이가? 철천지 원수가? 북이고 남이가 말이다. 니들끼리 싸운다고 뭐가 해결되나? 큰 놈이 작은놈 봐주고, 작은놈은 큰 놈한테 대들지 말고 말이다. 그냥 한 쪽에서 양보하면 될 서 아이가? 왜 툭하면 대가리 터시고 코피 터시게 붙어 싸우긴 싸우나. 해가 졌는데 어서 집으로 안 들어 갈 거가? 얼른, 얼른 들어가라니까네! 팍, 침 찌르기 전에, 얼릉얼릉 집으로 들어가라니. 얼른 깨끗이 씻고 잠을 자라우. 그래야 내일 또 신나게 박 터지게 놀 거 아이가!"

노금자 여사는 사내 애들이 잘 놀다가도 서로 치고받고 싸우거나 큰 애가 작은 애를 마구 두들겨 팰 때 불쑥 대침을 눈앞에 들이밀었다. 대침의 위력은 컸다. 겁을 먹은 아이들은 순식간에 순한 양처럼 흩어졌다. 노금자 여사는 누가 불러주지 않아도 종종 놀고 있는 아이들을 멀찌감치 앉아서 구경했다. 자주 사탕을 사다가 나누어주기도 했다. 이 골목에서 싸움에 관계하지 않으면서도 아이들에게는 무서운 존재로 이미 소문이 난 터였다. 대침이라는 말만 들어도 오금을 못 쓰는데 길에서 노금자 여사를 만나면 아이들은 저도 모르게 군인처럼 '차렷!' '열중 쉬엇!' 했다. 치고받고 한바탕 싸우다가도 누군가 큰소리로 '침쟁이 할매 온다!' 소리치면 뒤가 구린 아이들이 순식간에 흩어지는 것이었다. 게 중에는 간 큰 놈도 있기 마련이어서 어깃장 부리며 간을 보는 녀석들도 있었다. 그럴 때는 노금자 여사가 알아보고는 침 가방을 흔들며 일부러 헛기침했다. 침쟁이 할매가 멀찌감치 보이면 아이들은 잘 놀다가도, 싸우지 않더라도 미리 겁을 먹고 먼저 꾸벅 인사를 하는 것이다. 시비 걸던 놈들은 알아서 멀찌감치 흩어지게 마련이고 게 중에 눈치가 있는 놈은 뛰어와서 인사를 하며 살갑게 굴었다. 아픈 곳을 낫게 해준 침쟁이 할매의 침을 알아본 아이들이었다. 주인 집 아들들은 자기 집 셋방에 들어 사는 노금자 여사가 무서우면서도 한편으로는 마치 집안 어른이나 호위무사처럼 든든한 모양인지 길에서 노금자 여사를 보면 꾸벅하고는 으쓱 어깨를 올리기도 했다. 친구들과 동네 형들이 오면 의기양양하기까지 했다. 노금자 여사도 아무래도 자주 만나는 주인집 아들 녀석들에게 정이 들었다. 내 손주겠거니 생각하면서 정을 붙인 세월 덕분이었다.

겁은 많아도 노금자 여사의 침을 무서워하지 않는 아이도 있었다.

일부러 아무 때나 와서 인사만 '꾸벅' 고개를 숙이고 가거나 아픈 사람이 대침 맞는 것을 신나게 구경하는 것이다. 게 중에는 방안에 놓인 대침을 호기심 가득한 눈으로 이것저것 물어보는 아이들도 있었다. 막상 눈으로 보는 것만으로도 긴 대침은 매우 위협적이어서 가끔 아이들끼리의 분쟁을 예방할 수 있었다. 노금자 여사의 존재는 제 부모보다 아이들에게 더 큰 힘이 되었다. 한 손에는 침 가방이, 또 한 손에는 늘 눈깔사탕이 들려 있어서 먼저 만나는 아이들은 노금자 여사의 사탕을 받아먹지 않은 아이들이 없었다.

그뿐 아니었다. 노금자 여사는 새벽이고 밤낮이고 가리지 않고 사람들에게 불려 나갔다. 아이들이 열이 나거나 체기가 있을 때가 급하나 공손히 모셔가서 단번에 위험한 고비를 넘겼다. 침쟁이 할매의 손은 약손이고 마술 손이라고도 했다. 영락없이 고열을 내리거나 체기를 내려주는 영험한 손을 가졌으니 모두 손을 들여다보고는 감탄을 금치 못했다. 아이들은 침쟁이 할매의 두툼한 손에 들린 대침을 보고서는 겁을 먹으면서도 사뭇 감탄에 감탄을 거듭했다. 대침 한 번과 체한 등을 탁 타탁 몇 번 두드리면 금세 '꺼억!' 하고 쑥 내려가면 옆에서 일제히 손뼉을 쳐냈나.

사실 이 동네 집 중 애들 있는 집은 거의 한 번 이상은 다 가봤다고 해도 과언이 아니었다. 낮이거나 한밤중이거나 새벽이거나 아주 급할 때는 노금자 여사가 뛰어가지만 웬만한 체기나 부기를 빼야 하는 일은 노금자 여사 집으로 직접 사람들이 찾아 들었다. 시도 때도 없이 아픈 사람이 찾아오는 것은 당연하지만 시도 때도 없이 먹을 것을 가져올 때는 정말 고맙기 짝이 없었다. 이참에 가까이 골목 사람들 얼굴을 볼 수 있는 좋은 기회였다. 따뜻한 이웃을 느낄 수 있었다. 솟아오르는 감정에 가끔 울컥했다. 아기 백일이라고 아들 생일이라고 떡이나 먹을 것을 가져왔다. 만두를 많이 빚었다고 가져왔다. 시골에서 밤이 왔다고 가져오고 친척이 과수원을 한다면서 사과와 배도 심심찮게 가져왔다. 무엇보다 툭하면 추어탕 끓였다고 가져오고 얼큰한 육개장이나 전갱이를 삶아 뼈를 추린 후 된장을 풀고 배추를 넣어 푹 끓인 시락국을 가져왔다. 눈시울이 뜨거웠다. 거르지 않고 동짓날은 팥죽을, 설이나 추석 같은 명절 때는 떡국과 송편을 가져오는 것을 보면 한 가족이라고 할만했다. 이 집 저 집 서로 약속이나 하듯이 각자 솜씨가 다른 먹을 것을 날랐다. 손맛이 얼마나 찰지고 걸쭉한지 이 동네 젊은 아낙들은 음식 솜씨가 한결같았다.

무엇보다 노금자 여사는 이집 저집 음식을 골고루 먹어볼 수 있어 좋았다. 맛이 집집이 비슷한 것 같으면서도 전혀 달랐다. 집집의 손맛은 고향 마을의 손맛도 떠올리게도 하였다. 혼자 사는 피란민 노인에게 먹을 것이 떨어질까 서로 경쟁하듯 가져와 무조건 고마웠다. 저들의 마음 씀씀이는 더 고마웠다. 어떤 날은 지나가다 불쑥 얼굴을 들이밀고는 혼자 사는 노인네가 어디 편찮은 곳이 없는지 안색을 살피는가 하면 심심하고 얼마나 외로울까 단 얼마간이라도 말동무가 되어주는 이도 있었다. 바깥세상에서 새로운 소식이라도 들리면 아침이고 낮이고 사람들이 찾아와서 이야기를 나누기도 하였다. 이 동네 사람들과 이제 한 식구가 다 된 것이었다. 고향 이북 고성에서도 그랬다. 여느 동네에서처럼 한 동네에서 한집안 식구처럼 먹을 것을 날랐다. 철 따라 맛이 오른 산나물이며 생선으로 먹을 것을 한 상 차려내면 동네 사람들이 모여서 잔치를 벌였다. 덕분에 하루가 어떻게 가는지도 몰랐다. 육이오 전쟁 이후 남쪽 끝까지 밀려와 아들을 찾느라 한동안 정신없이 세월을 보냈다. 그러다 인천상륙작전 이후 북진할 때도 기어이 고향엔 돌아가지 못하고 피난살이에 혼자가 된 절망과 슬픔에 몸부림쳐야 했다. 처음엔 피붙이를 잃어버리고 혼자 사는 외로운 노인이라고 더 아는 척하고 챙기는 것에 부담이 되고 성가시기도 했으나 어느 날부터 외롭지 않아서 좋았다. 동네 이웃이 느닷없이 싱겁게 농을 걸기도 하고 말을 붙여주는 것은 제 식구라도 쉽지 않을 것이었다.

"이거 별거 아인데예. 이번에 캔 햇고구마 맛 좀 보이소예."
"토마토가 탱탱하게 얼마나 잘 영글었는지 침이 줄줄 나와예. 새콤하고도 뒷맛이 그만입니더. 온 김에 침도 맞고예."

여기저기서 고구마, 토마토, 감자니 푸성귀 등을 가져와서 나눠 먹고자 찾아왔다. 한 식구처럼 살갑게 대해주는 것이 고향과 별반 다르지 않았다. 그래, 다 같은 민족 아이가. 같은 핏줄 아이가. 노금자 여사는 피붙이가 바로 이것이시 싶었다.

이 골목 동네에 와서는 누구라 할 것 없이 이웃이라면 형편이 닿는 대로 아침저녁으로 노금자 여사에게 안부를 묻는 것이 습관이 되었다. 별말 아니라 할지라도 자주 말을 걸어주었다. 가까이 오기에 어려워하는 사람은 마주칠 때면 가벼운 목례를 했다. 정말 한식구 같은 사람들이었다. 매일매일 외로움이 뼈에 사무치는 혹독하고 애처로운 피난살이의 삶은 앉으나 서나 어디를 가도 늘 얼음장에 앉은 듯 몸이 시려왔다. 목숨은 모질었다. 무슨 일이 있어도 사는 것을 포기하지 않아야 했다. 사실 사람이 사람한테 정붙이고 산다는 것은 별것 없었다. 내가 먼저 애를 쓰면 사람들이 다가오기 마련이었다. 정을 주면서 정붙이고 한 번밖에 없는 인생을 새로 살았다. 혼자 살아본 사람은 알 것이었다. 정붙이지 못하면 어디서 살든 오래 갈 수 없다는 것을 이곳저곳 옮겨 살면서 처절히 깨달은 노금자 여사였다.

18.

"할매요? 방에 있는교?"

오늘따라 이 생각 저 생각에 마음이 싱숭생숭해진 노금자 여사는 마치 기다렸다는 듯이 문을 벌컥 열었다. 한동안 사람들이 뜸했던 터였다. 영자네였다.

"내 아무 일 없다. 무슨 일이라도 있나?"
"내 기다렸제? 무슨 일은예. 할매가 보고 싶어서지예. 하하."

시장 가는 길에 들렀다며 구제 물건 팔다가 남은 색이 고운 티셔츠 몇 개와 넉넉한 통바지를 들이밀었다. 붉고 노란 색, 파랑 등 알록달록 색깔도 가지가지였다.

“너무 큰 옷은 임자가 따로 있는 기라. 할매한테 딱 맞는 기라서 내 가져왔다 아이가!”

호들갑 떨며 영자네가 마루에 털썩 주저앉으며 마구 수다를 떨어댔다. 요즘 들어 몸이 퉁퉁해진 노금자 여사가 손사래를 치며 옷을 밀어내었다. 자꾸 그냥 받는 것도 그렇고 이미 받아놓은 것도 많아서였다.

“내 지금껏 얻어 입은 거이만 해도 숱한데 또 왜 그러노?”

하며 밀어내도 영자네가 다시 들이밀었다. 함박웃음까지 보태는 것이었다. 그리고는 두 손을 맞잡고 온기까지 덤으로 주며 실눈을 한 채 고개를 끄덕였다.

“할매요, 내 자주 안 보인다꼬 너무 외로워 마이소마. 내 다 안다 아입니꺼. 근데, 뭐, 뭐 좀 잡쉈는교? 끼니는 절대 건너뛰지 마이소! 알았지예?”
“밥 먹었으니 걱정마라.”
“참, 할매. 이 골목 끝 집에 사는 목수 장씨 아재가 집에 고장 난 거 있으면 고쳐 준다카든데 뭐 고칠 거 없어예?”
“고칠 거 없다.”

영자네는 오늘도 이런저런 이야기를 쉬지 않고 쏟아놓았다. 무슨 이야기든 전해주는 그 마음을 모르는 바가 아니었다. 그런데 오늘은 몸이 으슬으슬한 것이 노금자 여사의 몸이 영 편치 않았다. 벽에 몸을 기대야 했다. 간밤에 창문을 열어놓고 잠들어서 그런 모양이었다. 감기 기운이 느껴졌다. 이리저리 안색을 살피던 영자네가 뭔가 알아챘다는 듯이 노금자 여사를 빤히 들여다보고는 이런저런 이야기를 앞뒤 없이 슬그머니 늘어놓았다.

"할매요, 오늘은 어째 마음도 편치 않아 보이네예. 마, 그렇지예. 우째 안 그렇겠습니꺼. 내 다 안다 아임니꺼. 그 마음을예. 이 동네 사람들도예. 겉으로 보기는 그렇지 마음은 다 다른 곳에 두고 산다 아임니꺼. 다 외지 사람이 천치빼까리 아닌교. 저 건너 사는 사람은 경남 욕지도에서 왔고, 그 아랫방은 경남 고성 사람 사람아입니꺼. 그 옆집의 옆집 처녀는 중국 처녀 아인교. 화교라카드만은 원래 고향이 거 복건성이라카던데, 맞아예. 복건성 사람이라 카데예. 대만하고 가까운데 아있습니꺼. 나도 안 가봐서 잘 모르지만 여서는 참 먼데라데예. 지금은 아버지하고 둘만 산다 카든데예. 엄마하고 그 어디선가 피란길에 헤어졌다 카든데 아직도 못 만났다 아입니꺼. 참 안 됐지예."

"나도 다 알고 있지비."

"다 외로운 사람들이라예. 여는 예. 다 그런 사람들이 많다는 것도 할매는 다 아시지예? 아, 나만캐도 고향이 진주아입니꺼. 저 아랫녘 경남 진주 알지예? 그 삼천포하고 붙은데 말입니더. 왜, 그, 그 임진왜란 때 왜놈과 함께 촉석루에서 치마 뒤집어쓰고 남강에 함께 뛰어든 기생 논개…알지예? 그 대단한 논개가 살았던 그 진주가 내 고향이라예. 참 좋은 동네라예. 그리고 저 골목 초입 지나서 적산가옥 맞은 편에 사는 통장 아지매는 일본에서 태어나 고등학교 다니다가 해방되고 귀국해서 여 왔다아입니꺼. 한국말보다 일본말을 더 잘하는 기 꼭 일본 사람인기라예. 처음엔 일본 사람이면서 여서 살라꼬 속이는 줄 알았어예. 참! 한자도 기가 막히게 잘 아는 기라예. 이 동네 어려운 한자는 다 통역해준다 아임니꺼. 알고 보니 그 사람도 참 안됐더라고예. 아버지하고 오빠하고는 와까야마간 뭔가의 부두에서 어쩌다 귀국선을 놓치고 일본에 그대로 두고 헤어졌다아입니까. 정말로 안됐지예. 통장 아지매하고 남동생과 여동생캉 엄마하고만 귀국선을 타고 한국왔다카데예. 거어도 이산가족아인교. 정말 생각할수록 안 됐더라고예. 여는 안 된 사람 천지빼까리인 기라예. 아, 참. 저 골목 돌아가는 끝 집의 아저씨하고 아지매는 여수 사람입니더. 여수 알지예? 여수는예. 내가 살았던 진주 지나서 더 서쪽으로 목포 쪽으로 쭉 가면 그 중간에 있는 기라예. 거도 여서 참 먼 곳이라예. 다 지즈금 피치 못한 사정이 있어서 고향 못 가고 여기서 사는기라예. 알고 보면 이 동네 사람 여기가 고향인 사람 아무도 없는기지예. 그 노무 전쟁 때문에 천지가 진동하고 무지막지해서 전 국토가 다 뒤죽박죽되어 뿌려가지고 여 살던 사람이 저 살고 서 살넌 사람은 여서 살고… 이도 저도 아닌 나 같은 사람은 아아들 공부시키고 돈 좀 벌어 볼라꼬 여기로 온기지만서도요. 어디 산들 정붙이고 살면 다 내 고향이고 내 집인기라예. 아지매는 아들을 우짜든지 꼭 찾았으면 좋겠지만서도 찾더라도 고향간다카는 말은 아예 마이소. 마음 붙이고 사는 곳이 고향인기라예. 물론 잘 안 될끼지만서도요. 그리고예….”

노금자 여사는 영자네가 긴말을 다 마치기도 전에 진작 다 안다는 듯 몇 번이고 고개를 끄덕였다. 이야기를 듣는 내내 손을 맞잡으며 긴 한숨만 쉬었다. 아무리 좋은 위로의 말도 듣는 것이 힘이 될 때가 있고 힘들 때도 있는 법이다. 하지만 틈만 있으면 노금자 여사를 챙겨주는 그 마음이 고마워서라도 몸이 좀 으슬하다고 해서 밀어낼 수는 없는 노릇이었다.

"마, 고맙다. 내가 종일 입도 안 떼고 살 때도 있는데⋯ 영자네가 오는 날이면 꼭 유성기를 틀어놓고 한바탕 만담꾼이 위문공연 온 것 같아서리⋯ 기분이 좀 낫구마이."

사실 그랬다. 적막할 때는 무슨 말이든 위로가 되었다. 이미 대략 다 알고 있는 이 동네 사람들의 내력을 다시 듣는 날은 영자네가 뭔가를 눈치챈 날이었다. 오늘따라 몸과 마음이 심드렁하고 한기가 느껴지는 게 편치 않은 것을 미리 알아챈 것이었다. 영자네는 구제 물건 파는 일을 몇 년째 하다 보니 이 동네 저 동네 소식이나 세상 소식을 다 꿰고 있었다.

노금자 여사가 영자네를 반기는 것도 무리가 아니었다. 나름대로 열심히 여기저기 아들 소식이나 고향 사람들 소식을 여전히 수소문하고 다니면서 시간이 지날수록 이러다 포기하는 것은 아닐까, 걱정할 때는 꼭 아들을 찾을 것이라고 힘을 주었고 위로했다. 알고 보면 여기나 저기나 처지가 다 비슷비슷하고 아픔도 다 비슷비슷하였다.

영자네가 와서 한바탕 이야기보따리를 풀어놓고 가는 날 밤엔 노금자 여사는 늘 그렇듯 꿈도 꾸지 않고 깊이 잠이 들었다. 이 동네에서 나만 고향을 떠나온 것도 아니고 나만 혼자가 아니라는 말이 조금이라도 위로가 되었으면 하고 입이 아프도록 몇 배의 위로하는 영자네가 정말 고마웠다. 하지만 다음 날 방안에 혼자 남겨질 때면 금세 적막강산이 되었다. 올 때마다 필요한 옷가지나 속옷을 들고 오고 먹을 것도 가져왔지만 어딜 가나 노금자 여사는 늘 혼자였다. 침 가방 하나 들고 여기저기 혼자 마실 가는 일이 생기면 더러 타지 사람들을 만날 수 있었다. 바깥바람도 쐴 수 있었다. 그때야말로 고향에 온 기분이었다.

19.

아침부터 침 가방을 들고 서너 집을 돌았던 노금자 여사는 골목 안쪽 길 끝에 사는 윤선네의 안색이 창백한 것이 마음에 걸렸다. 뭔가 불안했다. 산후조리를 제대로 하지 못한 것이 문제였다. 좀 더 몸을 추슬러야 하는데도 재봉틀에 앉아 주문받은 옷가지를 정신없이 만들고만 있으니 자꾸 마음이 쓰였다. 남의 집 사정이지만 꼭 며느리처럼 마음에 쓰이는 것이 가슴 한편 묵직한 돌을 올려놓은 듯 불안했다. 쉬지도 않고 일을 해대니 급체를 안 할 수가 있나. 엊그제도 체했는데 오늘 또 체했다고 했다. 자주 체기를 보인다는 것은 어디 다른 곳이 탈이 난 것을 의미했다. 자꾸 찜찜했다. 마음이 편치 않았다. 조금씩 틈틈이 쉬었다가 일해야 했다. 아무리 일이 밀렸어도 몸이 먼저였다. 괜히 눈가가 젖어오는 것이 친정엄마처럼도 걱정되었다. 이제 백일이 갓 지난 아기도 걱정되었다. 열 달 다 채우지 못하고 조산했다는 것도 걸렸다. 아이도 아기 엄마도 하루하루 외나무다리를 건너가는 것만 같아 허공을 향해 휴 한숨을 내쉴 수밖에 없었다.

그러나저러나 이제 조금 쉬어야겠다고 허리를 펴는데 다리가 후들거렸다. 나이가 벌써 일흔 중반을 향해 가고 있었다.

"에고, 에고 허리야!"

한 손으로 바닥을 짚고 또 한 손으로는 허리를 떠받치며 노금자 여사가 바닥에 드러누웠다. 남의 일이나 자기 일이나 뭣 하나 마뜩한 일이 없는 것만 같아 오늘따라 생각이 많아졌다. 이리저리 뒤척이며 잠을 청해보지만 영 잠이 오지 않았다. 정말 고향으로 돌아갈 수 있기는 할까. 마음만 먹으면 조금이라도 볼 수 있는 고향 땅이었다. 노금자 여사의 눈앞에서 고향 땅이 허깨비처럼 나타났다가 멀어졌다. 머지않아 통일이 되면 갈 수 있을 거라고는 믿지만 날이 갈수록 점점 통일에 대한 희망도 사그라드는 것만 같아 점점 불안해졌다. 아침에 일어나면 제일 먼저 라디오를 켜는 것은 습관이 되었다. 날마다 통일을 외치면서 휴전선 근방에서 남과 북의 군인들끼리 또 충돌이 일어났다는 뉴스를 들을 때는 희망은커녕 또 전쟁이 날까 불안했다. 그래도 통일만 된다면 그래도 참고 견딜 것이었다. 그날이 언제가 되었든 죽지 않고 견딜 것이었다. 그러니 포기를 하면 안 되었다. 며칠 전에는 배에서 막 부린 생선이 펄펄 뛰는 어시장 구경을 나섰었다. 그 부근으로 이사를 간 사람의 부탁으로 침을 놓으러 가는 길이었지만 사실은 이곳저곳을 다니다 보면 혹시라도 우연히 아들네를 만날 수 있을지도 모른다는 요행을 바라는 마음이 있어서였다. 실제로 드물긴 해도 육이오동란 때 헤어진 혈육을 우연히 찾았다는 소식을 듣기도 했었다. 끝까지 희망을 버리지만 않는다면 기적은 멀리 있지 않을 것이었다. 한 가닥 포기하지 않는 마음이 요즈음 노금자 여사가 몸이 아파도 버티는 힘이 되었다. 이곳에 둥지를 튼 지 어느새 십 년이나 되었다는 사실이 새삼스러운 요즘이었다. 어찌어찌하여 부산까지 그것도 부산 끝자락 영도의 한 골목 동네에 정착 아닌 정착을 한 것은 스스로 생각해도 신통했다. 몇 사람 건너 건너 소개받아 이 동네로 흘러들었지만 죽기 전에 아들만 만나면 되었다. 만나서 그간의 설움을 꼭 풀어내면 되었다. 그 일념 하나만은 놓지 않고 살아야 했다.

"그래, 하나밖에 없는 내 새끼… 꼭 만나야 눈을 감을 수 있지."

노금자 여사는 자식을 여럿 낳았으나 그중 한 아들만 살아남았다. 일찍 세상을 뜬 남편 대신 의지하고 살아온 산 같이 크고 든든한 자식이었다. 청상과수에 3대 독자 아들을 애지중지 키워서 장가도 보내고 손자도 보았는데 이제 좀 사람답게 살아갈 수 있을 거라는 위안도 잠시 전쟁이 터졌다. 날벼락도 날벼락 나름이지 그놈의 육이오 사변이 밤이나 낮이나 원망스러웠다. 고향 땅에서 시댁 큰 형님이 남편 잃은 동서네를 끝까지 품어주었기에 큰 고생은 안 하고 살아왔는데 한순간 세상은 아수라장이 되었다. 피난 때 시댁 큰 형님이 끝까지 남아 있겠다고 하는 걸 그냥 내버려 둘 것을. 안 가겠다는 형님 손을 기어이 끌어내려 한 것이 잘못이었다. 단 몇 시간 차이로 아들하고 어긋났다. '곧 따라가마' 하고 아들을 먼저 보낸 것이 이렇게나 오랜 세월을 보내고 있을 줄은 정말 몰랐다. 어느 날부터인가 이 모두가 전생에 지은 업보 탓이려니 여겼다. 어느 날은 바닥에 하염없이 얼굴을 묻고 서러워 앙가슴만 쳐대며 꺼이꺼이 울기도 했다. 하지만 이제 눈물도 말랐다. 아니 눈물을 아껴둬야 했다. 아들을 만나면 폭포를 쏟아낼 것이었다.

노금자 여사가 시간을 정해놓고 걷는 일은 일과 중 하나였다. 늘 바다가 가깝게 있어 좋았다. 비릿한 바다 냄새를 맡으면 가슴 안쪽까지 시원하니 축 처져 바닥으로 가라앉았던 마음이 벌떡 일어났다. 어딜 가나 비릿한 냄새가 코를 찔렀고 그 비린내 덕분에 오히려 위로받은 것이다. 골목을 벗어나서 한길에 접어들면 바로 앞에 작은 바다가 펼쳐졌고 조금만 더 걸어가면 더 큰 바다가 펼쳐졌다. 고향 강원도 고성도 그랬다. 동해의 시퍼런 바다를 집 앞에 두었다. 해안지방은 겨울이 유난히 춥고 바닷바람이 거세긴 하지만 고성은 북쪽이라 더 거칠고 드셌다. 남쪽의 부산이 고향보다 풍경이 아기자기할뿐더러 바다도 순한 편이었다. 어쨌거나 바다가 주는 고마움은 별반 차이가 없다고 여겼다.

바다에 둘러싸인 부산은 대도시라 어딜 가나 집이 많고 장사치가 많았다. 차도 많았으며 사람들로 늘 시끌벅적했다. 전국에서 살기 위해 모여든 사람으로 넘쳤다. 심심할 틈이 없었다. 눈만 뜨면 뭔가 새로운 것이 나타났다. 오토바이가 굉음을 내며 지나갈 때 아직 흙길의 도로에서 버스와 트럭이 내는 먼지가 쉬지 않고 날렸다. 자전거와 리어카도 많았다. 여전히 소달구지도 지나갔다. 그럴 때 노금자 여사는 마치 고향에서처럼 반가웠다. 시발택시도 지나갔고 브리사 택시도 예사로 지나갔다. 전차도 사람들을 꽉 채우며 다녔다. 바쁜 사람들은 자전거를 끌고 다니거나 어지간한 거리는 걸어 다녔다. 기름 냄새와 차멀미를 하는 사람들도 그랬다. 도로 사정도 조금은 나아질 모양인지 여기저기 길을 닦는 곳도 많았다. 차가 지나가면 먼지로 눈도 아프고 코도 맵찼다. 아스팔트 포장이 끝나면 찻길이 훨씬 나아질 것이었다. 노금자 여사는 얼마 전에 통장이 전염병 예방접종을 받으라는 소식을 전해줄 때 수돗물도 꼭 끓여서 먹으라고 신신당부한 것을 기억했다. 콜레라가 도는 모양이었다. 라디오 뉴스에서도 자꾸 강조하는 것이 걱정되었다. 먹는 것을 조심해야 했다.

무엇보다 여기서 저기서 아이들이 모여 뛰어놀고 있는 모습이 노금자 여사의 눈에 들어올 때면 한결 힘이 났다. 무엇보다 이 동네뿐만 아니라 이 부근에 아이들이 많은 것이 좋았다. 혼자 외롭게 사는 것이 이골이 났다고는 하지만 아이들 소리가 나면 저도 몰래 고개를 돌리곤 했다. 여기도 아이들 저기도 어디를 가도 아이들 천지였다. 웃고 떠드는 소리가 들리는 곳엔 으레 아이들이 놀고 있었다. 공터에도 한길 가에서도 놀았다. 이 골목 저 골목에도 아이들은 북적였다. 여기저기 사람들이 내는 소리로 시끌벅적한 것이 사람 사는 동네가 맞긴 했다. 하긴 집집의 아이들이 네댓 아니면 예닐곱은 되었다. 노금자 여사는 신나게 놀고 아이들을 볼 때면 입가에 미소가 절로 번졌다. 어느 날부터 이 아이들이 다 내 손자겠거니 했다. 아들과 손주들이 보고 싶을 때는 일부러 종일 아이들이 모여서 놀고 있는 동네 공터를 찾아가기도 했다. 쥘부채로 햇볕을 가리고 더위를 쫓는 척하면서 신나게 뛰어다니는 아이들을 하염없이 보고 또 보는 것이었다. 그곳에 시간 가는 줄 모르고 무연히 앉았다가 집으로 돌아오는 날엔 밥맛이 좀 나았다.

그런 날 밤에는 꿈에서 아들과 손자들도 만났다. 헤어질 그때 그 모습대로 손주들은 작았고 아들과 며느리도 젊었다. 나이 먹지 않은 모습이어서 더 좋았다. 벌써 십여 년이 훌쩍 지났지만 그대로였다. 세월이 참 빠르기도 했다. 지금은 길에서 만나도 못 알아볼 것이다. 그러나 보고 싶을 때 꿈에서라도 나타나 줄 때면 그저 고마울 따름이었다.

20.

그나저나 요즘 세상 돌아가는 것이 노금자 여사에겐 영 불안했다. 자고 나면 자꾸 뜻밖의 일이 벌어졌다. 4·19 학생 운동이 일어나더니만 얼마 지나지 않아 군사혁명이 일어나고 연이어 동남아시아의 베트남 전쟁에 우리나라 군인들을 파병한다는 소식이 들렸다. 사회가 여기도 저기도 다급하게 변하고 있었다. 어찌 돌아가는 판인지 잘은 몰라도 북쪽과의 대립도 더 심해진 것만은 사실이었다. 통일은 이제 다 틀린 걸까. 애초에 물 건너간 것은 아닐까. 요즘 들어 부쩍 시도 때도 없이 울화가 치밀고 영 불안했다. 따져보니 휴전을 선언하고도 십몇 년이 지난 것이었다. 이러다가 고향 땅을 밟는 것은 아예 포기해야 할 것 아닌가 싶었다. 전쟁이 났을 때 통일이라는 말을 믿은 것은 아니었다. 같은 민족끼리 그렇게 원수같이 짓밟고 부수고 서로 죽이고 죽였는데 어떻게 화합이 되겠는가. 지금도 서로 죽이지 못해 밤낮 눈 부릅뜨고 총부리를 이마빼기에다 가슴팍에 겨누고 있는데 화합이 될 리가 없었다. 통일에 대한 기대는 시간이 갈수록 점점 멀어졌다. 이런저런 걱정에 또 불안이 앞섰으나 노금자 여사는 끝까지 실낱같은 희망을 놓고 싶지 않았다.

오늘따라 또 어찌 이리 달은 밝은 것인가. 창문 너머 보름달이 둥실 떠오를라치면 잠자기도 글렀다는 말이다. 몸은 천근만근 바닥으로 가라앉을 것이 뻔했다. 구부린 팔을 고쳐 베고 다시 돌아눕는데 어디서 츠츠츠 풀벌레 울음소리가 들렸다. 귓속에 언제 풀벌레가 들어왔나. 귓속을 후비고 털어내고 몇 번이고 고쳐 누워도 풀벌레 울음은 그치지 않았다. 외톨이는 이런 것이다. 생뚱맞게 아무 소리나 귀에 들어오고 생뚱맞게 밤이 되었다가 낮이 왔다. 아무리 힘들어도 외로워도 아침은 왔다. 물설고 낯선 곳에서 혈육 하나 없이 혼자 산다는 것은 피 마르고 살 떨리는 일이었다. 적막강산이었다. 세상은 한없이 컸고 끝도 없이 넓었으며 발 딛는 곳곳이 낭떠러지였고 건너는 곳마다 엉성한 다리였고 기댈 데 없이 헐렁헐렁했다. 익숙한 그 무엇이 주위에 없다는 것은 정말 무섭고 서러웠으며 외롭고 또 외로웠다. 주변 사람들이 아무리 아는 척해도 돌아서면 혼자였다. 혼자가 안 되어 보면 모르시, 그럼, 모를 거라. 입버릇처럼 중얼거리는 습관이 붙은 것도 무리가 아니었다. 어깨를 모로 세우고 벽을 향해 돌아눕는데 어릴 때 세상 버린 어머니가 눈앞에 어른거렸다. 곧 배를 타고 고기잡이를 나갔다가 풍랑을 만나 돌아오지 않은 아버지도 보였다. 이제는 다 잊어버렸다고 생각한 부모의 모습이 느닷없이 눈앞에 어른거리는 것이 몹시 불안했다. 노금자 여사는 총도 칼도 무섭지 않은데 아직 덜 자란 아이처럼 이따금 밤이 무서웠다. 어쩌다 늦게까지 불을 켜놓으면 사람 좋은 집주인이 방문을 톡톡 두들겼다. 불 끄는 것을 잊고 깜빡 잠든 줄 알고 '아지매, 주무십니꺼? 불 끄고 주무시이소!' 했다. 무조건 전기를 아껴야 한다고 동네 사람들도 틈만 나면 입을 맞추었다.

불을 끄고 나면 세상은 어둠 차지였다. 밖이고 안이고 틈이 있는 곳엔 어둠만 꾹꾹 들어찼다. 어둠은 우주의 사막이었다. 불을 끄면 노금자 여사는 낭떠러지에 서서 덜덜 떨고 있는 작은 아이가 되었다. 어지간히 익숙했음에도 여전히 밤은 무서웠다. 불 꺼진 가슴은 밤새도록 무너지고 또 무너졌다. 밤새도록 흩어지고 또 흩어졌다. 어쩌랴. 이제 한 해 한 해 늙어가는 쓸모없는 몸뚱이가 아닌가. 날이 갈수록 제 몸이 짐스럽게 여겨지는 것이 기댈 데 없는 것이 이 세상에서 오롯이 혼자 남은 것이 서러울 따름일 뿐이었다. 이럴 때는 흐르는 눈물을 언제까지고 그냥 내버려 두었다.

그래, 마. 오늘은 그래도 괜찮은 날이다. 하모니카 부는 소리에 정신없이 마음과 귀를 내줬다. 노금자 여사는 아직도 가슴이 울렁거리고 마음이 출렁였다. 오랜만에 하모니카 부는 소리를 들으면서 힘이 났다. 어둠을 몰아내고 방안을 꽉 채운 하모니카 소리에 그저 온정신과 몸을 내맡겼으나 도대체 누가 부는 거가. 의아했다. 그러면서도 노금자 여사는 귀를 마음껏 내주었다. 그런데 한순간에 거짓말같이 하모니카 소리가 뚝 그치면서 방안은 다시 적막강산이 되었다. 이 무슨 신기루인가. 하는데 청아한 기타 소리가 뒤이어 들려왔다. 하모니카 소리와는 또 다른 감칠맛이 가슴을 꽉 눌렀다. 젊은이들이 좋아하는 악기라는 것은 알고 있었다. 가까이서 몇 번 본 적도 있었다. 누가 이 밤에 기가 막힌

신식 음악을 선물하는 거가. 기특도 하제. 내가 외로운 줄은 어찌 알고 이렇게 좋은 선물을 내어주는가 말이다. 기분이 한결 풀어진 노금자 여사는 마음이 촉촉해지면서 울컥거리기까지 했다. 산판 갔다가 한순간에 세상을 버린 젊은 남편이 오랜만에 눈앞에서 왔다 갔다 했다. 아직 어린 아들을 두고 청상과부가 된 자신의 신세가 세상에서 가장 서러워서 땅을 치고 벽을 치고 울고 또 울었던 기억도 생생히 되살아났다. 시부모가 한집에서 함께 거두긴 했어도 남편 없이 세 동서와 함께 산다는 것은 결코 만만한 세월이 아니었다. 그래도 꿋꿋하게 잘 버티고 살아서 아들이 장가갈 때 모습이 눈앞에 어른거렸다. 파노라마처럼 지난 세월이 눈앞에서 흘러가는 것이었다. 기타는 이제 '애수의 소야곡' 으로 바뀌었다. 라디오에서 들으면서 제목도 알았다. 각별하게 마음에 달라붙었던 노래였다. 그 곡을 기타로 듣는다는 것은 감동이었다. 기타 치는 이가 궁금하면서도 고맙고 또 고마웠다. 망상과 신세 한탄에 온몸이 으스러지는 줄 알았는데 그나마 기운을 북돋아 주는 기타 소리가 기특할 따름이었다. 그래, 그래도 지금 이대로도 괜찮다. 아직은 희망이 있잖나. 살아 있다면 언제고 아들을 만날 것 아니가. 아들도 오마니를 잊지 않고 어디선가 찾을 것이고 나노 계속 찾다 보면 반느시 만나지 않겠나 말이다. 그래도 지금 내가 밥 굶지 않고 등 따숩고 배부르게 살아갈 수 있도록 침을 만지는 재주가 있다는 것도 얼마나 다행인가. 동네 사람들도 정말 잘 만났제. 제 어미처럼, 친동기간처럼, 친할매처럼 따르고 식구같이 대해주니 이보다 더 좋은 건 없는 거라. 나 같은 낯선 떠돌이 피란민한테 정을 주니 참 다행한 일이 아닐 수 없는기다. 밤이고 낮이고 찾아봐 주고 방은 따뜻한지 밥은 자셨는지 편찮은지 챙겨주니 얼마나 고맙고 또 고마운가 말이다. 읊조렸다.

"영감, 영감 있는 데서는 내가 보이는기요? 당신은 너무 일찍 내 곁을 떠났시요. 귀한 아들이 지금은 생사를 알 수 없지만 그래도 여기 친동기간 같은 동네 사람들이 옆에 있어서 얼마나 다행한지 몰라요. 나중에 만나면 구구절절 시시콜콜 내가 다 이야기해 줄 거니까 조금만 조금만 더 기다려주시요. 당신이 늘 말했잖소. 내가 복이 많다고. 정말 복이 많기는 한 것 같소."

애절한 마음을 이기지 못한 노금자 여사는 어둠 속에서 한참 중얼중얼했다.

휘영청 보름달이 중천에 떴다. 그 기가 막히게 잘 치는 기타 소리도 진작 멈추었다. 자리에 누워 이른 잠을 청하려는데 아직은 눈이 말똥했다. 그때 밝은 달빛 아래 윗목에 놓인 침통이 노금자 여사의 눈에 들어왔다. '그래 나한테는 피붙이가 따로 있나. 침이 피붙이지.' 손때 묻은 침통을 보면서 순간 마음이 촉촉해졌다. 침은 잠시도 떨어질 수 없는 존재였다. 어릴 때부터 침을 무서워하지 않았다. 외할아버지한테 눈썰미로 익힌 것이 나중에 침쟁이 선수가 된 것이 지금 생각해도 신통하기만 했다. 잘 된 건지 아닌 건지 알 수 없었다. 어쨌든 지금 이것으로 밥벌이를 할 수 있다는 것이 운이 좋은 것은 물론이고 특히 고마웠다. 동네 사람들이 대우를 잘해주는 것도 알고 보면 다 저 침통 덕분이고 침통이 한몫 톡톡히 한다는 것을 알고 있다. 생각해 보면 혈혈단신 피란민이 되어 남쪽으로 어찌어찌 흘러 부산 바닷가 끝 김덕만 철공소 한쪽 방에 세 들어 살아가고 있는 것도 더없이 고마운 노릇이었다. 그놈의 원수 같은 난리통만 아니었으면 지금쯤 고향 동네에서 잘살고 있을 것이나 이 또한 사람의 힘으로도 어쩔 수 없는 하늘의 조화이거나 예정된 팔자일 것이다. 그 험한 피란살이를 넘어 타향살이가 꼭 서러운 것만도 아니었다는 것이 요즘 피란살이 십수 년 겪으면서 얻은 결론이었다.

목까지 차오르는 지난 생각과 어수선한 마음을 비우고 나니 한결 편해진 노금자 여사는 그나저나 내일은 윤선네를 꼭 찾아봐야겠다고 생각했다. 젊은 아기 엄마가 낮이고 밤이고 그리 일만 하면 안 되었다. 큰 애는 잘 크고 있는데 조산한 아이는 요즘 낯 색을 보면 꼭 탈이 날 것만 같아 불안했다. 통통하니 젖살이 오르고 하루가 달리 쑥쑥 커야 하는데 아직은 살이 붙지 않고 몸이 밤톨만 한 게 마음에 걸렸다. 눈치를 살펴 먹을 것도 챙기고 잔소리도 하지만 다음 날이면 재봉틀을 돌리는 것이 여간 마음 쓰이는 것이 아니었다. 꼭 친자식만 같아 자꾸 눈에 밟혔다. 말을 해봐도 귓등을 흘리니 여간 걱정스러운 것이 아니었다. 돈이 된다면 뭐든지 해야 한다고는 하나 어쩌려고 그러나. 아직은 젊은 나이라 해도 병이 늘면 모든 게 허사가 아닌가 말이다. 젊은 사람들이 어찌 그리 말도 없고 순하기만 한 것인지 괜히 안쓰럽고 가여워서 마음이 편치 않았다. 오늘은 또 어쩌자고 이런저런 생각이 꼬리를 물고 또 물고 늘어지는 것인지 잠을 또 놓치게 생겼다. 노금자 여사는 다시 한번 호흡을 조절하며 잠을 청했다. 어디선가 끊어졌던 풀벌레 울음소리가 다시 들려왔다. 이 무더위가 물러나면 머지않아 처서가 올 것이었다.

저 달이 왜 이리 밝노?

21.

　덕만은 물 범벅이 된 윗몸을 수건으로 대강 닦아내면서 툇마루에 올랐다. 곧 가슴을 활짝 펴고선 두 팔에 불끈 힘을 주었다. '휴' 큰 숨을 내쉬자마자 비로소 정신이 번쩍 들었다. 새삼 주변을 돌아보았다. 칠흑의 어둠은 진작 골목 구석구석을 점거하였다. 담 너머 펼쳐진 새까만 하늘에 보름달이 둥실 떠 있었다. 수많은 별도 기다렸다는 듯 서로 경쟁이라도 하듯 한꺼번에 쏟아졌다. 덕만은 갑자기 눈앞이 환해졌다. 생전 처음 보는 밤하늘인 듯 가슴이 두근거렸다. 이거, 얼마 만에 보는 달이고, 별인가. 마음 편하게 달을 보고 별을 본 적이 언제였던가. 그래 그렇지. 달도 별도 다 여유가 있어야 보이는 법이지. 고개를 몇 번 끄덕이며 다시 두 팔을 쭉 뻗어 위아래로 가볍게 흔들었다. 여름 밤공기가 오늘은 여름답지 않게 꽤 선선했다. 그러나 마음 한쪽은 여전히 울렁울렁했다. 오후 늦게 갑자기 받은 급한 주문의 마감이 늦어도 내일모레이니 내일도 새벽같이 일어나야 할 것이다. 그러려면 일찍 잠을 자둬야 한다. 그런데 웬일인지 머리가 맑았다. 잠들려면 아직은 멀었다는 말이다. 아마 마음이 급해서일 것이다. 요즘은 업체끼리 경쟁이 치열해서 빨리 끝내는 쪽에 일을 몰아주는 통에 무리해서라도 주문받은 일은 얼른 끝내야 했다. 거의 이런 식으로 그때그때 일을 받고 처리하였으니 하루 이틀 일이 없으면 불안하고 초조했다. 그러다 일이 한꺼번에 들이닥치면 쉴 수도 없었다. 콧구멍에 들어찬 쇳가루를 털어내지도 못하고 날밤을 새워서 일을 마쳐야 했다. 어선과 화물선에 필요한 부품을 조달할 여러 철공소 일이란 그런 것이었다. 출항 일정에 맞춰 수리를 끝내고 제때 납품을 해줘야 신용을 얻었다.

　문제는 기껏 자리를 잡아도 여유를 부릴 수가 없다는 데 있었다. 날이 갈수록 경쟁은 더 치열해졌다. 선박수리소에 각종 어선과 화물선이 잔뜩 밀릴 때는 변두리 작은 철공소에도 일거리가 밀려들었다. 그러나 때가 때인 만큼 잘 된다는 소문이 나면서 여기서 저기서 같은 업종이 자꾸 생겨나는 통에 정신을 바짝 차리지 않으면 안 되었다. 아무래도 경력이 많고 일솜씨가 있는 쪽이 유리하긴 해도 이젠 빽이 있어야 했다. 아직은 일솜씨와 납품을 제때 잘 맞춰줘서 신용을 믿고 주문이 들어오긴 해도 또 언제 다른 경쟁사가 끼어들어 불안하게 할지 모를 일이다. 오늘도 주문한 물건을 제때 납품해서 다행이었다. 코안까지 들어찬 거무튀튀한 쇳가루는 문제가 안 되었다. 앉았다가 일어날 때 다리가 휘청했어도 하늘로 솟아오를 만큼 기분이 좋았다. 김덕만은 주저앉은 채 고개를 끄덕였다. 짧은 시간에 죽기 살기로 애를 썼으니 '오늘도 정말 수고했네!' 잠시 제 가슴을 토닥토닥해 주었다. 요즘 들어 생긴 버릇이었다. 하지만 곧 울컥 뭔가가 속에서 치밀어올랐다. 안 될 때는 죽어라 안 되었던 때가 불쑥 어른거렸다. 쌀독이 비어 몇 날 며칠 돈을 꾸러 다녀야 했던 때가 떠올랐다. 요즘처럼 일이 들이닥칠 때는 쉬는 것이 호사였다. 그럴 수 없었다. 일이 많거나 적거나 관계없이 주문이 오는 대로 굽신거리며 그저 감사한 마음으로 일을 받아야 했다.

　덕만은 잠들기 전 부어오른 발등을 조심스레 내려다보았다. 오늘은 하마터면 쇠망치에 큰일 날뻔하지 않았는가. 다시 가슴을 쓸어내렸다. 마무리 작업 때 헛손질하는 통에 쇠망치가 발등을 향해 날아들었다. 발등을 조금만 스치고 떨어졌기에 망정이지 순식간에 발가락이 날아갈 수도 있었다. 퉁퉁 부어오른 발등에 얼른 안티푸라민을 잔뜩 발라주었으니 며칠 있으면 부기는 빠질 것이었다. 편안하게 다리를 쭉 뻗고는 부은 발을 요리조리 조물조물 몇 번 더 주물러주었다. 좀처럼 잠은 오지 않았다. 일찌감치 저녁밥을 먹고는 진작 자리에 누웠는데도 눈이 말똥한 것이었다. 큰 놈과 작은놈은 진작 잠이 들었다. 잠결에 걷어찬 시원한 지지미 이불을 덮어주고는 윗목에 놓인 신문을 펼쳐 들었다. 하루 마무리는 신문으로 해야 했다. 오늘은 무슨 사건이 터졌는지 궁금하기도 했거니와 뭔가를 알아야 세상 돌아가는 것도 알 것이었다. 한참을 읽어 내려가는데 달강달강 부엌 쪽에서 그릇 부딪는 소리가 났다. 아내가 아이들 방에서 바느질하는 줄 알았는데 부엌일을 아직 끝내지 못한 모양이었다. 덕만은 벌떡 일어났다. '내일도 새벽같이 일어나서 아이들 밥 먹이고 학교도 보내고 큰딸 공장 출근도 시켜야 할낀데 얼른 자지 않고 뭐하노?' 중얼거리며 곧장 부엌으로 갈까 하다가 다시 주저앉았다. 곧 방바닥에 요를 깔고 잠자리를 매만지며 애들 엄마의 건강에 애가 쓰이나 지금으로서는 달리 방도가 없어서였다.

뭔가 불안했다. 잔소리하고 말려도 일을 다 마쳐야만 자리를 털고 일어나는 ㅗ 성정을 알면서노 넉만의 마음은 편지 않았다. 어서 일거리를 더 많이 받아야 한다는 조바심만 날 뿐이었다. 곧 아이들이 크면 감당 못 할지도 모른다. 조금이라도 저축해야 했다. 남은 일은 내일로 미루더라도 무조건 잠부터 자야 했다. 이것저것 자꾸 일거리를 찾아내는 것을 말려야 하는 것이다. 아닌 게 아니라 덕만도 마찬가지였다. 이제는 좀 쉬어야지 하면서도 자리에 눕기 전까지 이 일 저 일 잡다한 일이 눈에 밟혀 자꾸 집적거렸다. '에구나, 이 집 부부는 참 많이 닮았네. 당최 쉴 줄을 모르네.' 동네 사람들이 낮이고 밤이고 불쑥 얼굴을 들이밀고는 애처롭게 보는 것도 무리가 아니었다. 아이들이 일곱이나 되니 애들 엄마가 어디 쉴 틈이나 있나 싶은 것이다. 덕만 역시 아홉 식구 건사할 가장이 아닌가. 쉴 틈이 어디 있나 싶었다. 오늘따라 몸이 힘들어도 머리는 더 맑아 오는 게 아마 저 보름달 때문이지 싶었다. 덕만은 열어놓은 창문 너머로 휘영청 뜬 보름달을 바라보았다. 오늘은 보름달로 큰 위로를 받았으니 이제 조금이라도 일찍 잠을 자두어야 할 것이었다. 아닌 게 아니라 며칠 동안 밤이 깊도록 기계 앞에서 쇠를 깎아내느라 새벽녘에 겨우 눈을 붙인 탓에 벌써 눈꺼풀이 무거워 왔다. 내일은 새벽같이 일어나서 마무리 작업을 하고 오후에는 작업이 끝난 물건을 배달해야 할 것이었다. 이런저런 생각이 꼬리에 꼬리를 무는 통에 생각보다 잠은 쉬이 오지 않았다.

덕만이 눈을 감고 뒤척이며 애써 잠을 청하는데 이때를 기다렸다는 듯 어디선가 하모니카 소리가 들렸다. 소리는 크지도 않고 작지도 않았다. 귀를 내놓고 들어보니 '뜸북새'였다. 솜씨가 꽤 좋았다. '푸른 하늘 은하수'로 넘어갈 때 마침 옆에서 들려주는 것처럼 경쾌하면서 애절한 느낌 마저 들었다. 뻔하면서도 탁월했다. 덕만은 잠은커녕 그저 귀를 내주어야 했다. 그 순간 까마득히 잊고 있었던 파도가 거품을 잔뜩 물고는 우르르 몰려드는 것을 온몸으로 받아내어야 했다. 예리한 그 무엇인가에 찔리기라도 한 것처럼 곧 허리를 벌떡 일으켜 세우며 가슴을 쓸어내렸다. 누워서 듣기엔 아까운 솜씨였다. 자신도 모르게 '기가 막히네!' 만 자꾸 연발했다. 하모니카 소리는 요란하지 않으면서 간간이 가슴을 훅훅 쳐댔다. 잔잔한 물결을 이루며 크고 작은 하얀 물살을 만들고는 가슴 속으로 거침없이 흘러들었다. 그러다 다음 순간 우르르 쾅쾅 파도처럼 몰아쳤다가 한순간에 저만치 떠밀려는 것이었다. 정말 예사 솜씨가 아니었다.

'이거, 마… 하모니카 부는 솜씨가… 보통이 아이네!'

진작 요를 깔았지만 잠은커녕 가슴이 두근두근하는 것이 마음이 자꾸 밖으로 향했다. 잘 밤에 느닷없이 들이닥친 하모니카 소리라니. 잠은커녕 정신이 갑자기 무장 해제를 당했다고 하는 편이 옳았다. 덕만은 헛웃음이 났다. '어허!' 탄식을 터뜨렸다. 마치 갑자기 달려든 파도에 놀란 몸이 이리 쓸리고 저리 쓸리는 것을 알면서도 마냥 즐기고 있었다. 피곤한 몸이 바닥에 한없이 늘어지는 것이었다.

정말 오랜만이었다. 쉴 틈 없이 선반을 깎고 쇠붙이를 용접한 고단한 몸은 누웠어도 휘청거렸다. 무거운 쇠붙이를 들고 나르고 들어 올렸다가 내렸다 한다는 것은 아무나 할 수 있는 일은 아니었다. 직공인 최 군과 이 군이 있지만 섬세하고 정확하게 재단하는 것은 아무래도 덕만의 몫이었다. 부엌에서 달그락거리는 소리가 다시 귓속을 파고들었다. 그 순간 하모니카는 멎고 기타 연주로 바뀌었다. '애수의 소야곡'이었다. 여전히 소리는 크지도 않고 작지도 않았다. 하모니카와 기타라, 생각보다 조합이 아주 잘 맞았다. 잠이 문제가 아니었다. 갑자기 기분이 좋아진 덕만은 천정을 향해 드러눕고는 두 팔을 쭉 뻗었다. 기타 들고 무작정 이 바다 저 바닷가를 쏘다녔던 젊은 시절이 갑자기 눈앞에서 해일처럼 몰려왔다. 가슴이 떨렸다. 한때의 진한 추억은 험한 삶조차 미화한다고 하지 않는가. 벌써 그때가 언젠데 지금도 가슴이 이리 뛰는가 싶었다. 세상천지도 모르는 감상적인 애송이가 눈앞에서 어룽거리는 순간 '야야! 퍼뜩 정신 차리 거래이.' 누군가 꾸짖는 소리가 들렸다. 깜짝 놀란 덕만이 자리를 털고 일어섰다. 순간 기타 소리가 저만치 달아나고 지난날들이 밀물처럼 훅 밀려들었다.

몇 년 전이었다. 덕만은 새벽 부두에서 일거리를 얻으려다 큰일을 당할 뻔했다. 기계로 옮기기에 어중간한 화물들을 일일이 등에 져 배에서 내리고 트럭 위로 날랐다. 하루하루 일당을 받는 인부들 간의 경쟁이 치열해서 크고 작은 사고가 종종 일어나곤 했다. 그날도 길게 줄을 서서 화물을 배당받는 일에 누군가 새치기를 하면서 순서가 뒤바뀌었고 시비가 붙었다. 곧 한바탕 싸움이 일어났는데 앞집 사는 삼석이가 얼른 달려와서 막아선 일은 지금도 아찔한 일이었다. 누군가 뒤에서 일부러 덕만을 떠밀었고 덕만은 곧 넘어지면서 땅바닥에 머리를 세차게 찧었다. 순간 피가 튀었고 얼굴이 온통 피 범벅된 덕만은 바닥에서 꼼짝할 수가 없었다. 사람들이 우르르 모여들었으나 자기 화물 배정을 챙기기 위해서 순식간에 다 빠져나가 버렸다. 주위의 누구도 선뜻 도와주지 않고 멀리서 구경만 했다. 뒤늦게 깜짝 놀란 삼석이 얼른 달려와서 목을 받치고는 터진 머리 상처를 수건으로 꾹 눌러주었기에 망정이지 큰일 날뻔했다. 가벼운 뇌진탕에다가 피를 쏟았으니 며칠 일을 하지 말라고 한 의사 말을 듣는 둥 마는 둥 하며 다음 날 일을 배정받기 위해 새벽 일찍 부두로 달려갔을 때를 생각하니 갑자기 서러워졌다. 그래, 그래. 그때를 생각하면 그래도 지금은 양반 아이가. 저 기타가 참 대단한기라. 그때였다 '꿈속의 사랑' 이 귓속을 파고들었다. 마음이 한없이 따뜻했다. 누군지 몰라도 처량하기 짝이 없는 너덜너덜한 마음을 이토록이나 위로하다니 고마운 일이 아닐 수 없었다.

22.

　방 한쪽에 깊이 잠든 아이들은 자면서 이를 갈았다. 꿈에서도 달리는지 용을 썼다. 덕만은 누운 자리에서 벌떡 일어나 몇 번 서성이다 다시 벽에 기대었다. 생각 같아서는 오랜만에 기타 선율에 몸과 마음을 맡기고 싶었다. 요란하지도 않고 작지도 않은 기타 연주는 귓속에 쏙쏙 들어와 알알이 박혔다. 마음을 꽉 움켜쥐고 놓아주지 않았다. 잠은 뒷전이었다. 누군지 궁금했다. 어떤 이가, 어떤 손이 이토록 사내 애간장을 녹일 수가 있는가 싶었다.

　이런, 이런… 제어할 수 없는 기계 상태가 그렇듯 덕만의 몸과 마음은 순식간에 큰 파도에 휩쓸리고 있었다. 파도에 몸을 내맡기니 오랜만에 편안했다. 그래, 이제 가는 데까지 가 보는기다. 문득 양 손바닥을 천천히 펴서 눈앞에 두고 자세히 들여다보았다. 무겁고 거칠고 위험하기 짝이 없는 선반 기계에 겁 없이 내주었던 뭉툭해질 대로 뭉툭해진 거친 손이 눈앞에서 펼쳐졌다. 지난 이십 년은 아이들을 위해, 살아남기 위해 쉬지 않고 앞만 보고 달려온 세월이었다. 어느 정도 생활이 안정될 때까지 지난　날을 되돌아보지 말자 스스로 다짐하지 않았는가. 그러나 한순간 기타 연주에 이리 쉽게 휘청거리다니 믿을 수가 없었다.

'꿈꾸는 백마강'이 '꿈속의 사랑'으로 넘어갈 때 애절한 기타 음률은 작은 언덕을 올랐다가 내려오는 듯했다. 어느 부분에 이르러서는 가슴이 뭉클해져서 터질 것 같았다. 눈물도 찔끔 났다. 정신없이 바빴던 김덕만의 갈라지고 건조한 마음을 흔들어 놓기에는 충분했다. 참 좋다. 누군지 몰라도 내 마음을 잘 아는 기라. 지금 내 뜨거운 심정을 어찌 이리 잘 알고 위로를 해주나 말이다. 같은 말을 연신 입속으로 되뇌었다. 잔잔한 클래식 기타 특유의 간결한 마디의 음률이 타닥, 모닥불 튕기듯 봄바람을 끌어당기듯 할 때 덕만은 몸이 저절로 움직이는 것을 느꼈다. 음이 높게 올라갈 때는 마치 아무도 없는 높은 산꼭대기에 홀로 서 있는 듯 아득했고, 느닷없이 여기저기 물살에 마구 휩쓸렸다가 곧 한쪽으로 고요히 밀리는 것이었다. 그러다가 돌부리에 걸려 마음이 마구 요동을 쳐대기도 했다. 시간이 아무리 지났어도 젊은 날의 열정이 그대로인 것을 알았다. 덕만은 오랜만에 듣는 기타 선율에 잃어버린 그간 놓아버린 자신을 되찾은 느낌이었다. 젊은 한때 기타를 들고 이곳저곳을 기웃거렸던 일, 먹고살기 바빠서 모른 척, 못 들은 척 하며 애써 지운 그때가 아스라이 떠올랐다. 가슴 한쪽에 아직도 팔딱거리는 연둣빛 낭만이 고맙기 짝이 없었다.

그러나 곧 '봐라, 그래도 니가 이라면 안 되제, 지금 나이가 도대체 몇 살이고 말이다. 지금 니가 처한 현실을 들여다봐라카이. 정말 와이라노.' 읊조리며 덕만은 스스로 마음을 다잡아야 했다. 잠시 흐트러졌다고는 하나 얼른 정신 차려야 했다. 마구 떠내려갈 수는 없는 노릇이었다. 자신을 돌아 세워야만 했다. 그러나 좀처럼 잡히지 않았다. 아무것이라도 붙들어야 했다.

그러나 곧 연민이 치고 올라왔다. 요즘 내가 너무 힘들었다 아이가. 영 마음이, 마음이 편치 않았다 아이가. 누가 나를 밀었다가 자꾸 땡기노 말이다. 중얼거리며 감정이 걷잡을 수 없이 팽팽해지는 것을 어찌할 수가 없었다.

덕만은 울컥 눈물이 솟는 것을 겨우 참았다. 잘 밤에 하모니카와 기타를 감상할 마음이 어디 있노하며 오히려 자신을 질타했다. 오늘따라 오랜만에 주문이 좀 많이 들어와서 마음을 놓고 있긴 하지만 또 언제 변덕이 일어서 일거리가 딱 끊어질지 모른다. 일주일이고 보름이고 남이 받아놓은 하청의 하청이나 겨우 얻거나 더 안 좋게 떨어질지 모른다. '오늘은 좋았다가도 내일은 나쁠지 우찌 알겠노. 하루하루 전전긍긍 밥 먹을 걱정을 해야 하는 것을 한시라도 잊어서는 안 되는 기라.' 같은 말을 몇 번이고 되는 것이었다. 덕만은 어느 날부터 혼잣말하며 자문자답하는 고약한 습관이 들었다는 것을 비로소 깨달았다. 또 어떤 날은 작업을 하면서 중얼거릴 때도 있었다. 모두 일거리에 대한 강박일 것이었다. 먹고 산다는 것에 대한 강박일 것이었다. 많은 식구를 거느린 가장의 애환일 것이었다.

그래 산 사람 입에 거미줄 칠 일은 없는 기다. 사실 일이야 없다가 들어오기 마련이고 사람이 죽으라는 법이 없으니 남보다 더 애를 쓰면 될 일이다. 그래도 기술을 가지고 있고 일은 계속 있을 것이니 마음을 너무 졸일 필요는 없는 것이다. 단 세상이 너무 빨리 바뀌고 있다는 것이 문제였다. 우짜든지 살아남아야 할 것이었다. 항시 만반의 대비를 해야 하는 것이다. 조금 잘된다고 마음 놓을 수 없는 일이다. 하루하루 불안을 달고 사는 것에 이제는 이골이 났다. 애를 태운다고 일이

들어오고 안 들어오는 것은 아니다. 굳건히 심지를 가지는 것이 더 중요한 것이라고 다짐하고 또 다짐했다. 불과 십 년도 안 된 세월에 4 · 19 학생 운동과 5 · 16 군사혁명까지 겪었다. 세상이 또 어떻게 뒤집힐지는 아무도 모른다. 그래도 다행히도 요즘 일거리들이 들어오니 먹고사는 것이 쪼매 안 낫겠나 짐작할 뿐이었다. 그러나 대식구가 앞으로 어떻게 살아야 할지는 한 치 앞이 절벽인 것만은 부인할 수 없었다. 아무도 믿을 수 없었다. 오직 덕만이 알아서 할 일이었다.

오랜만에 덕만은 엎어진 김에 쉬어간다고 바닥에 누웠다. 하모니카와 기타 연주를 들으면서 젊은 한때가 불현듯 떠오른 것도 그랬다. 잊은 지 정말 오래였는데 불쑥 예전의 감정이 툭 튀어나온 것은 뜻밖의 일이었다. 남들 다 하는 결혼이라지만 내가 하고 싶어서 한 결혼이고 아이를 줄줄이 낳은 것도 내가 아들을 보기 위해서였다. 오직 내 식구들과 먹고살기 위해 뼈가 부서지도록 이 일 저 일 닥치는 대로 앞만 보고 살아온 세월에 싫고 좋고는 없었다. 남편과 아버지만 바라보고 살아가는 아내와 자식들만 생각해야 했다.

‘그래, 마, 인생이란 한 바탕 꿈이라는 기 맞다. 나이를 한 살 두 살 먹으면서 어느덧 내가 사라지고 없다는 것조차 다 잊었는데 갑자기 마음이 흔들리는 기… 오직 생활만 남았는데 참말로 이게 뭐꼬 말이다.’ 덕만은 고개를 주억였다. 엊그제 필리핀에서 조업 중이던 갈치잡이 배에서 선원이 그물에 걸려 물속으로 빨려 들어갔을 때 시체도 못 찾았다고 난리가 났을 때도 그러려니 했다. 그런 일은 한 달에 가끔 잊을만하면 이 동네 저 동네에서 심심찮게 들려오는 비극이었지만 다 그게 제 팔자소관이고 지 운명이려니 여겼다. ‘당장 내 코가 석 자 아이가. 만약

내가 선반 작업을 하다가 두 손이 잘린다면? 어느 날 몇 달이고 주문이 뚝 끊어진다면?’ 별의별 불안한 생각이 꼬리에 꼬리를 물고 툭 치고 올라오는 날이면 무작정 해안가를 돌아다닌 적이 어디 한두 번인가.

덕만은 자리에서 일어나 두 손으로 얼굴을 감싸 쥐고 무릎 사이로 집어넣었다. 오늘 밤에 저 기막힌 하모니카와 기타 연주를 들으면서 뻥 뚫린 가슴이, 날만 남은 가슴이, 아무 데도 기댈 데 없는 외로운 인생이 마냥 위로받는 것만 같았다. 이대로 날밤을 꼴딱 새우고 싶은 마음뿐이었다. 그런데 갑자기 기타 소리가 뚝 그쳤다. 순간 덕만은 자신도 모르게 바닥에 걸터앉아 왼손으로 기타 코드를 잡고 오른손으로 줄을 내리치는 시늉을 했다. 뭔가 아쉬워 고개를 흔들고 발을 까딱이며 음에 박자를 맞추었다. 두어 번 더 흉내를 내다 곧 벽에 편안히 기대앉았다. 잠시 혼자만의 시간을 가졌다는 것만으로도 한결 마음이 편안해졌다. 위로받는다는 것은 별것 아니었다. 이것으로 충분했다. 잠시 창문 너머 골목 안을 흘깃거리다 불이 켜진 건너 작은 방을 들여다보았다. 애들 엄마가 고개를 숙인 채 바지를 깁고 있었다. 딸들은 이미 잠들어 있었다. 코를 고는 놈도 있었다. 막내아들이었다. 더울 터인데 셋째딸이 꼭 끌어안고 자고 있었다. 겨울이건 여름이건 늘 콧물을 흘리니 내일은 아무래도 병원에 한 번 데려가 봐야 했다.

23.

“거⋯ 거, 임자. 시간이 지금 몇 신데⋯ 아직도 그라고 있소?”

열린 방문 안으로 들어선 덕만은 허리를 엉거주춤 구부정한 자세로 아내를 걱정스럽게 내려다보며 말을 툭 던졌다. 듣지 못했는지 아내는 아무 말이 없었다. 가까이서 보니 영 딴 사람처럼 보였다. 낯선 얼굴이 얼핏 보이는 것이다. 삼십여 년을 함께 살았는데 전혀 다른 느낌이었다. 이거, 이거, 내가 와이라노. 그래, 그래. 아내도 저 기타 소리를 들었을 끼다. 옛날에 맞선본 다방에서 차 한잔할 때 마침 레코드판이 돌았고 기타 반주가 나왔다. 그때 기타 연주를 좋아한다고 했다. 활짝 웃으며 수줍어했다. 그렇지. 아내도 오랜만에 저 기타 소리를 들으면서 바느질하고 있었음이 틀림없다. 일에 몰두하면서 저 기타 소리에 고단한 마음에 위로받고 있음이 틀림없을 것이었다.

아내는 그가 오는 기척에 무연히 얼굴을 들었다가 이내 고개를 떨구어 하던 바느질을 이어 나갔다. 아내의 얼굴은 아무런 표정이 없었다. 그러나 다음 순간 뭔가 이상하다고 느꼈는지 얼굴을 들었다. 덕만은 깜짝 놀랐다. 한 번도 본 적 없는 낯선 여인이었다. 삼십여 년을 함께 산 여자가 아니었다. 얼른 눈을 비비고는 괜히 목소리에 힘을 넣어 구시렁댔다.

"밤늦게… 일… 고마하라캤는데, 거 와그라고 있소 ?"

"마…이제 다 됐심더… 바지가랑이 터진 데를… 쪼매만 더 메우면… 다 된 기라예"

아내도 더듬거렸다. 빠른 손놀림이라 어디를 어떻게 깁고 메우는지 알 수 없었으나 구멍 나고 찢어진 부분을 촘촘히 메우고 있을 것이었

다. 덕만은 다시 낮은 백열등 아래서는 잘 보이지도 않을 낀데 마, 대
강하고 얼른 자라고 다시 채근하려다가 돌아섰다. 그날 일은 그날 다
끝내 놓아야 일어서는 성미였다. 고개를 수그린 하얀 목덜미를 보는
순간 갑자기 울컥했다. 측은한 마음이 드는 순간 배 아래께에서 뭔가
가 쑥 치올랐다. 애써 눌러야 했다. 아무렇지 않은 듯 툭툭 손등으로
이마를 쓸어올려도 보았으나 금세 눈가가 촉촉이 젖어왔다. 애를 쓰
면 쓸수록 무언가가 자꾸 엇나가는 것만 같아 무연히 어둠이 꽉 들어
찬 대문께를 올려다보다가 보름달과 눈이 마주쳤다. 순간 덕만은 무
슨 말이라도 해야 했다.

"오늘은 저 달이 왜 이리 밝노? 벌써 보름이가?"

보름달 사이로 애들 엄마의 어깨가 전보다 더 쪼그라들어 보였다.
딸 다섯에 아들 넷이니 그럴 만도 했다. 한창 크는 아이들 뒷바라지가
어디 쉬운 일인가. 출가한 큰딸과 작은딸이 제법 제 엄마를 돕긴 하지
만 아이들 먹이고 입히고 빨래며 청소며 집안 살림 곳곳을 다듬으랴
잠시도 쉴 틈이 없을 것이었다. 남자애들이니 하루에도 몇 번 옷이 찢
어지고 터졌다. 바느질도 달고 살아야 하는 것을 모르는 바는 아니나
벌써 아홉 시가 넘지 않았나 말이다.

"조금이라도 일찍 자야 새벽같이 일어날 수 있을 낀데 이걸 또 우짜
노!"

자꾸 혼잣말과 한숨이 나오는 것을 어쩔 수가 없었다.

그래도 그나마 이제는 집집에 수돗물이 들어온 것이 다행한 일이긴 했다. 한때 날마다 식수 차를 기다리며 물동이를 줄 세웠다가 이고 와서 장독에 붓기를 몇 번이고 반복해야 했던 시절이 있었다. 허드렛물은 골목 입구 우물물이나 펌프 물로 해결할 수 있었으나 식수는 이삼일 한번은 날라야 했다. 하나하나 늘어나는 식구에 물 장독만 여러 개가 있어야 했던 일이 벌써 엊그제 같았다. 그때도 일거리를 찾느라 애먹을 때라 물 나르는 일을 제대로 도와주지 못한 것이 마음에 걸렸다. 일만 자주 들어와 준다면 어깨가 내려앉아도 괜찮을 것이다. 아내를 일 구덩이에서 어서 벗어나게 해야 했다. 오늘따라 마음이 더 급해졌다. 하루하루 어지간히 열심히 하지 않으면 이 많은 식구를 어찌 먹여 살릴 수 있겠노. 속에서 차오르는 설움에 덕만의 마음이 못내 서러웠다. 속에서 묵직한 것이 울컥울컥하는데 아내가 갑자기 하던 일을 멈추더니 고개를 번쩍 들었다.

"와 …자꾸 처다 보능교?"
"응? 으응! 아무것도 아니라니까. 그냥…"

덕만이 얼른 헛기침을 한 번 하고서는 등을 돌리는데 아내가 낮게 속삭였다.

"정말 금방 끝날낍니더. 먼저 들어가 주무시소. 내일 새벽같이 일어나실라 카믄 힘들 끼라예."

아내가 다시 손사래를 치며 어서 방으로 돌아가기를 채근했다.

"그라믄…임자, 정말… 퍼뜩 마치고 오소."

덕만이 못 이기는 척 기어드는 목소리로 대충 툭 내던지고는 발길을 돌렸다. 그러나 눈가가 시큰해지는 것은 막을 수 없었다. 그렇지. 하마터면 잊을 뻔했다. 내일 아침 일찍 급한 일 하나만 끝내놓고는 얼음에 띄운 시원한 수박 한 통 들고 저 아랫동네 해동호 선주한테부터 먼저 찾아갈 것이다. 처음엔 단골이 있다면서 설레설레 고개를 젓더니 어느 날 어느 날 좀 보자고 먼저 연락이 온 고마운 사람이었다. '집에 애들이 많다고 들었는데 일 안 끊어지게 해줄 테니 열심히 해보소.' 했는데 여태 고맙다는 인사도 제대로 못 했다. 돌아오는 길에 집사람 보약 한재는 꼭 지어와야겠다고 재차 다짐했다. 덕만이 안방으로 건너와 살그머니 모기장 한쪽을 열고서는 요에 벌렁 드러눕긴 했으나 아까보다 마음은 더 복잡해졌다. 새벽같이 일어나야 하니 어서 주무시라는 애들 엄마의 말이 귓속의 모기처럼 윙윙거렸다. 잠을 쪼개 집안 식구들과 일꾼들 음식을 히고 또 그 잠을 쪼개서 아이들 옷가지나 잡다한 것을 반들거나 정리하는데 하루를 다 보내는 애들 엄마가 요즘 들어 부쩍 눈가에 주름이 잡히고 더 쪼그라든 것만 같아 아무래도 보약 가지고는 안 되지 싶은 것이었다. 꿩이 나을지 약닭과 오리가 좋을지 인삼이 좋을지 이리저리 생각에 생각의 꼬리를 이어야 했다.

덕만은 이제 곧 오십이었다. 그간 오직 한길만 달리느라 자신의 나이를 잊고 있었다. 결론은 돈이었다. 요즘 들어 마음만 자꾸 급했다.

아들 셋만은 무슨 일이 있더라도 대학을 보내야 한다고는 작정한 것을, 작정하고 또 다짐한 것을 떠올렸다. 아직 미혼인 딸들은 중학교나 고등학교라도 마치면 일찌감치 시집을 보내면 그뿐일 것이다. 그러나 결혼에 필요한 최소한의 목돈은 만들어 놓아야 했다. 요즘은 하루가 다르게 공장이 생겨나서 취직할 때가 많아졌으니 그나마 다행한 일이 아닌가. 시집가는 돈은 저들이 조금 벌고 부모가 어느 정도 보태 주면 되었다. 딸들에게는 조금 미안한 마음이지만 아버지 마음을 충분히 이해해 줄 것이다.

그래도 딸들만 생각하면 덕만은 늘 든든했다. 공부는 그럭저럭한다지만 제 엄마를 닮아서 부지런했다. 빨래며 청소며 집안일뿐만 아니라 남동생 건사도 아주 잘했다. 암, 가능하지, 가능하고 말고 무릎을 탁 하고 쳤다. 덕만은 실룩실룩 자꾸 입꼬리가 올라갔다. 금세라도 이 모든 문제가 해결될 것만 같은 기분에 마음이 한결 가벼워졌다. 꼭 그렇게 되어야만 했다. 아닌 게 아니라 둘째 딸과 셋째 딸은 중학교를 졸업한 후 진작 취직해서 여러 해 돈을 벌고 있어서 진작 집안 살림에 보탬이 되고 있었다. 넷째 딸은 꼭 고등학교는 졸업해야 한다고 지가 우기니 고등학교는 공부시킬 요량이었다. 딸 모두가 틈틈이 제 엄마를 도왔다. 딸들 덕분에 집안일은 한결 수월해졌다. 아들 셋 모두 대학을 마치고 좋은 직장에 다녀야 한다는 것은 딸들도 알았다. 이제는 예전과 달라서 남자애는 대학을 마쳐야 번듯한 직장을 다닐 수 있을 것이었다. 사실 저도 한순간에 집안이 기울어서 중학교만 중퇴하고 장가를 간 것이 지금 생각하면 무슨 배짱인지 모를 일이었다. 건강 하나는 자신했고 어떤 일이든 기술을 배워서 식구들 배 주릴 일은 절대 없을 거라는 자신감 하나는 투철했던 그였다. 딱 한 번 본 맞선에서 아내에게 마음을 뺏긴 후 젊은 사위 한 번 믿어 주이소. 하고 장인에게 큰소리치고는 아내를 데려왔던 지난 세월이 지금 생각하면 꿈만 같고 저 영도에 높이 솟은 봉래산만큼이나 아득하기만 했다.

자리에 누웠는데도 눈이 말똥해 덕만은 한참을 이리저리 뒤척 했다. 잠이 쉬 오지 않았다. 요에 누워서 이것저것 생각하던 덕만의 눈에서 갑자기 눈물이 주르르 흘렀다. 아들 생각만 하면 그랬다. 덕만에게 아들은 특별한 존재였다. 첫째, 둘째가 아들이었는데 낳자마자 잃었다. 딸 셋을 연이어 낳을 때는 내 팔자에 아들이 없다는 절망에 살 희망이 없었던 적이 있었다. 큰아들이 변변히 아들 노릇 못했어도 부모에게 대를 이을 손주는 안겨드려야 할 걱정에 잠이 오지 않았었다. 그러나 하늘과 부처님이 도와서 아들 셋이 연이어 생겼다. 몸이 부서지고 가루가 되어도 이렇게 좋을 수가 없었다. 애들 엄마는 더 말할 나위 없었다. 매 끼니 보리밥일지라도 꼭꼭 먹을 것을 챙기고 간식이 될 만한 것은 다 챙겼다. 철마다 감자, 고구마, 옥수수를 삶아서 틈틈이 아이들에게 먹여야 했다. 그래야 마음을 놓았다. 아들이 좋아하는 엿장수가 지나가면 꼭 뭐라도 챙겨서 엿으로 바꾸어 와서 아들에게 주었다. 아들에 대한 지극한 정성을 보이는 아내에게 고맙고 미안하기 짝이 없었다. 지금 이때껏 무엇하나 변변히 푸짐하게 챙겨주지 못한 못난 남편이었다. 아이들이 줄줄이 태어나면서 아내의 몸이 여기저기 성한 곳이 없는 데도 모른 척했다. 하루에도 몇 번씩 옷을 갈아입는 아들 녀석들과 끊임없이 아이들과 그의 뒷바라지에 온몸이 부서질 듯 일하는 것을 덕만이 모르는 바가 아니었지만 달리 어떻게 도와줄 수도 없어 안타까웠다. 한의원에서 약재를 사서 달여주는 것과 어서 빨리 일거리를 하나라도 더 받아서 돈을 만들어 놓는 것이 급했다.

덕만은 '휴' 한숨을 내쉬었다. 아이들 옆에 쭈그려 앉아 바느질하던 아내가 자꾸 마음에 걸렸다. 아무래도 기타 소리가 아내의 마음을 뒤흔들어 놓았을 것이다. 겉으로는 아무렇지 않은 표정을 지었으나 저 기막힌 기타 소리에 마음이 흔들리지 않을 수 없을 터였다. 그렇지. 그래도 오랜만에 훔쳐본 그 얼굴빛은 참 보기 좋았다. 덕만이 한눈에 반했던 그 표정이었으니 말이다. 하지만 곧 얼굴을 들고 그를 바라보는 눈빛은 예전의 그 눈빛이 아닌 듯했다. 그럼, 그렇지. 내 마음도 이리 두근거리는데 임자라고 왜 안 그렇겠노. 그 노무 기타 소리가 오늘따라 내 마음을 이리 흔들어 놓는데 말이다. 고개를 끄덕이고 또 끄덕였다. 열린 창 너머 멀리 보름달이 캄캄한 밤하늘 한가운데 딱 버티고 있는 것도 오늘따라 고집스레 보였다. 저 달도 분명히 기타 소리를 들었을끼라. 그래. 사람이 죽으라는 법은 없는 기지. 그럼. 전등불을 끄고서 덕만은 머리끝까지 홑이불을 끌어 올렸다.

보세창고 일용직

24.

양삼석은 가슴이 두근거렸다. 몇 번이고 가슴을 쓸어내리면서도 지금 누리고 있는 이 삶이 꿈인지 생시인지 도저히 믿어지지 않았다. 이 풍진 세상 한가운데서 따갑고 쓰라린 가시밭길 험한 날들을 헤쳐온 세월이 마치 꿈만 같았다. 하루 일당을 받으며 부두와 보세창고에서 온갖 잡일과 일용직 노동을 하다 드디어 소망하던 미군 부대로 출근을 앞두고 있어 기분이 날아갈 듯했다. 오래 벼르던 일이었다. 그러나 오래 벼른다고 다 되는 일도 아니었다. 옆구리를 찔러 돈 몇 푼 집어준다고 되는 일은 더욱 아니었다. 확실한 연줄과 꽤 큰 돈이 필요했다. '뭐라뭐라 캐사도 한 번 우물을 파기로 했으면 끝까지 포기하지 않아야 하는기라. 그것이 첫 번째고 두 번째인 기라. 좋은 결과가 만들어질 때까지 오늘 주어진 일에 온 힘을 다해 집중해야 하는기라.' 읊조리며 삼석은 다시 한번 입술을 앙다물었다.

이 일 저 일 험한 일을 다 거친 삼석은 최근까지 오직 품팔이 '노가다'가 천직인 줄 알았다. 몸을 써야만 먹고 살 수 있는 노동 품팔이도 처음엔 꽤 할만했다. 어느덧 나이 마흔을 넘기고 중반에 이르러서는 보세창고에서 뼈를 묻는 줄 알았다. 이직을 걱정해야 했다. 하나 노가다도 아무나 할 수 없는 일이었다. 인내와 순서가 필요했다. 될 듯하면서도 안 되고 이리 밀리고 저리 밀리다가 막판에 겨우 얻은 일자리였다. 종일 몸에 힘을 써야만 하는 일이었으므로 일을 마칠 저녁 무렵에는 다리가 떨리고 허리도 묵직하니 몸이 무거웠다. 젊고 몸이 건강해야 감당할 수 있는 직업이었다. 막노동의 고된 일 탓에 퇴근 후면 저녁마다 술을 한잔이라도 걸치지 않으면 잠을 잘 수 없었다. 애 엄마도 동료들도 제발 적당히 술을 마시기를 매일 잔소리하고 신신당부했으나 그노무 적당히가 되지 않았다. 술을 마시기 시작하면 처음 결심과는 달리 술은 끝도 없이 목구멍 속으로 블랙홀처럼 빨려 들어갔다.

허기가 져도 연신 술만 마셔댔다. 선술집 고 씨 형님이 속을 버릴까 염려되어 공짜 안주를 이것저것 챙겨줘도 젓가락이 잘 가지 않았다. 탁배기고 소주고 정종이고 술이라면 닥치는 대로 입에 털어 넣고 원수진 듯 꿀꺽꿀꺽 삼켜댔다. 그노무 술이 웬수고 힘에 겨운 거친 노동이 웬수였다. 술은 술술 들어가니 술이라 이름 지었다고 동료들이 생뚱맞고 짓궂게 말해도 아예 귀에 들어오지 않았다. 어쨌거나 소주병을 따서 입에만 갖다 대면 목구멍이 활짝 열리고 꿀꺽꿀꺽 거침없이 잘도 넘어가는 것이었다. 속이 불이 붙든 말든 내 알 바 아니었다. 애 엄마가 몸을 생각해야 한다고 틈만 나면 잔소리에 난리를 쳐도 핑계가 만들어지면 그날은 술로 밤을 지새웠다. 그게 다 고단한 몸이 절대적으로 요구한 일이었다. 고된 노동에 온몸이 부서질 것만 같은데 술로 위로하지 않으면 무슨 재미로 사는가 싶었다. 자의반 타의반 진작 술꾼이 되어버린 삼석이었다.

몸이 부서지든지 말든지, 어떡하든지 삼석은 오직 하루하루 먹고살아야 하는 것에만 집중했다. 오늘도 내일도 그 이유로 살아남아야 했다. 그러나 어느 순간부터 그 많던 일자리가 사라졌다. 여전히 세상에는 실업자로 넘쳐났으나 일자리를 구하기가 점점 어려워졌다. 주변에서 자신의 일자리를 부러워하는 사람들이 꽤 많음에도 불구하고 삼석은 자주 부아가 치밀었다. 비록 고등학교 졸업은 하지 못하고 중퇴는 했으나 고등학교 맛을 본 내가 이따위 노가다를 하는 것은 정말이지 억울했기 때문이다. 주변을 둘러봐라. 국민학교도 안 나온 놈들이 천지빼까리다 아이가. 나는 영어도 꽤 아는기라. 지금은 좀 잊기는 했지만 '보이스, 비 엠비시오스, 웨어라 유 고잉?, 패스 미 더 솔트?' 등등 내가 아는 영어만 해도 꽤 많은데 왜 내가 지금보다 더 나은 일도 못하고 있노, 이 말이다. 생각하면 할수록 화가 머리끝까지 치솟았다. 그건 다 부모 병구완하고 자식들 먹여 살리고자 한곳에 오래 못 있었던 내 사정 때문이기는 해도 느닷없이 벌컥벌컥 화가 나는 것은 어쩔 수 없는 일이었다. 몇 년 더 있으면 덕만이 형처럼 눈앞에 오십 나이를 바라볼 것을 생각하면 가슴이 덜컥 내려앉는 것이었다.

삼석은 마음이 흐트러질 때마다 걷고 또 걸었다. 길 끝에는 언제나 그렇듯 바다가 있었다. 틈만 나면 바다 앞에 서서 같은 바다를 보고 또 보았다. 바다는 아무리 봐도 질리지 않았다. 무섭지도 않았다. 무슨 이야기를 하든 같은 이야기를 반복하든 끝까지 지치지 않고 들어주는 친구였다. 누군가 왜 그리 바다를 보느냐고 물어도, 아무것도 물어보지 않아도 마찬가지였다. 같은 것을 왜 또 보고 또 보는 거요? 하고 누군가 진지하게 묻는다고 해도 천 번이고 만 번이고 대답할 수 있었다. '나는요. 지금은요. 바다밖에 볼 게 없어서 그라요.' 라고.

바닷가를 따라 난 큰길가에는 보세창고들이 절벽의 요새처럼 떡 버티고 서 있었다. 벌써 십오 년째 밥줄을 매달고 있는 삼석이 다니는 보세창고도 거기에 있었다. 그곳엔 매일 매일 온몸으로 죽음 힘을 다해 밀어 올려야만 만들어지는 아득한 인공 산이 있었다. 외국에서, 특히 미국에서 온갖 수입 물자와 원조물자가 들어오는 족족 하늘과 가까이 높이 쌓아야 했다. 무겁고 큰 나무상자 일부는 크레인에 도움을 받고도 일일이 사람의 손이 필요했다. 위치를 정하거나 정확한 자리를 만들어야 할 때는 사람 눈도 필요했다. 사다리를 만들어서 이쪽저쪽 균형을 잡은 후 높이 쌓고 또 쌓아야 했다. 그럴 땐 흔들림이 없어야 했다.

출하할 때도 마찬가지였다. 서커스를 하는 것처럼 요리조리 재주를 부려 높은 산이 된 물자 꼭대기로 올라갈 때가 많았다. 밧줄을 걸거나 거리를 재고 높이를 재어서 조심조심 바닥으로 내려야 했다. 각도가 어긋나서 잘못 내렸다가는 바닥에 세차게 내동댕이치면서 충돌해 물품이 상하거나 사람이 크게 다칠 수가 있었다. 서너 명이 한 팀이 되어 허리에 고리를 차고 적당한 곳을 찾아 고박한 후 서로 눈을 맞추고 입을 맞추어서 '하나둘 셋!' 하며 재빨리 구호를 외쳐야만 했다. 엄청난 무게를 어깨에 진 채 조금이라도 순서가 어긋나면 안 되었다. 무게가 어느 한쪽에 쏠리면 큰일이었다. 힘들고 위험한 이 작업은 군인들이 구호를 외치고 연병장 돌듯 아침부터 저녁까지 쉬지 않고 이어질 때도 있었다.

일이 갑자기 쏟아져 들어올 때는 점심시간을 잠깐 빼고는 온종일 줄에 매달릴 때도 있었다. 거대한 기중기나 지게차가 있어서 일하기는 훨씬 나았으나 그건 일부였다. 거의 사람이 직접 올라가야만 하는 일이었으니 늘 대형 사고를 염려해야 했다. 몇 년 사이 벌써 서너 명이 크게 다치거나 반신불수가 되기도 했다. 기중기에 매달린 통나무나 대형 나무 상자에 고리가 잘못 걸려 사정없이 아래로 곤두박질칠 때는 다람쥐처럼 재빠르게 몸을 피해야 했다.

　나름 이골이 났다고 생각한 삼석이 제법 간이 크다고 자부했음에도 순식간에 줄이 풀려 곤두박질친 나무 상자에 인부가 깔려 뼈가 부러지는 중상을 입은 큰 사고를 직접 마주친 후로는 아무리 마음을 단단히 먹어도 자주 뒷목이 뻣뻣하니 다리가 후들거렸다. 한창 일할 때나 잘 때도 느닷없이 온몸이 떨렸다. 여기서 일을 하는 한 어쩔 도리가 없는 일이었지만 언제든 운이 나쁘면 작업 중에 그 자리에서 깔려 죽을 수도 있었다. 언제든 납작한 오징어 신세가 될 수 있는 것이다. 물량이 엄청나게 밀려들 때는 어쩔 수 없이 큰 곳은 큰 대로 작은 곳은 작은 대로 더 많은 야적을 위해서 커다란 나무상자들을 쌓고 또 쌓아 올렸다. 일부는 창고 내부로 일부는 밖으로 차곡차곡 쌓아 올렸다. 영락없는 거대한 산봉우리였다. 이즈음은 인도네시아와 말레이시아에서 수입한 통나무가 계속 들어오고 있었다. 산림녹화 사업이 본격적으로 시작되면서 산림 보호에 들어갔기 때문이었다. 국내의 나무들은 하도 베어내어서 더는 베어낼 수도 없었을뿐더러 쓸만한 나무가 별로 없었던 탓도 있었다.

　보세창고 야적장 곳곳에는 보세물품으로 거대한 산이 되어버린 보세물품들로 요즘 들어 더 빼곡했다. 이것들은 아침부터 저녁까지 기중기와 노무자들에 의해 죽을힘을 다해 쌓아 올려졌다가 얼마 지나면 갈 곳을 찾아 하나씩 다시 맥없이 끌려서 내려와야 했다. 노무자들은 같은 작업을 수도 없이 반복해야만 비로소 돈 몇 푼이 손에 쥐어졌다. 일당이 넉넉한 것은 아니었으나 그래도 배는 곯지 않았다. 알뜰히 모아서 큰돈을 만든 이가 있다는 소문도 있었다. 그러나 단순노동으로 큰

돈을 벌기란 쉽지 않았다. 돈만 좇아 노동의 강도를 높인다면 몸이 망가지는 것은 시간문제였다. 혹여라도 노임을 더 요구하면 노무 반장 눈 밖에 나서 여차하면 트집 잡혀서 쫓겨날 수도 있었다. 주어진 대로 일을 하는 것 외는 달리 방도가 없었다. 이즈음 보세창고에 일하는 노무자들이 돈을 꽤 모은다는 소문이 돈 후 이곳에 일자리를 얻으려고 돈줄을 댄다는 소문도 돌았다. 그러니 모두 약속이나 한 듯 일만큼은 꾀를 부리지 않았다. 착실하게 돈을 모아 나이가 더 들기 전에 더 나은 자리를 얻는 꿈을 꾸는 편이 나았기 때문이었다. 간간이 미국에서 들여온 옷과 가방 그리고 신발 같은 구제품이나 분유, 옷가지들이 들어올 때는 적은 돈이나마 현금을 마련할 기회가 되기도 했다. 이것을 조금씩 빼돌려 암시장에 몰래 내다 팔면 꽤 큰 돈을 만질 수 있었다. 며칠을 두고 표 안 나게 조금씩 빼내야 했다. 국제시장이나 보따리 장사치나 암시장의 장사꾼에게 넘기거나 일꾼들이 각자 나누어 가질 수도 있었다. 그것은 꽤 괜찮은 부업이었고 들키지 않는 것이 관건이었다.

벌써 몇 사람이 돌아가면서 물건을 빼돌리는 재미를 보고 있었다. 감시하는 눈도 점점 늘어났다. 뱁새눈이 되어 들키지 않아야 하고 일자리도 잘 지킨다는 것은 쉽지 않았다. 작년에 한 사람이 작살난 경우가 있었다. 미국에서 원조 들어온 '레드카우'라는 깡통 분유를 간 크게 오십 통을 빼돌리다 들켜서 경찰서에 절도죄로 고랑을 찼다. 그 일꾼은 두 번 다시는 보세창고에 일을 얻을 수 없었다. 문제는 딱 한 번의 절도로 상습범으로 찍혀 주변의 다른 직장도 구할 수가 없게 된 것이었다. 이후 그 친구가 어떻게 되었는지 아는 사람이 아무도 없었다. 시간이 지나면서 사람들은 다시 무덤덤해졌다. '이래죽어도 저래죽어도 먹고 죽는 것이 때깔이나 곱지'라는 말을 주고받았다. 어떤 사람은 더 럽게 재수 없어서 고위험성 천연두 같은 전염병 예방접종의 부작용으로 죽는 것에 비유했다. 주사 한 방에 일어난 심각한 부작용은 복불복 같은 것이어서 살면 살고 죽으면 어쩔 수 없다는 것이다. 어느 날부터인가 서로 입은 맞추지는 않았지만 작게 또 작게, 적게 또 적게 적당히 표 안 나게 들키지 않게 값나가는 물건을 빼돌리는 것으로 암묵적 합의가 이루어졌다.

물론 보세창고 사무실 직원은 직원대로 주재 세관원은 세관원대로 적당히 물건을 빼거나 돈거래를 심심찮게 하고 있었다. 사실 외국에서 무상으로 들여온 구호물자와 싸게 들여온 수입 물자를 손도 대지 않고 얌전히 그냥 통과시키는 것은 바보짓이었다. 누구나 눈앞의 돈뭉치를 보고 못 본 척 그냥 지나치지 못했다. 여기저기서 군침을 삼켜댔다. 부산항의 긴 부두에는 합법적 통관 절차를 밟고 들여오는 구호물자와 수입 물자는 끝도 없이 쌓였고 부두 주변 여러 군데 흩어진 각각의 보세창고로 옮겨진 후 다시 어디론가 실려 나갔다. 그 사이 사람들은 참새 방앗간을 그냥 지나칠 수가 없어 별별 방법을 다 썼다. 못 빼먹는 놈이 바보 등신이었다. 서류에 숫자만 정확하게 맞추고 통과시키면 그 누구도 집채만 한 나무상자의 무게를 재거나 그 안의 개수를 확인하지는 않았다. 판자에 대못을 대고 땅땅 두드리면 그만이었다. 원상회복은 문제가 안 되었다. 세관원이 자세히 들여다보는 것 같아도 대개 형식적인 것이 많았다. 통관할 때 서류에 적힌 숫자만 철저히 확인하였다. 간혹 귀를 대어 보고 툭툭 건드려 보기도 했으나 고개를 끄덕이며 곧 서류에 사인하고 통과시켰다. 알고도 모른 척하기보다 아무 일이 없는 것처럼 서로 모종의 거래를 완성하는지도 몰랐다. 구호물자나 수입 물품이 보세창고에 들어올 때와 나갈 때의 무게를 일일이 잴 수 없는 구조적 문제도 문제였지만 서류만 흠이 없다면 대개 쉽게 통과하기 마련이었다. 표면상으로는 아무런 문제가 없었으므로 그럴 수밖에 없었다. 아니 그래야만 했다. 작업 인부는 인부대로 세관원이나 보세창고 사무실은 사무실대로 물건을 옮기는 사람과 쌓아두는 사람들 모두 그 어떤 물건이든지 돈이 된다는 것을 알고 있었기 때문이었다. 어느 날부터 감시의 눈초리를 강화한다는 입소문이 돌았다. 빠르게 눈치 챈 인부나 세관원이나 통관업체와 사무실 직원들의 행동은 더욱 조심스러웠다.

25.

그때도 유난히 뜨거운 여름날이었다. 하루가 다르게 부산항 부두에 부려진 엄청난 물자들은 점점 부두마다 쏟아졌다. 그 크기와 높이는 어마어마했다. 화물들은 인천보다 대부분 부산으로 쏟아져 들어왔다. 그곳엔 밀려드는 물자만큼 일자리도 넘쳐났다. 하루하루 일거리를 얻기 위해 노무자들은 추울 때나 더울 때나 새벽같이 부두에서 기다리다 화물선이 들어오면 이쪽으로 저쪽으로 우르르 몰려갔다. 젊은 삼석이 산더미처럼 쌓인 화물을 하역할 때는 대형 사고의 위험을 모르는 바 아니었지만 먼저 자리 차지하겠다고 힘으로 마구 들이미는 놈들하고 죽기 살기로 한판 싸움도 예사로 벌였던 적도 있었다. 부두 책

임자가 도착한 순서대로 줄을 서라고 소리쳐도 새치기는 매번 일어났다. 번호표를 나눠 받고 기다리면 일거리가 차례로 들어올 텐데 슬쩍슬쩍 새치기는 얌체 같은 사람들로 매일 다툼이 끊이지 않았다. 부두에는 늘 일이 넘쳤으나 가끔 공치는 날도 있었다. 하역 작업이 간단할 때는 하나라도 더 차지하기 위해 막무가내로 머리를 들이미는 인부들끼리 거친 몸싸움이 일어나기도 했다. 일이 있어야 일당을 받을 수 있었고 그날 먹을거리를 구할 수 있었다. 공치는 날은 사람들의 눈에 쌍심지가 돋았다. 어떤 이들은 인상을 험악하게 우그러뜨리다가도 곧 풀이 죽었다. 하루하루가 전쟁터 같아서 불안하기 짝이 없는 날들의 연속이었다.

알고 보면 덕만이 형도 복이 참 많은 사람이었다. 사람이 죽으라는 법 없다는 말은 그 형을 위해 만들어졌다고 해도 과언이 아니었다. 덕만이 형은 어느 날 고된 노가다 일을 끝내고 부두 근처 탁배기집에서 술잔을 기울일 때 정말 우연히도 고향 남해의 한동네에서 살았던 국민학교 선배를 만나지 않았다면, 그 선배의 선박수리소에서 철공 일을 배우지 않았다면 지금처럼 자신의 공장을 가질 수 없었을 것이었다. 열심히 살면 하늘이 돕는다는 옛말이 하나도 그르지 않다는 것은 맞는 말이었다. 일이 기복이 있고 몸이 고되기도 하지만 자식 복도 많아서 그렇게 기다리던 아들도 셋이나 얻고 딸들도 집안일을 도우며 지금처럼 어느 정도 먹고 살 수 있게 된 것은 천운이라 할 수 있었다. 덕만은 덕만대로 자신의 처지를 떠올리며 이따금 하늘을 우러러보며 허리를 펴며 가슴을 쓸어내리는 것이었다. 삼석은 삼석대로 이제 오늘 밤만 지나면 그렇게 오래 기다리고 소망했던 미군 부대라는 새로운 직장에 출근할 것이었다.

삼석은 새삼 입속으로 자신의 이름을 몇 번이고 불러보고 또 불러보고는 누구 이름인지 참 좋다고 뿌듯해했다. 이번에는 소리 내어 불러보았다. 마음이 한결 촉촉했다. 입속이 달큰했다. 여간 흐뭇한 것이 아니었다. 양삼석이라는 이름은 할아버지가 절에서 스님에게서 불공을 올려서 받아온 이름이었다. 어릴 때는 영 못마땅했던 이름이었다. 동네 친구들이 일석 이석 삼석! 그리고 만석! 만세를 부른 후 툭하면 놀려 대곤 도망갔다. 하지만 지금은 생각이 달라졌다. 삼석과 만석이라니 정말 복스럽고 운이 있는 이름이지 않은가. 삼석은 만석까진 바라지 않는다. 그간 고생했어도 밥을 굶지 않았던 것도 미군 부대 일을 알아봐 준 선배가 이름이 좋아서 일이 잘 풀리는 것 같다고 귀띔해 주었다. 옳은 말이었다. 지금 상황을 보면 딱 맞는 말이었다.

그랬다. 어딜 가나 이름을 한 번 듣고도 사람들이 기억을 잘해주었던 것이 좋았다. 꾹 참고 있으면 일은 잘될 수밖에 없는 기라. 일은 뭐니 뭐니 해도 잘 되고 보는 기라. 딸딸이 고무 슬리퍼를 신고 아까부터 마당을 서성인 삼석은 지붕 사이로 보이는 여름 밤하늘이 오늘따라 무척 정겹게 느껴졌다. 그토록 갈망하던 미군 부대에 취직이 되고 나니 모든 소원을 다 이룬 것만 같았다. 비록 정직은 아니고 임시직이긴 하지만 일 년만 잘 버티면 정직으로 올려준다고 했으니 다 된 밥이나 다름없었다. 어서 큰집으로 이사 가서 보란 듯이 잘 살 일만 남은 것이다. 대학 다니던 큰 애가 군대 갔으니 전역 후 복학하면 될 것이고 작은 애는 고등학교 졸업 후 대학을 보내면 되었다. 이 또한 순서가 척척 들어맞는 것이었다.

잠을 자기엔 아직 이른 시각이었다. 푸르스름한 저녁 하늘에 어느 틈에 별이 가득했다. 마당 한가운데 서서 삼석은 두 팔을 위로 쭉 뻗었다. 그리고 옆으로 마구 휘둘렀다. 잠자기 전 몸에 익은 국민 체조가 제격이었다. 이럴 땐 어둠을 뚫고 반짝이는 하늘의 별들도 모두 나한테만 쏟아져 내리는 것 같다. 정말 정말 기분이 좋다. 암, 좋고말고! 가을 하늘 새털구름인들 이렇게 가벼울까. 팔다리를 흔들면서 삼석은 날개를 달고 순식간에 저 하늘로 날아오르는 것을 느꼈다. 그래도 일찌감치 자 둬야 할 것이다. 내일은 일찍 일어나도 월요일이라 조금만 늦으면 출근 시간이 늦을지도 모른다. 첫날부터 지각할 수는 없었다. 저 한길 끝에 있는 대교동 전차 종점에서 전차를 타려면 빠른 걸음으로 십오 분은 가야 한다. 아무래도 버스는 기름 냄새 때문에 멀미하니 전차를 타는 것이 더 나을 것이었다.

삼석이 체조를 마치고 돌아서는데 하모니카 소리가 들렸다. '푸른 하늘 은하수'였다. 마음이 하모니카 소리에 금세 촉촉이 젖어 들었다. 양삼석의 십팔 번이었다. 어릴 때 아이들이 노래를 부를 때면 하모니카를 신나게 불었던 기억을 떠올리며 삼석은 자신도 모르게 대문을 밀고 소리가 나는 골목 안쪽을 내다보았다. 전봇대 근처 삿갓 등 아래 사람들이 보였다. 밤마실을 나온 모양이었다. 곧 어둠이 눈에 익었다. 익숙한 이웃 아낙들과 아이들이 모여 재미있게 놀고 있는 모습이 어렴풋이 눈에 들어왔다. 하긴, 그럴 만도 하제. 보름달이 저리 밝은데 그냥 자기엔 아까운기라. 여름밤은 집 안보다 밖에 더 시원할 것이다. 서늘한 밤바람을 쐬고 땀을 좀 식혀야 잠도 잘 올 것이다. 어둠 속에서도 아이들 몇은 저들끼리 모여서 오빠 생각을 부르고 있었다. 저절로 입가가 실룩였다. 하마터면 삼석도 따라 부를 뻔했다. 하모니카는 돌아가신 할아버지에게서 선물 받은 것이었다. 그러나 그 하모니카는 몇 번의 이사 후에 사라졌다. 아무리 찾아도 나오지 않았다. 깜빡 잊고 있었던 하모니카가 삼석의 마음을 또 한 번 뒤흔들었다.

　마루에 걸터앉아 하모니카 소리에 귀를 맡긴 삼석이 잠시 마음을 추스른 후 일어서려는데 어디선가 기타 연주가 시작되었다. 소리는 크지도 않고 작지도 않았다. ‘애수의 소야곡’과 ‘꿈꾸는 백마강’이 이어졌다. 골목 평상에 둘러앉은 아지매들은 알 것인가? 누가 이렇게 기가 막힌 기타 연주를 하는지 삼석조차 마음이 다 설레었다. 삼석이 대문 밖으로 얼굴을 내밀고는 골목 안쪽 아낙들이 모여 있는 곳을 다시 바라보았다. 그러나 어둠과 희미한 전봇대 삿갓 등불 아래 기타 연주가 어디서 흘러나오는지는 전혀 감을 잡을 수 없었다. 사람들이 모여 있는 그 부근인 것만은 확실하였다. 새로운 직장에 출근을 앞둔 전야제와도 같은, 축포와도 같은 난데없는 경쾌한 하모니카 연주와 애절한 기타 연주는 삼석의 심장이 뛸 정도의 환희를 터뜨려 주는 것만은 분명하였다.

26.

“이게 어디서 나는 소리고?”

분명 하모니카 소리였다. 순갑은 자리를 떨치고 벌떡 일어났다. 은은하고 명료해서 처음엔 라디오를 켜 놓은 줄 알았다. 그러나 7시 저녁 뉴스를 듣고는 일찌감치 껐음을 상기했다. 그래도 머리맡엔 둔 라디오를 한 번 더 확인하고는 하모니카 소리가 나는 방향에 귀를 기울였다. 잘 밤에 누가 하모니카를 부는 건지 알 수는 없으나 그리 성가시지 않았다. 오히려 마음을 다독이고 따뜻하게 안기는 것이 흐뭇할 정도였다. 하모니카 소리와 함께 아이들 소리도 웅성웅성 들렸다. 저녁상을 일찌감치 물린 아이들은 어제처럼 우르르 골목으로 쏟아져 나와 한바탕 놀아야만 잠이 올 것이었다. 마음껏 뛰어놀며 골목길에서 저들끼리 어울려 놀이하는 소리, 이 노래 저 노래를 부르는 것도 싫지 않았다. 어떨 때는 함께 신이 나기도 했다. 그러면 마음 안쪽에 퐁당퐁당 투명한 물방울이 일었다. 아이들만이 가지고 있는 맑고 천진한 목소리에 권순갑의 입꼬리가 슬며시 올라갔다. 아이들이 부르는 익숙한 동요가 싫지 않은 것은 사내아이들 소리가 커서 그런지도 몰랐다. 평상이 펴진 곳이 순갑의 집에서 그리 멀지 않은 탓에 아이들 노는 소리와 이 동네 아지매들의 수다 소리가 간혹 크게 들리기도 했다. 순갑의 집이 골목 안쪽으로 꺾이는 첫째 집이었으므로 어쩔 수 없었다. 그러니 진작 순갑은 마음을 접어야 했다. 골목에서 그곳만이 평상을 놓을 수 있는 곳이었다.

어둠 속에서 전봇대를 붙들고 '무궁화꽃이 피었습니다' 놀이에 몰두한 사내아이들의 모습을 본 순갑의 마음은 여전히 착잡했다. 사내아이들 생각만 하면 마음이 시려왔다. 꽤 시간이 흘렀으니 마음 한구석이 가라앉을 만했는데도 그러지 못했다. 한때 아이들 웃음소리나 노는 소리만 들려도 잠이 오지 않았던 적도 있었다. 도무지 책을 읽을 수가 없었다. 집중할 수가 없었다. 어느 날은 사내아이들이 야구 공놀이를 하면서 권순갑네 유리창을 깨뜨렸는데도 화가 나지 않았다. 풀이 죽은 녀석들이 제 어미나 아비에게 이끌려 잘못을 빌러 왔을 때 밉지 않았다. 인상을 찌푸리지 않았다. 오히려 그깟 유리창 깨진 것이 뭐 그리 야단맞을 일인가? 입꼬리를 지그시 올리며 아이들과 그 부모들을 토닥여 주었다. 얼굴이 동그란 놈, 머리가 까치집인 놈, 길쭉한 얼굴에 숯검정을 잔뜩 묻혀온 놈, 귀밑까지 머리칼이 헝클어진 채 눈이 쭉 찢어진 놈까지 하나 같이 땟국물이 줄줄 흐르는 모양새였는데도 순갑의 눈엔 모두 보송보송한 것이 말갛게 보였다. 가까이서 하나하나 들여다보니 아직 밤톨만 한 녀석들인데 귀엽기 짝이 없었다. 순갑이 무서워서 잔뜩 고개를 숙이고 있는 모습조차 귀여웠다. 그저 예뻤다. 초봄 추위에 움츠린 병아리 같은 녀석들을 보면서 터지는 웃음을 겨우 참아야 했다. 참새 같은 작은 어깨에 손을 얹고는 고개를 끄덕이며 다음에 조심하면 되지 괜찮아. 어서 돌아가서 씻고 저녁밥 먹어야지 하고 등을 툭툭 쳐주었다. 비싼 유리창이 박살 났는데 야단치지 않는 이 이상한 상황을 아이들은 도저히 믿을 수 없다는 듯 뜨악한 표정을 지었다. 그러나 곧 꾸벅 인사를 하고 날래게 등을 돌리고는 집을 향해 뛰어갔다. 믿을 수 없다는 듯한 표정은 아이들 부모도 마찬가지였다. 어설프게 죄송하고 고맙다는 인사를 한 후 뭔가 개운치는 않았으나 다음에 꼭 조심시키겠다는 말을 잊지 않았다.

　이미 오래전 내려놓은 마음이었지만 순갑은 이즈음 부쩍 아이들 웃음소리가 귀에 감겨왔다. 애써 털어내려 해도 마음 한구석은 여전히 시려왔다. 아직은 마음이 다 접히지 않아서일 거라고 스스로 다독였으나 가슴 한쪽이 무겁긴 매한가지였다. 그러니 어쩌랴. 이럴 땐 애써 모른 척 자리에 누워 잠을 청해보는 도리밖에 없다. 오늘은 저녁 시간에 하모니카 부는 이가 누군지 몰라도 사람 마음을 가지고 이리저리 밀었다가 끌어당기고 마음껏 휘두르는 것이 참으로 못됐고 얄궂었다. 그렇다고 해도 하모니카 소리를 듣자마자 마음이 쿵쿵 뛴 것은 왜일까. 밀어내려 해도 잘 안되었다. 아니다. 자기도 모르게 끌어당기고 있었다는 편이 옳았다. 그이가 지금의 내 속 사정과 언짢은 마음을 알 도리는 없지 않겠는가. 어쩌자고 지금 내 마음을 뒤집고 있는 것인가. 자리에서 벌떡 일어나 좌정을 한 순갑은 괜한 부아와 이 생각 저 생각에 뒤채이고 또 뒤챌 수밖에 없을 바에야 일어나 앉는 것이 상책이라고 생각했다. 커튼 사이로 보름달이 슬그머니 얼굴을 들이밀었다. 달 색깔이 여느 때보다 진했다. 이러지도 저러지도 못하고 애만 닳는 이의 마음이 그렇듯 안쓰러워 보였다. 누가 뭐래도 저 달만큼은 내 속을 훤히 다 알 것이다. 그래도 다행이지 않은가. 오랜만에 이런저런 생각에 몸과 마음이 휘둘려서 온몸이 떨려도 말이다. 이대로 날을 밝히게 될지 석성노 뇌었으나 오늘만은 마음이 흘러가는 대로 맡겨볼 작정을 하니 금세 몸이 편해졌다. 몇 곡의 하모니카 연주가 끝나고 곧 기타 연주가 이어졌다. 기타는 하모니카와는 영 다른 느낌을 주었다. 모처럼 하모니카를 자주 불었던 어린 시절과 만났는데 금세 기타 연주가 뒤를 이었다. 기타. 기타라…. 기타는 정말이지 제대로 배울 기회가 있었다. 서울에서 대학 다니던 사촌 형님한테서였다. 여름방학 동안 기타에 빠져 한동안 열중했다. 하지만 고향에서 살 때였으므로 요란하게 악기 소리 나는 것을 싫어하시던 할아버지의 만류로 더는 기타와 함께 할 수 없었다. 그때의 아쉬움이 아직도 남아 있었는지 마음은 자신도 모르게 점점 기타 연주에 빠져들었다.

순갑은 좌정하며 읽던 책을 잠시 덮어두었다. 매일 잠시라도 책을 펼치지 않으면 불안했다. 오랜 습관이었다. 외출할 때만 빼고 거의 책을 펴놓고 살았다. 대부분 여러 번 읽은 내용이었으나 읽을 때마다 새로웠다. 학문이란 이런가 보았다. 책을 펴서 읽으면 전에 알고 있던 것이 아니었다. 읽고 덮고 다시 읽고 덮기를 수도 없이 반복하였어도 책을 펼칠 때마다 늘 새로웠다. 신기한 일이었다. 학문을 머리로 다 안다고 할 수 없는 일이었다. 내용을 다 익힌다고 다 안다고 말할 수 있는가 말이다. 가슴으로 배로 그리고 온몸으로 그 기운이 퍼져나가야만 비로소 조금 알 수 있는 것이 학문이었다. 무엇보다 전에 알던 것을 지금도 안다고 자신 있게 말할 수 없다는 것을 요즘에야 와서 알았다. 뼈저린 깨달음은 이즈음 순갑에게 오히려 다행한 일인지 몰랐다. 오늘 느닷없는 저 기타 연주가 머릿속과 발끝과 마음을 돌고 돌아서 다시 온몸을 짓누르며 지금껏 살아온 삶의 자리를 뿌리째 마구 흔들고 있는 것도 그랬다. 그 무엇으로도 되돌릴 수 없는 필연적인 자신만의 운명일지 몰랐다. 희한하게도 기타가 연주하는 노래는 평소에 순갑이 귓등으로만 듣던 유행가 노래였다. '애수의 소야곡' 과 '꿈꾸는 백마강' 그리고 '꿈속의 사랑' 이었다. 라디오만 켜면 자주 들을 수 있는 음악이었다. 유행가를 클래식 기타로 연주하니 전혀 다른 음악으로 바뀌는 것은 알고 있었지만 새삼스러웠다. 그것은 요란하지 않았고, 빠르지도 느리지도 않았다. 노래로만 듣던 것을 기타로 명료하게 들으니 그간 알고 있던 노래가 아니었다. 분위기가 전혀 다른 낯선 음악이 되어 순갑의 마음을 휘어잡았다. 그러다 곧 마음은 곧 저 가고 싶은 곳으로 마구 달아났다. 지금까지 한 번도 없었던 일이었다. 젊은 그 한때가 바람처럼 이곳저곳을 휘저으며 위로 솟구쳤다가 골목 안으로 사정없이 멀어졌다.

읽던 책을 덮고는 늘 그렇듯 오늘도 일찌감치 자리에 누워 순갑은 잠을 청하였었다. 잠자는 것만큼은 정확했다. 집안 식구들이 자는 시간만큼은 철저하게 지키는 것도 순갑의 오랜 습관에 맞춘 것이었다. 매사가 반듯하고 가지런해서 식구들이 꽤 힘들 것이라고 주변에서 수군대는 것을 순갑은 알고 있다. 그러나 지금껏 살아오면서 행동거지와 말이 잘못되었거나 틀린 적이 없다고 여겼다. 누가 알아봐 주어서도 아니고 스스로 그렇게 정하고 살아왔을 뿐이다. 아니, 집안 누대로부터 그렇게 살아왔고 그것이 몸에 밴 것일 뿐이었다. 그래야 한다고 조부모와 부모님으로부터 가르침을 받고 살아온 것이니 마땅히 그렇게 살아야 했다. 세상이 아무리 변해도 습관은 변할 필요가 없었다. 그럴 필요를 못 느낀 것이 더 옳았다. 고향의 집안 어른들은 늘 그러셨다. 사람은 저 하늘을 나는 새처럼 부지런해야 한다. 자연의 이치에 맞게 운행하는 달과 별과 해처럼 정확해야 한다. 그날그날 주어진 일과를 게을리해서는 안 된다. 생활에 흐트러짐이 있으면 안 된다. 누가 옆에 있건 말건 스스로 이 모두를 받아들이고 지켜야 하는 것이라고 말하셨다. 그나저나 오늘은 이리 뒤척 저리 뒤척이느라 잠이 쉬이 오지 않는 것이었다.

27.

그럼 안 되고말고. 비록 지금은 고향을 벗어나서 멀리 떨어져서 살고 있으나 순갑은 조상의 가르침을 한시도 잊은 적이 없었다. 이웃 사람들이 '거, 형님, 너무 꼿꼿한 거 아니요?' 라고 툭 던지며 속을 떠보는 이가 있어도 한 치도 흔들리지 않았다. '마, 오늘 저녁엔 우리 집에서 돼지고기 수육하고 탁배기나 한잔 하입시더.' 정겹게 말을 던져도 고개를 두어 번 내저으면 그만이었다. 그러면 상대도 이제는 두 번 말을 안 했다. 가끔 오고 가는 익숙한 인사도 있지만 차 한 잔에 세상 돌아가는 이야기를 잠깐 나눌 뿐이었다. 그렇게 이 동네 사람과 별 교류도 없이 살아온 세월이 벌써 십수 년이다. 매일 일정한 시간에 규칙적으로 일어나서 마음을 가다듬고 책을 읽은 후에 가벼운 운동을 하고 정해진 시간에 또 책을 읽고 또 읽는 시간은 권순갑에게는 이제 뗄 수 없는 삶이었고 삶을 지탱하는 습관이 되었다. 하지만 그러지 못한 시간도 많았다. 어쩔 수 없는 시간이었다.

지난 세월은 참으로 살 떨리고 무서웠다. 겨우 지독하고 가혹한 일제 침략을 벗어났는가 했는데 동족 간에 처절히 피를 흘리고 도륙한 엄청난 전쟁까지 겪은 것을 생각하면 순갑은 지금도 온몸에 소름이 돋고 몸서리가 났다. 사는 것이 도무지 사는 것이 아니었다. 모진 일을 견뎌낸 세월이 그 얼마인가를 생각하기도 싫었다. 이래저래 고향 봉화를 떠나 여러 번 죽을 고비를 넘기고 겨우 이곳에 정착할 때 가장 큰 힘이 되어준 것은 그래도 어른들이 남겨주신 말씀 덕분이었다. 어떠한 일이 있어도 사람은 근본을 잊어서는 안 된다. 죽는 한이 있어도 네가 누구이고 어떤 삶을 살아야 하고 나라와 집안을 위해 해야 할 일이 무엇인지 결코 잊어서는 안 된다는 가르침 덕분이었다. 그때나 지금이나 가보로 내려온 서책을 입에 침이 마르도록 소리 내어 읽고 또 읽으면서 어른들의 말씀을 마음에 새기고 또 새겼다. 그러면 무서운 마음이 한없이 약해지는 마음과 서글픈 마음이 조금은 누그러졌다.

순갑이 일제 학도병으로 끌려가지 않은 것은 천만다행이었으나 한국전쟁은 달랐다. 동족 간에 무자비한 살육이 횡행했고 목숨을 빼앗고 빼앗기는 숨 막히는 틈에 목숨을 부지하고 살아남은 것은 기적이었다. 군인이 모자라서 군에 징집될 뻔도 했으나 외아들이라는 명분으로 부역을 대신하면서 겨우 살아남았다. 징집되는 것이 무서운 것은 아니었다. 외아들이라도 입대해야 했다. 그러나 아버지가 필사적으로 말리는 것을 반대할 수가 없었다. 마을이 사정없이 부서지고 사람들이 서로를 믿지 못하고 빈번하게 도륙당하는 일이 발생할 때는 그 누구도 믿을 수가 없었다. 1·4 후퇴 때 본가에서 간단한 짐만 지고 식구들과 함께 부산으로 피란 행렬을 따라온 것도 선택의 여지가 없어서였다. 더는 아래로 갈 수 없는 막다른 길이 부산으로 나 있었다. 부산은 임시수도가 되었고 어떡히던 살 곳을 찾아 자리를 잡아야 했다. 아는 사람들의 소개와 소개를 받아서 지금 사는 곳까지 흘러왔다. 가는 곳마다 낯설고 물선 곳이지만 더는 물러설 수 없었던 것이 옳았다. 내 목숨과 식구들의 목숨을 지켜야 했던 혹독했던 시절이 문득문득 권순갑의 달빛 어린 창에 엉겨들곤 할 때는 지금도 숨이 턱턱 막혀 자리를 박차고 일어날 때가 있었다. 세월은 참 무섭고도 부질없었다. 지금 이렇게라도 살아가는 것은 참으로 다행한 일이 아닌가. 고향으로 다시 돌아가는 일이 쉽지 않겠으나 그때를 생각하면 지금이 고맙기 그지없을 뿐이다.

마음이 답답하고 무거울 때마다 순갑은 무작정 걸었다. 골목을 벗어나 신작로를 걸으면서 수산시험장을 넘어서 이송도 길의 시야가 탁 트인 넓고 시퍼런 바다를 하염없이 바라보았다. 어느 날은 어스름 저녁까지 저 멀리 수평선이 펼쳐진 바다를 하염없이 본 적도 있었다. 골목 입구에 난 바다 앞에서 한참을 서 있다가 돌아올 때도 있었다. 개구쟁이 사내아이들이 밧줄로 고박한 고깃배에 올라 숨바꼭질할 때 정신이 퍼뜩 들 때도 있었다. 사내아이라 겁이 없었다. 가끔 여자아이들도 사내아이들과 함께 출렁이는 배 위에서 껑충거리며 노는 것을 보곤 기겁했지만 매일 익숙한 듯 아이들은 아무렇지 않아 보였다. 골목 동네 부근의 정박지에서는 심상치 않은 거친 바닷바람을 피해 올망졸망 결박한 작은 배들이 마구잡이로 흔들리곤 했는데 개구쟁이 아이들의 노는 것이 이럴 것이었다. 어떨 때는 어깨동무를 한 아이들처럼 춤을 추거나 뜀뛰기를 하는 것처럼 출랑대는 것이 마냥 귀엽기조차 했다. 제각기 다르면서도 비슷한 여러 동네를 지날 때는 순갑의 머릿속은 온통 고향 봉화에 머물렀다. 언제쯤 고향으로 돌아갈 것인가 기대조차 내려놓은 지 오래지만 그래도 아직도 포기하지 못한 마음 한쪽은 늘 그늘이 졌고 쓸쓸하였다. 시도 때도 없이 우울하였고 슬펐다. 그러나 고향을 떠올리면 마음 한쪽은 늘 설레었다. 바닷가 길을 걸을 때마다 이대로 고향으로 가는 길이기를, 할 때도 있었다. 아무리 시간이 지나가도 처음으로 돌아갔으면 좋겠다고 생각한 적도 여러 번이었다.

되돌릴 수 없는 시간이 아직도 순갑의 곁을 뱅뱅 돌고 있었다. 시도 때도 없이 울컥울컥 치밀어오르는 그 무엇인가에 휩쓸렸던 쓰디쓴 세월이 원망스럽기도 했다. 이곳에 둥지를 튼 지가 꽤 오래되었으니 달리 도리가 없었다. 이 동네 사람들도 대부분이 외지인이지 않은가. 그들 도 고향을 버리고 온 사람들이다. 아니 고향을 버린 것이 아니라 억지 로 등 떠밀려서 다시는 돌아갈 수 없는 신세가 된 사람들이다. 누구를 원망하겠는가. 다 내가 못난 탓이다. 다 세월을 못 만난 탓이려니 했 다. 부모를 잘못 만난 탓이거나 나라를 못 만난 탓이 아닌가 말이다. 순갑은 이것이 다 하늘이 정해준 것이고 타고난 운명이지 싶었다. 이러 저러한 핑계를 대며 보내버린 시간이 너무 절망스러워서 순갑은 가끔 은 살고 싶지 않을 때도 있었다. 그럴 때는 곡기를 끊었다. 물도 마시 지 않았다. 이대로 죽을 수도 있겠구나 싶었다. 실제로 그럴 마음도 먹 었다. 그러나 목숨은 모진 것이다. 질긴 것이다. 내 것이니 내 마음대로 할 수 있는 줄 알았는데 절대 그게 아니었다.

순갑은 가끔 지난 세월을 되새겨볼 때마다 머리끝이 곤두서고 몸서 리가 쳐졌다. 가끔 괴물이 되어 있을 것만 같아서 숨을 죽이고는 했다. 지금 생각해도 몸서리가 쳐졌다. 육이오 사변 그 끔찍한 난리에서도 살아남았다. 갓난 딸과 함께 아내와 고향 봉화를 떠나올 때는 금세 되 돌아살 줄 알았다. 인내를 가지고 다시 돌아갈 날을 기다리고 손꼽았 다. 그러나 정작 휴전이 되고 기회가 왔지만 그게 잘 안되었다. 일 년에 몇 번씩은 집안 모임에는 지금도 다니곤 하지만 그것도 언제까지가 될 지 요즘 들어 부쩍 생각이 많아졌다. 아직도 모진 마음을 먹고서 더 늦 기 전에 고향 땅으로 돌아가야 한다는 것에는 변함이 없었다. 하지만 막상 실행에 옮기려고 하면 저 멀리 오륙도처럼 삐죽삐죽 솟은 암초 같은 것들이 앞을 가로막는 것을 이길 자신이 없을 뿐이었다.

오랜 세월 새벽이면 권순갑은 옷을 갖춰 입고 마음과 몸을 다듬었다. 고향 봉화에서 지냈던 오랜 습관이었고 마땅히 해야 할 일과의 시작이었다. 비록 크지는 않아도 가장으로서 마땅히 둘러보아야 할 일이었다. 마당을 쓸고 난 다음 집안을 두루 살펴서 안과 밖의 어디 탈이 난 곳은 없는지 둘러보고 단속하는 것도 중요했다. 아침상을 물린 후 동네를 한 바퀴 둘러보고는 차를 마신 후, 마음을 다시 한번 정리한 후 서재로 돌아와서는 다시 읽던 책을 펼쳤다. 벽 한쪽을 빼곡 채운 서책은 권순갑으로서는 무엇보다 소중한 보물이었다. 서책을 볼 때마다 마음 그득 물소리 바람 소리가 일었다. 대구에서 고등학교를 우수한 성적으로 졸업했으나 대학 진학보다 집안을 관장하는 일을 택했다. 어떠한 경우에서도 서책을 읽는 일을 게을리하지 않았다. 개혁 성향의 집안 어른 중 한 분은 서울에서 대학 교육을 받아서 정계에도 진출해야 한다고 주장했으나 크게 지지받지 못했다. 권순갑의 부친도 보수 쪽이었으니 집안의 유지를 받들어야 했다. 마음 한쪽에는 대학 진학을 하고 더 큰 세상에서 뜻을 펼쳐 살고 싶었다. 일제 치하를 벗어나 세상이 바뀌었고 자신과 집안을 위해 뭔가를 해야 한다는 강렬한 욕망이 있었기 때문이었다. 돈이 없는 것도 아닌데 뜻을 접어야 한다는 것을 받아들이기도 힘들었다. 집안 어른들의 뜻을 거슬러 견제와 미움을 받을 수는 없었다. 집안의 대소사와 자손들의 화합과 재산을 건사할 마땅한 사람이 더 급했던 것이었다. 그러나 한국동란 이후 권순갑이 고향에 돌아가지 못했고 집안일에서 손을 뗐다. 권순갑은 아들만 낳는다면 그에 걸맞게 신교육을 시킬 요량이었다. 비록 자신은 끝을 보지 못했으나 아들만큼은 꼭 다르게 키우리라 마음먹었었다. 그런데 아들이 없었다. 아들, 그 소중한 아들을 낳지 못한 것이었다. 아들이 없다는 것이 지금 이렇게 한스러울 수가 없었다.

28.

지난 세월을 생각하면 순갑은 마음이 편치 않았다. 집안 어른의 주선으로 일찍 장가를 들었으나 안 사람에게서는 도저히 아이가 들어설 기미가 보이지 않았다. 그래도 나이가 있으니 기다렸다. 포기하지 않고 온갖 공을 들였다. 다행히 아쉽긴 하지만 딸을 보았다. 다음엔 아들을 보기 위해 주변에서 알음알음으로 알아보고 좋다고 하는 약재는 다 사서 끓이고 달이고 아내에게 복용하게 했다. 저 멀리 청송 주남지 저수지 깊은 곳의 잉어도 구해서 고아 먹이는 등 온갖 정성을 들이고 들였다. 새벽같이 일어나서 조상께 예를 올리고 하늘에 고해 아침저녁으로 몸을 단정히 하고 좋은 소식을 기다리고 기다렸다. 그것이 정말 효험이 있었던지 하늘이 갸륵하게 받아주셨는지 드디어 아들을 보았다. 그런데 이게 웬 조화인가. 기쁨도 한순간이었다. 온갖 정성을 들여서 애지중지 키웠는데 일 년도 못 가서 홍역으로 허무하게 잃었다. 동네에 홍역이 전염병으로 떠도니 조심하라는 말을 들었으나 막상 제 집안에 홍역이 퍼질 줄은 몰랐다.

한순간에 허무하게 아들을 땅에 묻고 몇 날을 땅을 치며 아내와 함께 울고 또 울었다. 시간이 지나도 가슴을 쥐어뜯고 머리를 뜯는 아내를 어떻게 달래 줄 수도 없었다. 어떻게 본 아들인데 얼마나 공을 들였는데 이렇게 허무하게 하루아침에 떠나보내나 말이다. 그러나 정신을 바짝 차려야 한다. 지금까지 그래왔듯이 아직 기회는 있다. 조금 더 노력해 봐야 한다. 조금만 더. 그게 후손의 책무 아이가. 집안 어른들이 한마디씩 하곤 할 때마다 마음이 조급했으나 마음이 조급하다고 성사될 일이 아니었다. 첫 번째도 두 번째도 마음을 다독이고 인내를 가지고 기다리고 또 기다려야 했다. 하지만 몇 년이 지나도 아내에게서 아무 소식이 없었다. 이건 기다릴 문제가 아니었다. 세월이 속절없이 지나가는 것이 못내 아쉽고 불안하기 짝이 없었다. 권순갑은 더는 미룰 수 없었다. 아내와 상의해서 젊은 작은댁을 들였다. 아내에 들인 정성까지는 아니어도 꽤 공을 들였다. 아직은 젊은 나이라는 가능성에 기대를 걸어볼 수밖에 없었다. 그러나 생각보다 소식이 쉬이 들리지 않았다. 다행스럽게도 삼사 년이 지나서 태기가 있었다. 낳아보니 아쉽게도 딸이었다.

그러나 아내는 실망하지 않았다. 쉽게 포기하지 말고 또 애를 써보자고 했다. 자꾸 애를 쓰다 보면 아들을 볼 수 있을 거라고 위로하듯 간청했다. 지성이면 감천이라고 했다. 집안에서 그의 입장과 그 마음을 모르는 바 아니었으니 당연했다. 무엇보다 더는 아이를 낳지 못한 죄인의 심정이 된 본처의 입장이 그럴 수밖에 없었다. 그러나 그것으로 그만이었다. 몇 년을 기다렸으나 작은댁에게서도 딸이고 아들이고 전혀 후사를 잇지 못했다. 그 사이 아내의 나이는 쉰 중반을 바라보았고 작은댁의 나이도 마흔 중반을 넘었다. 권순갑도 곧 예순이 코앞이니 더는 후손을 보는 것을 접어야 했다. 막상 체념하니 사실 아들도 별 것 아니었다. 이 모든 일이 하늘의 뜻이라면 기꺼이 받아들여야 할 것이다. 받아들일 수밖에 없는 것이다.

　순갑은 벌써 십수 년을 고향 땅으로 돌아가지 못하고 있는 자신이 이제 더는 원통하지 않았다. 그냥 이대로 살아야 했다. 살수 밖에 없었다. 내 팔자가 그런 걸 어떡하랴. 고향에서 상속받은 땅에서 쌀이나 곡식은 매번 보내오니 먹고 살 걱정은 없다. 소작을 놓아서 세를 받으니 하나 있는 딸은 대학 공부시키고 출가시키는 것도 문제가 없다. 라디오에서도 동네 사람들도 그러지 않나. 세상이 하루가 다르게 달라져서 딸도 공부시켜야 한다고. 그래서 딸 금복이를 대학 공부를 시켜서 아비로서 책무를 다하는 거다. 라고 마음을 진작 굳혔다. 마음을 정하고 나니 한결 사는 것이 수월해졌다.

　금복이는 이제 곧 스무 살이 될 것이다. 봄이 오면서 부쩍 멋을 내는 것이 제법 처녀티가 났다. 고등학교를 졸업했지만 도통 공부엔 관심이 없는 것 같아 마음이 언짢았다. 대학에 떨어진 후 재수하라고 해도 듣는 척 마는 척해도 야단을 칠 수도 없다. 이대로라면 아들 없이 늦게 낳은 딸을 고등학교 밖에 안 보냈다고 사정을 모르는 사람들이 수군댈 것이 틀림없었다. 순갑은 금복이 대학 진학을 원하는지 알아본 것은 아니지만 마땅히 간다고 여기고 있을 뿐이었다. 딸과 자리를 마련해서 어떤 생각을 하고 있는지는 속마음을 알아야 했다. 하지만 지금처럼 딴 곳에 정신이 팔려있다면 어떻게 마음을 돌려보나 싶은 것이 걱정이 태산이었다. 딸이 정작 마음을 둔 곳이 어딘지도 알 수 없었다. 많은 것을 포기했는데도 요즘 누워도 잠이 잘 오지 않았다. 순갑은 고향 땅으로 돌아가지 못해도 더는 원통하지 않음에도 마음은 여전히 편치 않았다. 마음이 편하지 않아도 아침저녁으로 서책을 읽었다. 놓지 않아야 했다. 힘들게 산 지난 세월을 지탱한 힘이 다 거기에서 나온 것이기 때문이었다.

이러나저러나 오늘만큼은 저 신작로 건너 전차 종점까지 걸을 작정을 한 순갑이 대문을 밀다 말고 순간 주춤거렸다. 문 앞에 뭔가가 놓여 있었다. 가까이 들여다보니 아기였다. 강보에 아기가 둘둘 말려 있는 것이었다. 업둥이였다. 깜짝 놀란 순갑은 집 안쪽을 향해 소리쳤다.

"임자! 임자!"

연신 아내를 부르면서도 권순갑은 다리가 후들후들 떨렸다. 겨우 소리 내어 부르긴 했어도 소리는 입 밖으로 나왔다가 금세 잦아드는 것이 아내에게 소리가 들릴 것 같지 않았다. 그러나 어떻게 용케 알아들었는지 부엌에서 아내가 놀라서 쫓아 나왔다.

"왜요? 무슨 일… 입니껴?"

앞치마에 젖은 손을 닦으면서 아내가 뛰어나올 때 이미 아기는 권순갑의 팔에 안겨 있었다. 아기는 새근새근 잠이 들어있었다.

"아기 아입니껴?"

아내가 깜짝 놀라 말했지만 이미 모든 사태를 알아챈 듯 얼른 아기를 받아 안았다. 뒤이어 작은댁이 달려왔다. 작은댁도 눈을 크게 떴으나 놀란 표정이 아니었다. 마치 진작 기다렸다는 듯 금세 아기를 아내에게서 받아안고는 '두둥게 둥게' 하는 것이 순갑이 다 놀랄 지경이었다.

"어머, 이 작은 입 좀 봐! 어찌 이리 작을까!"

작은댁은 아기가 예뻐 어찌할 줄을 몰랐다. 아기는 태어난 지 백일이 채 되지 않아 보였다. 순갑으로서는 얼른 이해할 수가 없었다. 순갑은 이 와중에서도 어느 집의 아기인지 알아내어야 하는 것이 먼저 아닌가. 생각했다. 하지만 아내는 전혀 그럴 마음이 없어 보였다. 순갑은 졸지에 당한 이 일을 어떻게 받아들여야 할지 알 수 없었다.

"하늘에서 우리 집에 업둥이를 주셨으니 얼마나 기쁜 일이에요."

아내가 아기에게서 눈을 떼지 못했고 작은댁도 마찬가지였다. 하지만 좋은 것도 잠시였다. 업둥이라니. '지금 내 나이가 몇인데?' 하며 순갑은 깜짝 놀라 큰 숨을 내쉬었다. 이 일이 어찌하여 내게서 일어난 것인가를 생각할 겨를도 없이 아내가 얼른 아이를 안채로 안고 들어갔다. 뒤이어 작은댁이 따라 들어갔다. 순식간에 권순갑은 대문 앞에 홀로 서서 이 어색한 분위기를 어떻게 감당해야 할지 알 수 없었다. 이대로 외출할 수도 없었다.

"금복이 아버지. 이 아기를 보세요. 얼마나 사랑스럽고 이뻐요?"

"그러믄요. 이렇게 예쁜 아기 정말 오랜만에 보는 걸요."

안방에 둘러앉은 아내와 작은댁이 업둥이로 들이기로 작정했는지 척척 입이 맞았다. 권순갑은 여전히 다리가 후들거렸고 가슴이 벌렁벌렁해 입을 뗄 수가 없었다. 하지만 강보에 싸인 아기를 보는 순간 기분이 나쁘기는커녕 어느새 마음이 가라앉으면서 자신도 자꾸 들여다보고 있다는 것을 알았다. 아니 솔직히 정말 좋았다. 아기가 이렇게 예쁜 줄 몰랐다. 가까이 들여다볼수록 더 이뻤다. 그러면서도 한편으로는 몹시 어색하였다. 제 나이를 따져보니 할아버지뻘이었다. 어떻게 받아들여야 할지 난감했다. 늦었지만 이것도 다 자식 복이 있어서라는 아내의 덕담에 가슴이 벌렁거리기만 했다.

원양어선 실종 사건

29.

　윤선네는 저녁 해가 창문 틈에 걸려 어둑어둑해질 때까지 재봉틀을 돌렸다. 얼마 전에 손틀에서 발틀로 교체해 훨씬 품이 덜 드는 것이 얼마나 다행인지 몰랐다. 아직 선풍기 바람이 몸에 좋지 않아 틀지 않았더니 이마에서 땀이 비 오듯 쏟아졌다. 그래도 아무렇지 않았다. 아니 아무렇지 않아야 했다. 아직 산후 후유증이 남아 몸 여기저기 부기가 빠지지 않은 것이 조금 걱정은 되었으나 그것도 조금만 지나면 나을 것이었다. 첫째를 낳고도 힘든 고비를 넘겼지만 잘 이겨내지 않았는가. 참 고맙게도 동네 사람들이 아침저녁으로 방안을 기웃거리며 이것저것 먹을 것을 갖다주기도 하고 안부를 묻는 등 제 식구처럼 걱정하고 챙겨주었다. 하혈할 땐 침쟁이 할매가 하루에 몇 번이나 달려와서 뜸을 뜨고 침을 놓아주어 큰 고비를 넘길 수 있었다. 겉으로는 무뚝뚝해도 살가운 주인집 아지매는 한약방에 가서 산후조리에 좋은 약재를 달여서 아침저녁으로 넣어주었던 것도 큰 효험이 있었다. 달포 지나면서 몸이 정상으로 돌아올 수 있게 된 것도 다 약발이 좋아서 그런 것이라고 보는 사람마다 입을 대었다. 윤선네는 이웃을 잘 민닌 덕분이라고 생각하니 없던 힘도 솟아났다. 고마워서라도 게으를 수가 없었다. 아니 게으를 틈을 만들면 안 되었다. 조금만 조금만 더 고생하면 방 두 개짜리 집은 장만할 수 있을 거니까 말이다.

　일찌감치 저녁을 먹은 윤선이가 잠들고 강보에 싸인 둘째 아이도 배부르게 젖을 먹은 후 곤히 잠에 빠져들었다. 오늘은 정말 허리가 끊어질 듯 힘들었다. 진작 좀 쉬어야지 하면서도 일을 강행한 윤선네는 아이들 옆으로 가서 몸을 뉘었다. 잠시만 잠시만 하면서도 마음 한쪽 구석은 편치 않다. 이리 핑계 대고 쉬어도 되나 싶은 것이다. 그래도 조금만 쉬었다가 얼른 일어나 일해야지 한다. 어떡하든 시간을 아껴야 했다. 그나저나 오늘은 일찍 오겠다는 남편의 퇴근이 늦어지는 것이 조금 걱정되었다. 아침에 그가 현기증이 난다고 말을 한 후 출근했는데 아직 소식이 없다. 물론 퇴근을 한 후 친구 집에서 공부하고 있을 것이다. 오늘따라 몸이 편치 않으니 자꾸 남편이 기다려졌다.

저녁밥은 잘 챙겨 먹었을까도 걱정되었다. 남편은 알아서 챙겨 먹을 거니 그런 걱정은 절대 하지 말라고 딱 잘라 말했다. 그러나 요즘은 전에 같지 않게 얼굴이 까칠한 것이 어디 아픈 것은 아닌가 싶어 은근히 걱정은 되는 터였다. 남편은 남편대로 퇴근 후 공부도 해야 하니 잠도 부족하고 바쁠 것이었다. 사실 그게 마음에 걸리기는 했다. 혼자 자취하는 동료의 집에서 저녁밥을 지어 먹고 공부도 함께 하는 것이 벌써 일 년이 넘었다. 불평은커녕 반찬 걱정 밥걱정은 아예 하지 말라고 했다. 그러나 아내로서 아침에 간단한 식사를 한 후 저녁을 못 챙겨주는 것에 늘 마음이 쓰였다. 남편이 친구 집에서 저녁을 해결하고 공부까지 하고 온다는 것은 종일 일하고 아이들하고 시달리는 아내를 염려한 탓이 더 컸다. 윤선네는 남자들끼리 해 먹는 저녁이 뭐 그리 영양가가 있겠는가를 생각하면 마음을 놓을 수 없었다. 그래도 믿어야 했다. 달리 방도가 없기 때문이었다. 이런저런 걱정 속에서도 요즘은 남편이 더 믿음직했다. 생각만 해도 입가가 벙긋벙긋했다. 소방서가 비록 박봉이긴 하지만 국가 공무원이 아닌가. 나이를 더 먹기 전에 틈틈이 진급 공부를 해야 했다. 월급을 더 받을 수 있게 자리를 잡아야 했다.

남편이 오려면 아직 두어 시간은 더 걸릴 것이었다. 윤선네는 아이들 옆에 잠시 누웠다. 오늘 하루도 참 열심히 살았다고 제 가슴을 토닥여 주었다. 그때 하모니카 소리가 들렸다. 마치 이때를 기다렸다는 듯이 멋진 선물을 주는 것만 같아 꿈인가 했다. 하모니카 소리는 끊어질 듯 이어지면서 윤선네의 마음이 오랜만에 따뜻해졌다. 얼마 만에 들어보 는 하모니카 소리인가. 윤선네는 마음 한쪽이 아랫목처럼 따뜻해져 옴 을 느꼈다. 오래 익숙했고 오래 잊고 있었던 '오빠 생각'은 잊었던 시간만큼 한순간에 되돌려주는 것만 같아서 고마웠다. 지금 아무것도 하지 않고 오직 하모니카 소리에만 귀를 열었다. 정말 좋았다. 하모 니카는 곧 '푸른 하늘 은하수'로 넘어갔다. 바로 옆에서 불고 있는 것 처럼 생생했다. 골목에서 아이들이 따라 부르는 소리가 들렸다. 하모 니카 소리와 아이들의 합창이 어우러지면서 윤선네에겐 여름날 거품을 잔뜩 문 파도가 가슴속으로 우르르 몰려왔다가 한순간에 멀어지는 것 만 같았다.

누굴까. 하모니카를 부는 이는. 마치 마법을 부리는 것만 같았다. 아 주 좋은 솜씨였다. 소리가 크지는 않았으나 이 동네에서 누가 하모니 카를 이렇게 기가 막히게 부는 것인지 윤선은 갑자기 궁금해졌다. 곧 여름밤의 어둠과 적요를 뚫고 한순간에 들이닥친 하모니카 소리에 문 득 오빠를 떠올렸음을 알았다. 오빠를 떠올리는 순간 눈가가 촉촉이 젖어 들었다. 사는데 바빠서 이즈음 오빠를 거의 잊고 있었다는 데 생 각이 미쳤다. 오빠는 하모니카를 아주 잘 불었다. 국민 학교에 입학하 기 전부터 아무도 가르쳐 주지 않았지만 몇 번 듣고서는 알아서 음을 찾아냈다. 누군가 불 때 옆에서 듣고 있다가 그대로 따라 불곤 했다.

'오빠 생각'만 잘 불렀던 것은 아니었다. 모든 동요는 물론 아는 노래는 혼자서 이리저리 음을 찾아 곡을 완성했다. '섬집 아기,' '울 밑에 선 봉선화'는 물론 미국민요 '스와니강' '아, 목동아'도 참 잘 불렀다. 다른 사람이 부는 것보다 훨씬 신났고 경쾌하게 불렀다. 슬픈 곡조일 때는 훨씬 더 애절하게 불렀다. 하모니카 소리만 들어도 오빠인 줄 주위 사람들은 다 알았다. 그 소문은 건너 동네까지 퍼질 정도였다.

  어느 해 여름날, 원양어선을 타던 아버지가 귀향할 때 오빠의 소망을 잊지 않고 최신 하모니카와 기타를 가지고 왔다. 장남에게 주는 큰 선물이었다. 오빠는 하모니카뿐만 아니라 노래도 썩 잘 불렀다. 타고 난 목소리를 가졌다고 주위에서 입을 모을 때마다 오빠의 하모니카와 기타 치는 솜씨와 함께 일취월장했다. 분명 음악에 확실히 소질이 있었다. 하모니카와 기타를 칠 때는 동네 사람들이 모여들어 입에 침이 마르도록 칭찬했다. 어떤 이는 감동에 겨워 손을 들어 환호했다. 라디오에서 흘러나오는 유명 성악가 흉내를 낼 때는 마치 제대로 배우고 익힌 것처럼 자연스러웠다. 주변에서 음악에 타고난 사람이라고 입을 모았다. 일본에서 유학 생활을 한 오촌 아재는 아버지와 이야기를 나눈 끝에 오빠를 음대에 보내라고 적극적으로 권했다. 아재의 말을 듣고 골똘히 생각에 잠긴 아버지가 고개를 몇 번 끄덕이다가 마침내 결심한 듯 벌떡 일어나 아들을 끌어안았다. 이때부터 오빠는 마음을 거의 굳힌 것이 틀림없었다. 얼굴빛이 달라졌고 힘차 보였다. 자신감이 넘쳐 마치 딴 사람처럼 보였다.

  "웅아, 아버지가 말이다. 니가 원하는 공부는 내 꼭 시켜줄끼다. 아무 걱정 말거라. 니는 마, 대학 갈 실력이나 잘 닦아 놓거래이. 아버지가 무슨 일이 있어도 대학은 꼭 보내줄끼다. 마. 니는 우리 집 장남 아이가.”

그해 집에서 두어 달 쉬고 난 다음 아버지는 남태평양으로 향하는 원양어선에 몸을 실었다. 아버지는 떠나기 전에 눈을 크게 뜨며 오빠를 향해 다시 호언을 했다. 그 누구보다 믿음직한 아버지였고 흔들림 없는 목소리였다.

“지금 시대는 말이다. 공부를 안 하면 안 되는기라. 나도 알 만큼 다 안다 아이가. 얼마나 급하게 세상이 변하노 말이다. 외국에 나가보면 기가 막힌기라. 윤보선 시대도 지났고 더는 굶지 않고 자급자족하는 시대가 안 왔나 말이다. 하루가 다르게 세상이 엄청나게 변하고 있는데 니도 변하는 세상에서 제대로 자리 잡고 살아야제. 이 아버지처럼 바다를 떠돌아다니면서 살면 절대 안 된다 아이가. 알았제?”

아버지는 두어 번 아들을 꼭 끌어안았다가 가까이 얼굴을 대고 볼을 쓰다듬었다. 꾸벅 인사하고 돌아서는 아들의 등을 툭툭 두드렸다.

“몸이 부서져도 아버지가 니는 꼭 공부시킬끼다. 마!”

30.

　윤선네 오빠가 고2 여름방학이 지나고 2학기가 막 시작될 때 귀국을 앞둔 아버지가 탄 원양어선의 실종 소식이 날아들었다. 다른 원양어선 한 척과 함께 아버지의 원양어선도 실종된 것이었다. 동남쪽에서 갑자기 발생한 강한 태풍의 영향이라고 했다. 정부의 사고 대책 수습기관에선 조업 중이었던 남태평양 연안 피지섬과 사모아 섬 일대를 대대적으로 수색했는데도 아무것도 찾을 수가 없다고 했다. 태풍에 휘말린 원양어선의 안위에 대해서 라디오의 각 방송사에서는 경쟁하듯이 연일 수색에 관련된 정보를 내보냈으나 이내 시들해졌다. 시간이 흘러가면서 방송 횟수가 줄더니 어느 날부터인가 뉴스에서조차 언급하지 않았다.

　어느 날 선주가 선원 가족들 앞에서 비장한 선언을 했다.

　"이게 다 배 타는 사람들 운명아입니꺼. 그래도… 그래도 우리는 끝까지 포기하지 않고 최선을 다해 우리 선원들을 꼭 찾을낍니다."

　가열하게 아무리 큰소리로 선원을 찾겠다고 장담을 해도 사람들은 그 말을 믿지 않았다. 그 말에 희망도 걸지 않았다. 무슨 일이 있더라도 시신만큼은 찾아야 한다는 희망을 끝까지 놓고 싶지 않았을 뿐이었다. 태평양 한가운데서 집으로 돌아오지 못하고 한없이 떠돌고 있을 형을, 아들을, 아버지를 꼭 찾고 싶은 마음뿐이었다.

　땅을 치고 꺼이꺼이 목을 놓아 우는 선원 가족들은 선주에게 매달려

몸부림쳤다. 동네 사람들도 울부짖는 가족들에게 달려가서 함께 붙들고 울었다. 아이들은 엄마 치맛자락을 꼭 붙들고 눈시울을 붉혔다. 실종자가 서른 명이 넘는 선원 중에서도 한 동네에서 두 명의 선원이 같은 원양어선을 탔다는 것이 확인되었고 곧 여기저기서 울음바다가 터졌다. 근래 들어 가장 큰 사건 중의 하나였다

"아이고, 우짜노. 이 일을 우짜노 말이다. 아이고 웅이 어매요! 우짜면 좋습니꺼!"
"살려내라 말이다! 우리 남편을 살려내라 말이다!"
"아이고, 아이고…오, 이제, 이제 우리는… 이제, 우째… 살아야 하노. 우리 아아들은 앞으로 누굴 믿고 살아야 한단 말이고. 생때같은 남편을 잃고 나는 또 앞으로 우찌 살란 말이고!"

중학생이었던 윤선은 엄마와 다른 선원 가족들이 울부짖을 때 귀를 막고 땅만 바라보고 있었다. 몸져누운 엄마는 아버지를 뒤따라갈 것만 같아서 불안했다. 기운 잃고 집 한쪽에서 놀고 있는 아직 어린 동생들과 엄마를 번갈아 볼 뿐이었다. 그리고 오빠를 오래 쳐다보았나. 맏이인 오빠는 아무런 소리도 내지 않고 아무도 쳐다보지 않았다. 윤선네처럼 벽에 기대 땅만 보고 있었다. 그 땅에는 오빠의 그림자가 길게 늘어져 있었다.

실종 소식과 수색 작업은 시일이 지나면서 점점 시들해졌다. 남태평양 그 넓은 바다 어디에서 아버지를 찾을 수 있단 말인가. 윤선네는 아버지가 영영 돌아오지 못한다는 것을 알았다. 어느 사이 사람들의 관

심도 멀어졌다. 그래도 엄마는 포기하지 못했다. 포기할 수 없었다. 어느 날은 큰 결심을 한 듯 어떡해야 그곳에 갈 수 있는지 사람들에게 물었고 아침이고 낮이고 아무 때나 실성할 정도로 슬퍼했다. 어느 날 선주가 찾아와서 엄마와 오랫동안 이야기를 나눈 후, 몸져누웠던 엄마가 자리를 털고 일어났다. 엄마는 전과 다름없이 밥과 빨래를 했다. 닥치는 대로 돈이 되는 일도 했다. 그리고 새로운 일을 하기 시작했다. 이층 양옥에 사는 부잣집 사모님이 부르면 시장도 보고 청소와 밥도 하였다. 시장에서 할 수 있는 온갖 허드렛일도 가리지 않았다. 더 이상 엄마는 울지 않았다. 건기가 찾아온 것처럼 얼굴이 메말랐으며 아무런 표정이 없었다. 전혀 다른 사람이 되어 있었다. 어느 날, 오빠는 오랜만에 엄마와 독대했다. 비장한 표정을 지으며 고등학교 졸업을 앞두고 일 년만 일하면 입학금과 등록금을 마련할 자신이 있다고 했다. 대학에 가서 더 열심히 공부와 일을 해서 가장으로서 집안 경제를 책임지겠다고 했다. 그러나 오빠의 말을 듣고 한동안 아무 말이 없던 엄마는 오빠와 눈도 마주치지 않고 딱 잘라 거절했다. 아비가 없는 가난한 집에서 배부른 소리를 한다는 것이었다. 주변에서 누가 뭐래도 음대 가는 것을 막았다.

"음대는 무슨 음대냐? 똑바로 된 직장을 구해야지. 음대 가면 돈이 쏟아지냐? 고등학교를 졸업하면 취직을 해서 돈을 벌어야지, 아버지처럼 배를 타지는 않는다 해도 돈 되는 일을 찾아서 집안에 보탬이 되어야지 무슨 뚱딴지같은 해괴한 말이냐? 다 부모 잘 못 만난 탓이겠거니 해라. 니 팔자가 그런 것이니 음대는 포기해라."

엄마는 단호했다. 표정 하나 안 변하고 아들을 차갑게 외면했다. 오빠는 고개를 푹 숙이고는 오랫동안 자리에서 일어나지 않았다. 그때 오빠가 울고 있었는지 입술을 꼭 깨물고 있었는지 알 수 없었다. 다만, 어깨가 조금씩 흔들리고 있었다는 것은 알 수 있었다.

윤선네는 오빠가 자신이 그토록 가고자 했던 음대는커녕 고등학교 마지막 학년 2학기 절반은 학교에 가지 못했다. 당장 하루하루 먹고 사는 일용직에 온몸을 던져야 했다. 조금 더 빨리 집안의 대들보가 되어야 했다. 처음 아버지의 실종 소식을 들었을 때 설마 했던 이모가 땅바닥을 치며 울고불고하는 엄마를 부둥켜안고 함께 땅바닥을 치고 또 치며 울었었다. 그리고 사진만 덩그러니 올려져 있는 빈소 앞에서 무릎을 꿇은 오빠 등 뒤에 대고 또 울었다. 울면서 또박또박 말했다.

"니 마음은 백번 이해한다. 그러나 우짜겠노. 니가 이 집의 장남 아이가. 거, 저 건너 바닷가에 늘어선 조선소에 가서 좋은 기술을 배우든가 다른 공장에 취직하거나 막노동을 해서라도 식구들을 먹여 살려야 한다 이 말이다. 니 밑에 줄줄이 달린 동생들을 봐라. 이 어린 것들이 얼마나 불쌍하노'?"

"우찌됐든 장남은 집안의 대들보가 되어야 하는 기라."

이모는 일어서기 전 한 번 더 강조했다. 엄마보다 더 당차게 말했다. 지금 이 말은 앞으로도 절대 잊지 말라는 말도 덧붙였다. 엄마와 이모의 엄청난 말의 무게에 짓눌려서인지 오빠는 앉은 채 오래 일어나지 않았다. 울고 있었던 건지 혀를 악물고 있었던 건지 지금도 알 수 없으나 빈소 앞 마루에 오래 자리를 지켰던 오빠의 모습은 오래 윤선네의 가슴에 남아 지워지지 않았다. 마지막 매미 울음소리가 맴맴 매애앰 맴맴 그악하고 울어댔던 늦여름 서쪽 하늘가의 불타올랐던 노을이 지금도 그대로 멈춰있는 것이었다. 해마다 매미가 그악하고 우는 여름이면 언제라도 그때로 돌아갈 것만 같은 공포와 불안이 윤선네를 짓누르고는 했다. 중학교를 졸업하고 육군 군복을 만드는 피복창 일을 하게 된 것도 오빠의 일손을 돕기 위해서였고 남은 동생들 때문이었다. 오빠는 여동생이 고등학교 가기를 간절히 원했지만 윤선네 아래로 동생이 셋이나 더 있었다. 엄마 일손 보태는 것에는 오빠 하나만으로는 안 될 일이었다. 어떡하든 모두 힘을 합쳐 먹고사는 데 힘을 모아야 했다. 혼인 후에도 윤선네는 잠시라도 손을 쉴 수가 없었다. 아이가 벌써 둘이었다. 남편도 승진하려면 공부해야 했다. 윤선네는 여전히 힘을 보태야 했다.

31.

"봐라, 윤선아. 집에 있나?"

요란하게 재봉틀 돌아가는 소리는 들리는데 불러도 안에서는 아무런 말이 없었다. 벌컥 문을 여니 윤선네는 재봉틀에 이마를 묻은 채였다. 집주인 영숙이네가 방바닥을 타닥타닥 치고 또 쳐서야 윤선네가 하던 일을 멈추고 깜짝 놀라 돌아보았다. 시익시이익하며 힘차게 돌아가던 재봉틀이 순간 멈췄다.

"아지매가 웬일인교?"

"아고야, 거 봐라. 내 그럴 줄 알았다 아이가! 우짤라꼬 자꾸 일을 하노 말이다. 지금 일을 할 때가! 내사 마 몬살겠다 아이가. 사람이 다 살자고 일을 하는데 죽을똥살똥 모르고 일을 하다가 픽 쓰러지믄 니… 우짤라꼬 그라노?"

일을 잠시 멈춘 윤선네가 뭐라고 입을 떼기도 전에 따발총처럼 따따따 마구 쏘아붙이는 영숙이네였다.

"니 말이다. 니 자꾸… 그래 일만 하믄 정말 큰일난다 아이가. 니 몸 니가 건사해야지. 우리가 아무리 말을 해도 들어줘야 말이제. 이게 뭐꼬? 뭐가 중요하노 말이다."

"내 걱정은 마이소예. 근데 무슨 일로 그라는데요?"

"저녁밥은 묵었나? 아는 자나? 아재는 아직 안 들어왔나?"

몇 가지 질문을 한꺼번에 해대며 윤선네 얼굴을 빤히 들여다보는 영숙이네는 오늘도 밀린 일을 하느라 여념 없는 윤선네를 보니 정말 걱정스러웠다. 이러다 또 쓰러지지 않을까 마음이 조마조마하다. 남의 일이지만 이 동네에선 남이 아닌 것이다.

"여, 잠시 앉아봐라."

손바닥으로 방바닥을 타닥타닥 치는 영숙이네는 쉬지 않고 말은 하면서도 한편으로는 윤선네 안색을 살폈다. 걱정이 여간 아니지만 여러 번 말려도 말을 듣지 않으니 어쩔 도리가 없다. 마지못해 재봉틀에서 겨우 내려와 방바닥에 앉는 윤선네를 안타까운 듯 바라보며 혀를 끌끌 찼다.

"니, 작은방, 꼭 세줘야겠나? 조금 있으면 아이들도 크고… 방이 두 칸은 돼야 할낀데…."

영숙이네는 걱정 반 기대 반의 마음으로 윤선네의 눈치를 다시 살폈다. 전세로 얻은 방 두 칸 중에 한 칸을 다시 세를 놓겠다는 것이 안타깝기도 하고 한편으로는 장하기도 했다. 그 마음을 알만하기에 마음이 더 좋지 않았다. 젊을 때, 아직 애가 어릴 때 한 푼이라도 아끼고 절약해서 목돈을 만들어 얼른 집을 장만하려는 그 마음을 모르는 바가 아니었기 때문이다. 예전의 제 모습이 얼비치기까지 해 마음이 아리기까지 했다.

"예? 아, 예. 그라믄요. 방 하나 놀면 뭐합니껴. 아직 아가 어리다 아입니껴. 우리캉 함께 자도 되는기라예. 노니 그 방 세 줄라꼬예. 어디… 아는 사람 있는교?"

"그라믄, 어차피 세놓을 거. 내가 소개할라카는데… 괜찮겠나?"

"아지매가 세놓는다면야 믿을 만한 사람 아이겠는교. 저는 마, 좋심더."

“내 친정 여동생 아인나. 그 여동생의 시동생 말이다. 이번에 은행원 시험에 붙었다 아이가.”

“참말로예? 엄마야, 정말 잘 됐네예.”

“그 사돈총각한테 방 세 놓을래?”

“예. 예. 그럴 께예. 그 총각한테 줄께예. 요새 은행 같은데 취직하기가 어려울 낀데 참말로 잘 됐네예.”

“그라믄…지가 돈을 버니께네 방세는 시세대로 받고 절대 깎아주지도 말고…알았제?”

“예. 알겠심더. 쪼매 깎아달라카믄 깎아줄 요량은 있심더만. 마음 있으면 말만 하이소.”

“그래, 말이라도 고맙다. 안 깎아줘도 되니까 됐고, 어디 모르는 사람 세놓는 거보다도 아는 사람 소개가 더 낫겠다 싶어서 얼른 내가 뛰어온 기다.”

세입자가 영숙이네 여동생의 시동생이라고 했다. 사람이 얌전하고 뭔가라도 도와주고 싶은 마음에 영숙이네가 윤선네를 떠올렸다는 말을 다시 강조히고는 자리에서 일이섰다. 징밀 고마운 노릇이었나. 윤선네는 그제야 황급히 자리에서 일어나 제 머리를 탁 쳤다.

“아이고야. 내 정신 좀 봐라. 아지매한테 시원한 미숫가루라도 한 잔 내올라 캤는데… 내 정신이…와 이렇노!”

한 곳에 넋을 뺀 것처럼 우왕좌왕했다. 의자에서 일어날 때 휘청인 것도 방바닥에서 일어날 때도 영 불안하고 위태롭게 보여 영숙네가 다시 걱정스러운 얼굴로 윤선네를 들여다보았다. 며칠 전에 본 것보다 안색이 더 안 좋은 것이 무슨 일이 생기는 건 아닌가 싶어 마음이 벌렁벌렁했다.

"마, 놔뚜라. 그나저나 조금 쉬었다가 일하거래이. 얼굴 보니 노랗게 뜬 기 꼭 쓰러질 것 같다 아이가. 해가 졌는데 마, 이제 일 고마해라."

말을 마친 영숙이네가 황급히 자리를 뜨고 난 뒤 윤선네는 이마에 흐르는 땀을 닦아내며 잠시 벽에 몸을 기댔다. 방 한쪽에서는 윤선이가 일찍 저녁을 먹고 난 다음 혼자 놀다가 잠이 들었다. 몸에 들러붙지 않아 가볍고 시원한 지지미 이불을 덮어주었는데도 자꾸 발로 차는 것이 꽤 더운 모양이었다.

"그래, 오늘은 너무 오래 일을 했다 아이가. 영숙이 아지매 말처럼 조금 쉬었다 하자. 주문받은 거 내일이면 다 끝낼 수 있을 끼다. 그래도 다른 때보다 더 빨리 끝내는 기니까. 얼매나 다행이고."

윤선네는 벽에 등을 붙이며 안도의 한숨을 내쉬었다. 어제보다 더 피곤하긴 해도 오늘 밤 잘 자고 나면 내일은 한결 나을 것이었다. 방 한쪽에는 재봉이 끝난 옷가지들이 보자기에 묶여 있고 새로운 옷감도 미리 사두었다. 이건 다 일을 미루지 않고 그때그때 바로바로 끝내주니까 자꾸 들어오는 것이다. 윤선네는 요즘 들어 주문이 밀려드는 것이 기분이 좋았다. 절로 입가가 올라갔다. 흐뭇했다. 처녀 때 육군 군복을 만드는 피복창에서도 일을 잘한다고 늘 칭찬을 들었던 터였다. 들어간 지 얼마 되지도 않았는데 손도 빠르고 손끝도 야무지다는 반장의 칭찬이 지금도 귀에 쟁쟁했다.

주변에서도 '아이고야. 젊은 아가씨가 정말 일 하나는 기똥찬기라. 정말 대단한기라. 어쩌면 그리 손도 빠르고 손끝도 야무지노 말이다.' 하고 입을 모았다. 처음엔 기분을 살려주고 적당히 응원하는 것인 줄 알았는데 그게 아니었다. 일 하나는 몇 년 앞선 선배들조차 머리를 흔들며 인정한 솜씨였다. 거기다 손도 빠르니 그럴 수밖에 없었다.

윤선네는 바닥에 펼쳐놓은 옷감을 어루만지며 이거는 아무래도 이 일이 나한테 딱 맞는기니까 그런 기다. 하고 재차 생각했다. 힘들어도 내가 하고 싶은 일을 하면서 돈도 버니 참 다행아인가 싶었다. 그래 놀면 뭐 하노. 아니, 놀 수 없제. 사지육신 멀쩡하고 젊은데 나도 힘을 보태서 얼른 돈을 벌어야 하는 기라. 몇 번이고 다시 마음을 다지니 윤선네는 없던 힘까지 솟는 것만 같았다. 아닌 게 아니라 피복창에서 처음 일을 배울 때는 정말 힘들었다. 손은 서툴고 일이 몸에 익지 않아서 야근까지 해야 할 정노로 배낭받은 하루 일을 끝내는 것이 쉽지 않았다. 그러나 '지성이면 감천인 기라.' 지금보다 더 잘하리라 다짐하고는 옆 사람 앞 사람 하는 일을 보고 또 보고 모르면 묻기를 수도 없이 했다. 재봉을 돌릴 때마다 이를 악물었다. 반드시 잘해 낼 거라고. 그래, 노력하면 안 되는 기 있나. '노력! 또 노력!'은 윤선네 삶의 좌우명이었다. 결국 노력한 결과가 오늘의 재봉틀을 다루는 대단한 솜씨꾼으로 여기저기 소문이 났으니 흐뭇하기 짝이 없었다.

32.

　돈 버는 일이란 그랬다. 결혼하고 아이를 낳은 후 봐주는 사람이 없어 직장을 그만뒀던 일이 윤선네에겐 제일 아쉬웠다. 손도 더 빨라지고 솜씨도 더 좋아졌는데 어쩔 수 없는 일이었다. 하지만 사람이 죽으라는 법은 없었다. 어느 날 시장에서 천을 뜨다가 아이에게 옷을 만들어 입혔는데 누군가 어디서 샀느냐고 물었고 직접 만들어서 입혔다고 대답했을 때 반응이 아주 좋았다. 이 집 저 집에서 우리 애 옷도 만들어달라고 줄줄이 주문이 들어왔다. 그다음은 어른들 옷을 만들어달라는 주문이 쇄도했다. 그래서 해마다 여름이면 잠옷이며, 속옷이며 가볍게 걸치는 겉옷과 시원한 반바지, 통치마 원피스 같은 것을 만들어서 일부는 시장에서 팔고 일부는 동네 아지매들을 상대로 팔았다. 가을이면 긴 소매 겉옷이나 잠옷과 평상복을 만들어서 팔았다. 동네 사람에게는 싸고 야무진 바느질 솜씨로 척척 만들어낸 옷을 편하게 입어서 좋고 윤선네는 윤선네대로 짭짤하게 돈을 벌어서 정말 다행한 일이었다. 이 동네 사람은 물론 건너 동네에서조차 윤선네 재봉틀이 만들어낸 옷을 입지 않은 사람이 없을 정도라고 소문이 나면서 입소문은 건너 건너 동네까지 퍼졌다.

　"윤선네 솜씨를 누가 따라가노. 뭐든지 손에 잡히면 척척인데 누가 따라가노 말이다!"

　여기저기서 입을 모으는 동네 아지매들의 덕담에 큰 힘을 얻은 윤선네는 지금 생각해도 이 동네에 이사 오기를 정말 잘했다 싶었다. 동네에서 인정한 솜씨 덕분이긴 하지만 이 집 저 집 아지매들이 툭하면 반찬거리도 가져다주고 팔다 남은 채소도 들여주고는 하면서 윤선네는 채소를 사서 먹는 일이 그렇게 많지 않았다. 그것만으로도 참 고마운 일이었다. 돈이 문제가 아니었다. 마음 씀씀이가 정말 고마운 것이었다. 일하는데 힘들까 자주 윤선이를 데리고 가서 놀아주는 아지매도 있었다.

그러나 얼마 전부터 마음이 편치 않았다. 조금 쉬어도 몸 여기저기가 자꾸 아팠다. 삼 년 전에 첫째를 낳고 나서 몸조리 못한 것이 잘못됐지 싶었다. 그리고 이번에 둘째를 낳고 삼칠일도 되지 않아 마음이 급해 재봉 일을 한 것도 그랬다. 영숙이 아지매 말도 맞는 말이었다. '건강 잃으면 다 잃는 기다.' 팔다 남은 상추와 배추를 건네주며 잔뜩 걱정 어린 얼굴로 '좀 쉬어라카이!' 잔소리하는 것도 당연했다. 자주 체기가 생겨서 바늘로 체기를 내리던 것을 보다 못한 침쟁이 할매가 대침을 들이밀며 '자꾸 말 안 들으면 이 대침으로 아픈 데 사정없이 꾹 찔러 버릴 거라.'고 하는 말도 맞는 말인기다.

이 생각 저 생각을 하던 윤선네는 갑자기 마음이 급해졌다. 야매 파마하는 저 골목 안쪽 집 끝방에 사는 올드미스 자야 언니가 얼마 전에 한 말이 문득 떠올랐기 때문이었다.

"봐라. 윤선아. 지금은 니가 하는 일이 지금은 인기가 있지만 일이라는 기, 참 변덕이 많은 기라. 일이 있다고 늘 있는 것이 아이다 아이가."

했다. 그리고는

"나 한 번 봐라. 얼마 전까지 고데하고 파마하러 나이 든 할매나 젊은 여자들이 저 대문께서부터 줄을 섰다 아이가. 근데 지금은 확 줄어 뿐 기라. 미장원이 잘 된다고 소문이 나니 경쟁이 치열해진 거라. 저 행길 건너 갑자기 미장원이 세 개나 들어서고부터 지금은 어떻노? 내 손님 다 저리 가고 나한테는 손님이 별로 없다 아이가!"

하며 자신의 헐렁한 처지를 빗대었다. 잘될 때는 늘 일이 있는 것 같지만 어느 날 문득 일이 아주 끊어지는 날이 온다는 것이다. 세상은 급하게 바뀌고 있는데 미리미리 대처해 둬야 한다는 것이었다. 눈만 뜨면 쏟아지는 싼 나일론 기성복처럼 대량으로 나오는 새 물건과 경쟁이 안 될 것이라고 했다. 값도 싸면 그때는 어쩔 거냐고 했다. 그러니 일이 있을 때 부지런 떨어야 한다고 목에 힘을 주었다. 그래, 자야 언니가 자꾸 부추기는 것도 맞는 말이다. 윤선네가 재봉틀에서 내려 잠시 방바닥으로 몸을 누이면서도 마음이 불안한 것은 다 이 때문이었다. 한 이 년만 이대로 돈을 모으면 될 것이었다. 그래, 그래, 다시 마음을 다잡아야 한다. 윤선네는 새삼 가슴을 쓸어내리면서 고개를 끄덕였다. 그래. 조금만 더 참자. 조금만 더 참아야 하는 기다. 다독이고 또 다독였다.

이제 작은 방을 세놓으면 지출을 줄일 수 있고, 일도 조금 줄일 수는 있을 것이다. 애들을 봐야 하고 몸도 더 돌보아야 했다. 그러나 다른 한편으로는 조금만 더 조금만 더 있다가 그때 줄여야지 했다. 이 생각도 맞고 저 생각도 맞으니 어찌해야 할지 난감했다. 마음이 싱숭생숭한 것이 어디 오늘 내일의 일은 아니었다. 하긴 집만 장만하면 일을 줄일 수 있으리라고 생각하면 사실 못 참을 일도 아니었다. 언제고 집주인이 마음이 바뀌어 집세를 올리면 새로운 동네로 또 이사 갈 수도 있다. 전에도 그랬다. 집주인이 집세를 쉽게 안 올린다고 했지만 결국 자기네 사정이 힘들어서 어쩔 수 없다고 하며 올렸었다. 이제 아직은 일감도 있고 하니 아이가 클 때까지만이라도 한곳에서 살고 싶은 것이었다. 윤선네는 갑자기 눈가에 눈물이 어렸다. 집에 대한 기억이 윤선네의 마음 깊은 곳에서 예리한 송곳 끝처럼 괴롭혔기 때문이었다. 어릴 때의 서러움이 자꾸 목울대에 걸려 끅끅거렸다. 어찌 됐든 뭐니 해도 전셋집을 벗어나서 내 집을 갖는 꿈을 꼭 이루어야 한다. 꼭 내 집을 장만해야 하는 것이다. 지금 사는 집의 집주인인 영숙이네 형님은 사람이 좋아 절대 그렇지 않을 것이라고는 생각하나 세상이 어떻게 변할지도 모르고 아이가 더 크기 전에 집을 장만해야 한다는 것에는 변함이 없었다. 그리고 얼마 전에 둘째도 낳았으니 이제 더는 미룰 수 없이 절실해졌다.

윤선네가 소스라치며 일어났다. 깜빡 잠이 든 모양이었다. 윤선이는 잠이 깊이 들었고 갓난쟁이도 쌕쌕거리며 잠에 빠져 있었다. 탁상시계는 거의 열한 시를 가리키고 있었다. 불을 켜지 않은 방은 달빛이 환하니 밝혀주었다. 진작 그친 하모니카 소리보다 기타 연주는 여운이 길었다. 집안의 대들보가 되어야 한다는 어른의 말씀에 아무런 저항도 없이 자신의 꿈을 접은 오빠가 새삼 마음에 걸리는 것이었다. 큰 조선소에서 솜씨 좋은 기술자가 되었으니 한결 낫긴 하지만 요즘도 기타를 치는지 물어본 적이 없었다. 왠지 마음 한쪽이 씁쓸해지는 것은 어쩔

수 없었다. 윤선네가 시계를 보면서 오늘따라 남편의 늦은 귀가가 걱정
되는 것도 그랬다.

선술집 사람들

33.

고 씨는 선술집 창유리 먼지를 닦으며 눈앞에 쭉 뻗은 영도다리를 무연히 바라보았다. 창문을 활짝 열어젖히고 현관문까지 활짝 열어놓아야 늘 그렇듯 바닷바람이 머뭇거리지 않고 들이칠 것이다. 오늘따라 바다가 유난스럽지 않으면서 아름다운 여름 저녁 풍경을 볼 수 있는 것도 다 복이지 싶다가도 가끔 울컥 이는 그 무엇을 어찌할 수 없었다. 저 다리 너머의 세상, 막 어두워지기 시작한 도시의 화려한 불빛이 매일 새삼스러웠고 여전히 낯설었다. 여기서 산 지도 벌써 십수 년의 세월이 아닌가. 이젠 익숙할 만한데도 가슴이 쓰려왔다. 손끝에 밴 매운 고추처럼 따갑고 석연치 않았다. 아직 태풍의 여운이 남아 있긴 하지만 곧 이국적인 저녁 풍경을 연출할 것이다. 말재간이 별로 없는 고 씨지만 뭐라 말할 수 없으리만치 아름답다는 것은 알았다. 해안에 사는 사람들이 이따금 바다 끝에 서 있는 이유도 이거지 싶었다. 그래서인지 덩달아 마음이 들떴다. 이곳에 온 뒤부터 매번 처음인 듯 새롭고 설레었다. 내륙 깊숙한 고향 영동에선 어림없는 일이었다. 태어나서 이곳으로 피란 올 때까지 머릿속에는 첩첩의 깊은 산 너머 한순간에 꼴깍 넘어가는 해를 본 기억밖엔 없었다.

해 질 녘 어스름은 하루 중 어느 때보다 살가웠다. 한없이 보드라웠고 더없이 아름다웠다. 곧 넘어갈 것만 같았던 해가 숨을 헐떡이며 바다를 가로지른 다리에 꼼짝없이 걸릴 때면 고 씨는 가슴이 철렁 내려앉았다. 이별을 앞둔 연인의 처연함이 저럴 것이었다 번화한 항구도시는 차도를 따라 늘어선 가로등이 일제히 켜지면서 활기를 띠었다. 어둠이 성큼성큼 땅으로 내려앉을 때마다 아치형 영도다리 아래의 작은 어선들은 숨이 넘어갈 듯 허덕이다 이내 바다에 몸을 반쯤 묻었다. 남태평양에서부터 제주도와 일본 남쪽 오키나와를 통과하면서 경남 일대와 부산과 동해를 중심으로 일본 오사카로 곧장 들이닥친 태풍은 오후 들어 잦아들었다. 그나마 다행이었다.

곧 어둠은 무엇이든 집어삼킬 것이다. 그리고 시침을 뚝 뗄 것이었다. 불빛을 좇아 끊임없이 밀려드는 부나비 같은 사람들의 발에 밟혀 뒤척이며 어둠 속에서 활활 타오를 것이었다. 한편으로는 휘황한 네온사인 간판이 번쩍 눈을 뜨며 때를 기다렸던 사람들을 불빛 속으로 유혹할 것이었다. 사람들은 삼삼오오나 둘씩 어울려 허우적허우적 불빛 속을 마치 제 어미 가슴 속인 듯 안겨들 것이었다. 어떤 이들은 휘황한 네온 간판 뒤 어두운 골목 속으로 사라질 것이고 어떤 이들은 비릿한 소금 기에 잔뜩 전 해안 도시의 아랫도리를 거침없이 마냥 쏘다닐 것이었다. 고층 빌딩 상가 유리창에 번진 화려한 불빛은 연신 바닥으로 뛰어내릴 때 기다렸다는 듯 근처 해안은 쉬지 않고 검푸른 파도를 힘껏 밀어 올렸다가 저만치 달아나며 비린내를 훅 게워 올리기도 할 것이었다.

여긴 대도시 부산이 아닌가. 마음만 먹으면 언제든지 바다를 볼 수 있고 일몰을 구경할 수 있는 멋진 곳이었다. 고 씨는 일하다가도 문득 바라본 바다의 일몰 풍경이 좋았다. 타향살이가 힘들 때마다 큰 힘이 되었다. 때 이른 손님이 들이닥쳐 바쁠 때나 탁자를 정리할 때 간혹 바다의 일몰 풍경을 놓칠 때가 있어도 일주일에 서너 번은 볼 수 있었다. 그래도 그게 어딘가. 이것도 다 복이었다. 충청도 시골 촌놈이 언제 이런 세상을 경험하긴 했나 말이다. 장사도 그랬다. 요즘만 같으면 금세 돈을 모을 수가 있을 것이다. 고 씨는 모처럼 일몰을 향해 돈 많이 벌도록 두 손 모아 빌고 빌었다.

선술집은 오늘도 초저녁부터 자리가 꽉 찼다. 고 씨는 술장사가 이제 어지간히 자리 잡았다고 자신했다. 요즘 들어서는 몸도 가볍고 기분도 한결 나아진 것이 그랬다. 손님이야 있을 수도 있고 없을 수도 있으나 장사는 늘 일정한 흐름을 탔다. 썰물과 밀물처럼 한 번 빠지면 두어 번 밀려들었다. 낮에는 국밥도 말고 국수도 팔고 김밥도 팔았다. 하지만 아무래도 저녁 장사가 좋았다. 술을 팔아야 돈이 되었다. 외상이 많기는 하지만 대부분 단골이었다. 장부에 달아놓았다가 월말에 한꺼번에 목돈을 받을 수 있어 그것도 나쁘지는 않았다. 더러 장사가 안될 때나 손님 구경이 힘들 때는 조금 적게 먹으면 되었다. 힘들게 모은 돈을 굳이 허물 필요는 없었다. 거짓말같이 곧 다시 손님들이 들이닥치곤 했다. 이 얼마나 다행인가. 대도시의 변두리라고는 하지만 역시 대도시였다. 일사 후퇴 때 중공군에 마구잡이로 등 떼밀려서 부산까지 피난 왔을 때는 절망했다. 어쩔 수 없는 막다른 골목에 갇혔다고 여겼다. 그러나 휴선이 뇌었는데도 고향엔 돌아가지 않았다. 먹고살 것들이 대도시에 많았기 때문이었다. 이젠 뭐니 뭐니해도 여기가 삶의 터전이었다. 정붙이고 살면 다 내 고향이라고 하지 않는가. 손님들도 대부분 외지에서 온 사람들이 많았다. 이들도 비슷한 심정일 것이었다.

고 씨는 불현듯 지난날이 눈앞에 떠올랐다. 부산은 꽤 살만했다. 고향 영동과는 비교가 안 되었다. 여기도 저기도 사람으로 넘쳐났다. 무엇을 해도 먹고 살 수 있었다. 한국전쟁 이후 이래저래 피난살이 십수 년의 세월에 잃은 것보다 얻은 것이 많았다. 고향을 어찌 잊을 수야 있으랴만 이제 되돌릴 수 없는 일이었다. 적으나마 먹고 살 수 있는 것에 감사해야 했다. 처음 피란살이 할 때는 앞이 막막했다. 고향으로 돌아갈 꿈을 꾸지 않은 것도 아니었다. 그나마 운이 좋아 크게 험한 일을 안 당하고 여기까지 왔던 것을 생각하면 가끔 꿈인가 싶을 때도 있었다. 이 일 저 일 안 해본 것 없었지만 결국 안사람 음식 솜씨를 믿고 선술집을 열 수밖에 없었던 것도 다 운명이고 팔자소관이라고 여겼다.

타향살이하는 대부분의 이 동네 사람들이 그렇듯 고 씨 역시 이 현실을 긍정적으로 받아들였다. 무엇보다 이제는 자리가 잡혀 단골손님이 꽤 되니 먹고사는 것은 물론 딸은 그렇다 치고 하나밖에 없는 늦둥이 아들을 대학은 보낼 수 있을 것이다. 이 녀석이 신통하게도 공부를 잘해주었기에 얼마나 다행한 일인가 말이다. 고등학교에 진학하더니 우등상을 받아오고 성적이 쑥쑥 올라가서 동네방네 자랑을 하고 싶어 입이 근질거리기도 하였다. 자식 자랑은 바보 칠푼이만 하는 것이라고 주변에서 핀잔줄까 차마 입을 열진 못해도 아들 생각만 하면 쿵쿵 가슴이 뛰는 것은 어쩔 수 없었다. 아들 바보라는 말을 들더라도 언젠가 꼭 자식 자랑할 날을 있을 것이니 마음은 더없이 든든하였다. 고 씨가 헛기침을 몇 번 한 후 실룩이는 입을 꽉 물고선 멀리 영도다리를 바라보았다. 이 모두가 조상님 은덕이려니 싶어 탁자를 닦아내던 두 손을 가슴에 얹었다. 여기 와서 생긴 버릇이었다. 한동안 희끄무레하던 여름 밤이 계단 꺾이듯 한순간에 어두워졌다. 일찌감치 온 손님은 진작 자리를 떴고 늘 그렇듯 그 자리엔 단골 술꾼들이 하나둘 찾아들어 벌써 만원이었다. 아랫동네 보세창고 다니는 김 씨와 해동호 기관장 박 씨

는 단골이었다. 하루건너 안 보이면 안부가 궁금해지는 것이다. 이 둘
은 각각 혼자 왔다가 합석하며 친해졌는데 김 씨가 먼저 오면 박 씨가
뒤이어 오고 박 씨가 먼저 오고 김 씨가 뒤에 와서 자연히 합석이 이루
어진 형국이었다. 나이는 위아래로 몇 살 차이가 났지만 금세 술친구
가 되었다. 합도 잘 맞아 보였다. 그런데 오늘따라 아까부터 뜬금없이
정치 이야기를 하는 것이 조금 마음에 걸렸다. 부러 그 앞을 왔다 갔
다 하고는 있지만 아마 별일이야 없을 것이다. 금기처럼 술집에서 정치
이야기는 하지 말아야 한다고 사람들이 말하지 않든가. 얼마 전에도
저 건너 동네 술집에서 친한 사람끼리 정치 이야기로 시작한 작은 언쟁
이 결국 큰 싸움으로 번졌다. 아무리 사이가 좋아도 정치 이야기 끝에
는 꼭 서로 치고받으면서 끝을 냈다. 술집에서 일어난 큰 싸움의 배경
은 거의 정치 이야기였다. 그 정도 정보쯤은 이미 알고 있던 고씨였다.
별일 없을 것이라고 여기지만 오늘따라 괜히 신경이 곤두섰다. 일단 싸
움이 나면 손해 보는 측은 술집이었기 때문이다. 어쨌든 가자미눈이
되어 여기저기를 살펴볼 수밖에 없었다. 탁자를 치우는데 열린 창문을
통해 시원한 맞바람이 불어왔다. 후텁한 소금기가 훅 코끝을 쳤다. 비
릿한 갯내음노 함께였다. 하지만 어제보다 오늘은 좀 살만했다. 술손
님들이 선풍기를 틀어달라는 소리를 아직 하지 않은 것이 그랬다.

34.

　초저녁 손님들이 거의 빠져나간 후 주점은 새로운 술꾼들로 채워졌

다. 술과 안주로 저녁밥을 대신하는 술 패거리만 남아 거침없이 웃어대며 왁자하니 이야기를 주고받았다. 김 씨와 박 씨도 작정한 것처럼 목소리가 점점 높아졌다. 술이 거나해져 목소리에 힘이 부쩍 들어가는가 싶었는데 갑자기 김 씨가 탁자에 탁주 잔을 거칠게 놓았다. 김 씨 얼굴이 불콰한 것이 전주가 셌던 모양이었다. 뒤이어 욱하는 괴성이 터져 나왔다.

"야아, 니는 어떻게 생각하노? 벌써 몇 년 지나긴 했어도 생각만 하면 자다가도 머리끝이 곤두서고 피가 거꾸로 솟는기라. 지금 나라 돌아가는 꼬라지 봐라. 4·19 학생 운동이 뭘 좀 바꿔주나 했는데 또 5·16 군사혁명이 일어났다 아이가. 이기 다 뭐꼬. 이게 무슨 꼴이고 말이다. 좀 제대로 나라가 돌아갈라카믄 운동이니 혁명이니 하는 것은 일어나지 않아야 하는 기다. 힘으로 밀어붙이지 말고 순리적으로 해결해야 하는 거 아이가. 국민 말에 귀 기울여야 한다 이 말이다. 참 내, 국민을 뭘로 보고!"

"그렇지요. 지금 나라 돌아가는 꼬라지가 또 뭔 일 나지 싶은 기… 마음이 조마조마한다 아입니꺼!"

"그기 무슨 소리고? 또 전쟁 날 거라는 말이가?"

"꼭 그거는 아니지만 여기저기 들리는 소리 들어보믄 심상치 않은 기…거, 베트남 전쟁에 우리나라 군인을 파병하는 것이 마 걱정되는 기라요."

"그거하고 우리나라 전쟁하는 거 하고 무슨 상관있는데?"

"미국이 우리나라 옆구리를 콕콕 찔러서 생떼 같은 젊은 아아를 남의 나라 전쟁에 총알받이로 막 써 먹겠다고 하는 기 아무래도 마음에 걸리는 기라예."

"그거야 나라가 잘 알아서 할 낀데 뭔 걱정이고."

"형님… 형님도 참, 한번 잘 생각해 보이소. 지금 우리가 그 모질고 혹독한 육이오동란 치르고 휴전한 지 얼마나 됐다고 또 전쟁터에 피 같은 젊은이들을 보내는가 말이요. 그기…그기… 말이 된다고 생각하 요? 이노무 나라 꼬라지가… 잠시도 편할 날이 없다니까!"

"육이오 전쟁은 북쪽이 먼저 도발한 거 아이가 말이다. 북한괴뢰군 과는 대화가 안 통한다 아이가. 동족을 난도질하는 나쁜 놈들이지! 그 놈들이 진짜로 나쁜 놈들인 기지! 우쨌든 베트남전은 나라가 알아서 잘 할끼구만."

"형님, 형님도 참, 아까부터 나라가 잘 알아서 한다는데 그기 무슨 소린교? 고양이한테 생선 맡기는 꼴이지 북한괴뢰군 놈들보다 더 나 쁜 놈이 남한 놈인기라요. 예나 지금이나 정치한답시고 지만 배 불리 는 부정부패만 일삼는 천하 나쁜 놈들! 이것들이 나라를 있는 대로 다 팔아먹고 뒤꽁무니로 돈 빼돌리고 공직도 지들 친한 사람 먼저 앉히고 돈으로 사고팔고 국민이야 숙는가 말는가… 핫바지 저고리로 알고 벼 룩이 털만큼도 관심 없는… 이노무시키들이 문제지요!"

갑자기 김 씨가 탁자를 탁, 치며 언성을 높였다.

"니는…니는 도대체 누구 편이고?"

김 씨 말이 떨어지기가 무섭게 박 씨도 탁자에 올려놓은 주먹을 부르르 떨며 움켜쥐었다.

"그라는…그라는 형님은 누구 편인교?"

한순간에 김 씨와 박 씨가 서로 얼굴을 가까이 대며 눈알을 데굴데굴 굴렸다. 평소에 볼 수 없었던 험악한 얼굴이었다. 온몸에 잔뜩 힘을 준 김 씨와 박 씨의 모습을 본 선술집 다른 손님들 일부는 금방이라도 큰 싸움이 날 것이라고 짐작했고 또 다른 손님은 그러려니 하며 못 본 척했다. 술집에서 다반사로 일어나는 일이라는 것쯤은 알고 있었다.

여기저기 왁자지껄했던 선술집이 한순간에 정적이 돌았다. 김 씨가 다시 목청을 높였기 때문이었다.

"니가, 니가 어디서 돈 받았나? 얼마 받았노!"
"어구야! 형님도 와그라는데요. 받기는 무슨 돈을 받았다고 그라요?"
"아니믄, 아니믄 니가 우째서 빨갱이 편을 드는가 말이다!"
"허허…형님, 형님도 정신 좀 똑바로 차리이소. 언제 내가 빨갱이 편을 들었다고 그라요? 내가 언제 빨갱이 편들었어예?"

박 씨가 고개를 빳빳이 세우고 김 씨 얼굴에 제 얼굴을 바짝 갖다 대었다. 김 씨는 얼굴이 순식간에 붉어지더니 주먹을 불끈거렸다. 금세라도 한 방 칠 자세였다.

“먼저 쳐들어온 놈들이 진짜 나쁜기라. 왜 멀쩡히 잘살고 있는 남쪽에 쳐들어오는가 말이다. 내 말이 틀렸나?”

“참, 형님은 나이가 몇 갠데…세상 돌아가는 거 아직도 모르는가배. 이제 사리 분별도 못하는가배요? 남쪽 정부가 다 썩어 빠져갔고 빨갱이가 쳐들어오는지도 모르고 지들끼리 서로 잘났다고 눈만 뜨면 치고받고 싸우다가 뒈지게 뒤통수 당한 거 아직도 모르겠소? 그런 놈들이 이제 미국에 돈을 받고 젊은 아아들을 베트남 전쟁에 총알받이로 팔아먹는다 이 말 아입니꺼. 도대체 이거는 알고 있는교?”

박 씨 말이 떨어지자마자 인상을 험악하게 구긴 김 씨도 소리치며 자리를 박차고 일어났다. 김 씨가 탁배기 잔을 들어 박 씨에게 쏟아부으려는 찰나 주인장 고 씨가 소리쳤다.

“여… 여, 이 보슈! . 그만해유. 마! 다른 손님도 있는데 와 이래유. 진정하고 양쪽 다…싸우지 마시유. 마…마, 큰소리 내지 말래니께유!”

박 씨가 고 씨를 돌아보았다. 지금까시 본 박 씨의 보습이 아니었다. 순간 갑자기 이러다가 큰 사달이 나지 싶어 고씨가 순간 목이 뻣뻣해져 어쩔 줄 모르고 있을 때 박 씨가 또 소리쳤다.

“입은 비뚤어져도 말은 바로 하라고 했다 아임니꺼. 우째서 우리가 우리 집안 단속 잘 못 한 것을 먼저 따져야지 도둑놈을 먼저 욕하는데요. 물론 도둑도 잘못했지예. 하지만 집안 단속도 제대로 안 한 주인이 더 나쁜 기라요. 더 잘못한 기라요.”

“뭐라꼬? 니 말 다했나? 마 우리끼리 잘살고 있는 집에 기름 뿌린 놈들이 잘못이지. 도둑놈들이 진짜로 나쁜 기라! 때려죽일 놈이제!”

김 씨가 씩씩대며 박 씨 앞으로 가슴을 들이댔다. 아까보다 언성을 더 높이는 것이 아무래도 곧 한바탕 난리가 터질 것만 같아 고 씨는 갑자기 마음이 다급해졌다. 분위기가 험악해져 더는 그대로 두어서는 안 되었다. 우리 선술집에서는 한 번도 이런 일이 없었는데 오늘은 와 이라노 싶은 것이다. 그러나 어찌해야 할지 마음만 급해졌다. 양쪽을 제지하면 못 이기는 척 그만둘 줄 알았는데 오히려 김 씨와 박 씨의 목청은 더 올라갔다. 양쪽 인상이 붉으락푸르락하는 것이 난리가 아니었다. 지난 십여 년 동안 한 번도 없던 일이었다. ‘우쨌든 우리 집에서는 싸움이 나면 안 되는 기라.’ 고 씨가 급한 마음에 욱하며 큰소리가 터져 나왔다. 안 할 말을 해버렸다.

“마, 그만하라니까유! 여서 이럴래면 마, 마, 다 나가유! 밖에 나가서 치고받고 싸우든가. 여기서 이러지 마시유! 근데, 말은 똑바로 해유. 남과 북이 총부리 들이대고 대포 꽝꽝 쏘고 하늘에서 폭탄 막 퍼부어서 우리한테 남은 것이 뭔 갭유? 우리처럼 고향 잃고 여기저기 떠돌이 신세가 된 사람들이 얼마나 많은가 말이유? 또 사람들은 얼마나 죽었는가 말이유? 그려, 말이야 바른말이지 어느 한쪽이 옳다 할 수 없시유. 아이고…남쪽이 옳고 북쪽이 틀렸다 해도 맞구유. 북쪽이 옳고 남쪽이 틀렸다 해도 맞구유….”

고 씨가 말을 미처 끝내지 못했는데 뭔가에 깊이 찔린 것처럼 움찔했다. 중간 입장에서 싸움은 말리되 어느 쪽이든 편은 들지 말아야 하는 것은 불문율이었다. 물론 이쪽도 저쪽도 다 잘못했다고는 했으나 결론적으로 이미 발 하나를 싸움판에 들이민 꼴이 되었다. 그러나 이때를 놓치지 않고 득달같이 박 씨가 주인 고 씨를 향해 얼굴을 들이대었다.

"주인장 아제요. 말은 똑바로 하입시더! 조선 시대 당파 싸움꾼들처럼 지금 우리나라 정치판이 썩은 기라예. 얼마나 많은 사람이 죽었는지 아요? 육이오 전쟁이 와 났는지 아직도 모르는교? 그리고 베트남 전쟁에서 우리나라 군인이 얼마나 죽어 나가는지 아제는 아무것도 모르지예?"

박 씨 말이 떨어지기 바쁘게 괜히 말을 거들어 엄한 불똥을 맞았다고 생각한 고 씨가 어찌할 줄 모를 때 갑자기 김 씨가 주먹으로 탁자를 내리치며 소리쳤다. 눈알을 부라리며 얼굴을 바싹 들이대었다. 아, 아! 이런 일이… 여기서 이런 일이 일어날 수는 없었다. 큰 소리로 싸우는 것은 물론이고 문제는 제일 연장자이면서 이 집 주인인 자기에게 막무가내로 눈을 부라리고 큰소리치는 것에 있었다. 그 어느 호로새끼가. 연장자인 자기에게 소리치고 눈알을 부라린 적은 지금까지 아무도 없었는데… 이게… 웬일인가 말이다. 순간 열이 머리끝까지 올랐다. 그러나 목울대가 달달 떨리면서 얼른 말은 나오지 않았다. 이상한 일이었다.

"말이 점점 이상하네요. 형님,… 공산당이 더 나쁜 놈들인지 강도나 도둑놈들이 더 나쁜 놈들인지 아직도 잘 모르는교?"

김 씨가 갑자기 고 씨에게 형님이라고 말하며 얼굴을 들이댔다. 갑자기 달라진 상황에 고 씨가 잠시 멍해 있을 때 다시 김 씨가 목소리를 착 내리깔며 고 씨를 빼딱하게 올려다보았다. 그제야 고 씨는 정신이 번쩍 들었다. 김 씨와 박 씨가 벌인 언쟁을 말리려다 자신이 말려든 꼴이 되었다는 것을 깨달았다. 이런 난감할 데가. 평소 신념은 어디 가고 그예 이 사단을 만들었을까. 그냥 둘 다 나가라고 했으면 될 것을 쓸데없이 남쪽 어쩌고 북쪽 어쩌고 그럴 필요까지는 없었다. 단골손님한테 감정 상하게 나가라고 했으니 그게 문제였다. 남정네들이 술 먹고 싸운 꼴을 한두 번 본 것도 아니고 모르는 척 안 본 척하면 그만일 것을 왜 그랬나 생각하니 갑자기 스스로 부아가 치밀었다. 더 큰 문제는 집사람한테 또 한 말 듣게 생겼다는 것이다. 웬만하면 이런 일이 일어날 일이 없었다. 술집이니 술 먹고 작은 다툼은 가끔은 있긴 했다. 어찌 됐든 조심하고 있던 터였다. 그러나 이미 일은 벌어졌다. 판이 굴러가게 내버려 둬야 했다.

35.

한쪽에서 잠시 마음을 다독이던 고 씨는 갑자기 속이 부글부글 끓어올랐다. 아무리 생각해도 뭔가 잘못되었다. 기분이 몹시 나빴다. '그래 말이 나왔으니 그렇지 사실 남한이고 북한이고 우리끼리 싸워서 이 사단을 만든 것은 맞잖은가 말이다.' 평소에 가지고 있던 생각이 뱃속 저 아래서부터 울컥 치밀어 올라왔다. 피난살이 끝에 기어이 고향 영동에 돌아가지 못하고 한반도 남쪽 부산 영도의 한 끄트머리에 살수밖에 없었던 것도 몹쓸 전쟁 때문이 아닌가 말이다. 그간 가라앉아 있던 이런저런 복잡한 심사가 욱하며 치고 올라왔다. 한편에서는 아니, 이러면 안 되는데… 주저주저하는 마음도 동시였다. 그때 박 씨가 들고 있던 소주잔을 탁자에 탁 내리치며 중심을 잃고 비틀거렸다. 기어이 한 판 붙을 모양이었다. 순간 고 씨는 난감했다. 무심결에 주방 쪽을 흘깃 보는데 집사람이 부동의 자세로 국자를 꼭 움켜쥐고 고 씨를 째려보고 있었다. 아까부터 보고 있었는지 고 씨와 눈이 마주치자마자 힘을 주며 눈썹을 위로 바싹 치켜올리는 것이었다.

"아제요, 아제는 그렇게 말하면 안 되는 기라요. 코가 비뚤어져도 말은 똑바로 하입시더. 세상이 다 안다아입니꺼. 육이오동란은요. 배우고 똑똑하고 잘난 놈들이 다 정치를 똑바로 못해서 일어난 사단 아이요? 지만 잘난 기라. 해방되고요… 그 이전에도 그랬지만 그 이후에도 나라 꼬라지 잘 생각해보소. 처음부터 힘없는 국민은 안중에 없었던 기라. 쫓기면서 급하게 일본 놈들이 버리고 간 거 더 저들끼리 집 차지하고 땅 차지하고 권력도 나눠 먹고요… 지 뱃속만 불린 기라. 그거 모르는 사람 이 땅에 있는 기요? 문제는요 사실 그 다음인 기라요. 집안 좋고 뭐 좀 배웠다는 놈들이, 똑똑하다고 잘 났다는 놈들이, 정치를 안다는 놈들이 나라를 두 동강 만든 거 아니요? 그 노무 공산당하고 치고받다가 질 만하니까 우리끼리 잘 해결할 생각 안 하고 외세를 끌어들인 거 아이요? 아무리 봐도 남쪽 탓이 더 큰 기라요! 해방되고요. 왜놈 물러간 다음 큰 자리 차지한 놈들이 다 왜놈한테 빌붙어 묵고 살았던 일제 잔재들 아인교? 그것들이 또 저거들끼리 욕심 채우기 바빠서… 한눈팔고 있다가 정치 화합 못 한 건 고사하고 우리끼리 성질대로 치고받고 싸우고… 죽기 살기로 싸우기만 바빴으니까 …공산당 놈들이 요때다하고 간을 보고 쳐내려온 것 아닌가 말이요. 시면 떨지나 말지… 아무것도 모르는 것들이 실력도 안 되는 것들끼리 밤낮 큰소리만 박박 쳐대고 니가 옳니, 네가 옳니 해싸니 아무것도 막지 못한 거 아닌가 말이요.… 아제도, 아제도 다 알면서 그라믄 안 되는기라요.”

어조를 다소 누그러뜨린 박 씨가 턱을 치켜들고 동의를 구하는 듯 고 씨를 빤히 쳐다보았다. 술이 거나한 줄 알았는데 그게 아니었다. 말짱한 얼굴이었다. 술 먹고 술기운에 행패 부린 줄 알았는데 그게 아니었다. 고 씨는 난감해졌다. 순간 주방 쪽에서 국자를 든 채 서 있던 집사람이 상황 파악이 다 끝났다고 생각했는지 안쪽으로 사라졌다.

“아니, 아니…그게 아니라니까…내 말은…”

이성을 되찾고자 했지만 이제 너무 늦었다. 집사람은 보이지 않았으나 고 씨의 신경은 온통 주방을 향해 있었던 터라 다리가 후들거렸다. 싸움이라고는 제대로 해본 적 없이 지금까지 무난하게 살아온 것이 아니었던가. 싸울 일이 있어도 피하고 살아오지 않았는가 말이다. 예상치 못하고 일어난 이런 일은 지금까지 더욱 경험하지 못한 것이었다. 그러나 그 와중에서도 이상하리만치 머릿속은 핑핑 돌아갔다. 술이 과했다 싶어도 박 씨 말은 일리 있는 말이었다. 일목요연하게 앞뒤를 잘 맞추어서 설명했다. 세상 공부를 많이 한 것이 틀림없었다. 충분히 공감이 가는 말이었다. 평소에 울컥하고 치밀어오르는 현실을 생각하면 다 맞는 말이었다. 선술집에서 싸우는 것은 안 되긴 하지만 말은 틀린 게 없었다.

하지만 다음 순간, 정신을 가다듬어야 했다. 무슨 일이 있어도 여기서 싸움이 일어나서는 안 되었다. 내가 어떻게 일군 사업체인데 여기서 이러면 안 되는 것이었다. 이제 어지간히 자리 잡았는데 말이다. 내가 아프면 누가 도와줄 것인가. 누구한테 기대어야 하는가. 고 씨는 다른 것보다 술이 과해서, 정치 이야기를 해서 폭력이 일어나는 것은 어떡하든 말려야 했다. 술이 과하면 패가망신하는 지름길이지만 상처를 봉합하고 화합할 수 있는 좋은 약이기도 했다. 고 씨의 경험상 그랬다. 고 씨는 남한과 북한의 전쟁이 만든 비극적 풍파 역시 결국 대화가 안 되고 우리끼리 싸우다가 일어난 것이라는 결론을 낸 나름의 원칙을 갖고 있던 터였다. 사람이 살면서 너는 틀렸고 나만 옳다는 말이 결국 원수를 만드는 지름길이라는 결론에 동의하고 있던 터였다. 원수는 멀리 있지 않은 법이다. 가까이 서로 아는 사람끼리 만들어지는 것이라는 생각에는 지금도 변함이 없었다. 그러니 무슨 일이 있어도 이 싸움은 말려야 했다. 이 생각 저 생각에 마음이 복잡했고 그 짧은 시간에 보였던 자신이 행동이 한심스러웠다. 나잇살은 먹어서 도대체 이게 무슨 꼴인가 말이다. 그때 김 씨가 어조를 누그러뜨리며 고 씨에게 다가왔다.

"말이야, 바른말이지. 육이오 전쟁은 다 중공군하고 소련군이…그러
니까 공산군이 도와줘서 터진 거 아입니꺼. 그노무 공산당이 문젠기라
요. 공산당이 뭔데 지들이… 그 험한 임진왜란 때 왜놈한테서도 잘 지
켜온 우리나라를 집어삼킬라꼬 덤벼드나 말입니다. 내 말은… 이 말이
라예."

한결 차분해진 김 씨가 조심스레 박 씨와 고 씨를 훑어보며 또박또
박 말을 이어갔다. 아직도 자기주장이 먹혀야 한다고 여기는 모양이었
다. 그때 기다렸다는 듯 박 씨도 뭔가를 말하려는데 고 씨가 두 손을
들어 양쪽을 제지했다.

"아따! 우리끼리 와 이라는데? 봐라, 내 갱상도 말 잘 하제? 하하.
내가, 내가 이 중에서 내가 나이가 제일 많으니까 형님이라고 생각하
고…마, 이제 마 그만해라! 내가 술 한 잔 사꾸마! 자, 여기에 모여 앉
거라."

사실 그렇다. 이쪽 손님도 손님이고 저쪽 손님도 손님이다. 다 돈 벌
어다 주는 손님이다. 장사하는데 옳고 그른 것이 어디 있는가. 주인장
고 씨가 얼른 허리를 세우고는 양쪽을 번갈아 보며 눈웃음을 지었다.

"아제, 다 우리끼리 치고받고 싸운 거는 정말 나쁜 기라. 안 그라요.
와, 그 조선 시대 때 고위 관직 대신이라는 기, 공부도 많이 한 양반집
것들이 저들끼리 옳네, 그르네, 치고받고 권력 싸움하다가 임진왜란과

병자호란 일어나고 왕이 도망가는 온갖 불상사가 일어난 기라예. 우리는 다 안다 아입니꺼. 역사를 보면 탁 답이 나오는 기라예. 그거는 아시지예? 나라가 두동강이 난다캐도 절대 잊어뿌리면 안 되는기라예.”

박 씨가 한결 누그러진 어조로 아까 못한 말을 마저 내뱉었다.

“그때도 수많은 백성만 억울하게 죽었지예? 왕은 지 혼자 살라꼬 저 함경도로, 남한산성으로 도망갔다 말입니더. 길거리에서 왜놈한테 청나라 놈한테 칼 맞아 죽고 총 맞아 죽은 백성들이 다 누구 때문에 생긴 겁니꺼? 지금 이 꼬라지하고 다른 기 하나도 없다아임니꺼.”
“맞다, 맞다. 니 말이 맞다. 나라꼬라지가 어떻게 될라꼬 이라노 말이다.”

진작 술이 깬 김 씨가 한결 누그러져 박 씨의 말에 동조했다. 박 씨가 말을 마칠 때를 기다렸던 고 씨는 두 사람을 부드럽게 다독였다. 그리고 평소의 제 소신을 죽 늘어놓았다.

“맞다. 저기 용두산 공원에 이순신 장군 앞에서 똑바로 마주 서 봐라. 지금도 가슴이 써늘한 것이 그때 이순신 장군이 없었다면… 어떻게 됐을지 안 봐도 답 나온다. 우리나라를 구한 사람은 그 장군뿐이라카이. 임진왜란 때는 참 기가 안 찼나. 이순신 장군 아니었으면 우리 지금 이렇게 살 수도 없제. 나라를 지키는 사람은 옛날이나 지금이나 다 따로 있다는 말인기지. 거, 빨갱이 놈들… 아무래도 북쪽 인간들이 문제라니까.”

고 씨의 말이 끝나자마자 박 씨가 고 씨를 향해 어조를 낮추라는 시늉하며 한마디 던졌다.

“아저씨. 그 말도 맞는데예. 우리 동네에도 북에서 내려온 피란민 아인능교. 말 조심하이소 마. 그리고 말은 똑바로 하입시더. 고구려 광개토대왕이나 고려 강감찬 장군 아니었으면 우리나라가 애 저녁에 진작 또 어찌 됐을 껍니더.”

박 씨가 고집스레 끝까지 제 할 말을 다 할 때까지 웬일인지 김 씨는 아무 말을 하지 못했다. 잠깐 어깨를 울리더니 한마디 툭 던졌다. 아까보다는 힘이 많이 빠졌다. 고개를 끄덕이면서 말을 잇는 모습이 한결 누그러져 보였다. 그러면 그렇지, 이 둘은 좋은 술친구 아이가. 고 씨는 이제야 안심이 되었다.

“그래, 그래. 남 탓할 거 없다. 다 우리 탓이다. 우리끼리 죽자고 싸우는데 남 말해서 뭐 할 것이여? 뭐가 옳고 그른 것이여?”

고 씨는 이제야 마음이 편안해지는 것이었다. 오늘 하루도 이렇게 무사히 잘 넘어가야 하는 것이다. 벽시계를 보는데 벌써 아홉 시가 넘어가고 있었다. 열 시 되기 전에 통행금지 시간 전에 여유를 두고 문 닫을 준비를 해야 할 것이었다.

36.

　고 씨가 자리에서 일어서는데 누군가 불쑥 들어왔다. 사법 고시생이 아무개였다. 한 며칠 안 씻었는지 다 헝클어진 머리칼에 후줄근한 모양새가 상거지였다. 그는 의자에 등을 기대고는 곧장 주방을 향해 당당하게 소리쳤다.

　"아지매, 나 뜨끈한 국밥 하나 얼른 말아 주이소. 예!"

　평소에 사법 고시생을 안타까이 여기고 있던 안주인이 사법 고시생의 목소리를 알아듣고는 반색하며 주방에서 나왔다. 얼른 한쪽 구석에 자리 하나를 만들어서 사법 고시생을 앉히고는 '내 퍼뜩 국밥 내오꾸마!' 하며 다시 주방으로 사라졌다.

　그가 앉자마자 고개 맞대고 한쪽에서 술 한 잘 걸치고 있던 남정네 서넛의 시선이 일제히 쏠렸다. 그때 김 씨가 구원투수를 만났다는 듯 말을 툭 던졌다.

　"야, 니… 잘 만났다. 니가 좀 말해봐라. 니는, 우리나라에서 제일 일류대학인 서울법대를 졸업했다 아이가. 맞제?"

　"…? 무슨 말요? 아, 저는예. 지금 배고파서 밥 먹을라꼬 왔심더. 세상이 아무리 험악해도, 세상없어도 배고프면 밥부터 먹어야지예."

　밥 먹는 것 외엔 아무런 관심 없다는 듯 툭 내던졌다. 사법 고시생의 무뚝뚝한 말에도 그래도 말을 제대로 붙여야겠다 싶었는지 김 씨가 질문을 던졌다.

"니는, 그… 뭐, 월남전에 대해서는 좀 알제? 뭐 좀 아는 기 있나?"
"아, 그거요? 난 또 뭐라고…그 젊은 아아들, 피 빨아먹는 거예?"

사법 고시생은 딱 한 마디만 했다. 그리고 시선을 창밖으로 던졌다. '젊은 아아들 피 빨아먹는 거'라는 말에 김 씨의 귀가 번쩍 뜨였다. 더구나 '피 빨아먹는 거'라는 말은 뭔가 심상치 않았다. 지금 한창 난리가 난 월남전에 대해서 아무도 모르는 뭔가를 잘 알고 있는 것 같았다. 벌써 저 윗동네에서도 안쪽 골목 동네에서도 월남전에 파병된 젊은 이가 있다는 소문이 돌았기 때문이다. 하지만 그뿐이었다. 더는 말이 없었다. 잠깐의 침묵이 선술집 안을 돌았다. 그 순간 김 씨가 다시 정적을 깼다.

"니는, 니는 군대 갔다왔으니께 다시 갈 일은 없지만서도 지금 이 나라 꼬라지가 어찌 될 거 같노?"

뭔가 잔뜩 기대한 김 씨가 목소리를 깔고 재차 물었으나 사법 고시생은 얼굴도 들지 않고 술집 안주인이 차려낸 국밥에 반갑게 코를 박았다. 뜨끈한 국물을 서너 번 떠먹더니 국밥에만 열중했다. 그러나 계속되는 질문에 못 이기는 척 잠시 고개를 들고 한 마디를 툭 던졌다.

"아제요. 저 지금 배가 억수로 고프거든예. 얼릉 밥 좀 먹을랍니더."

아닌 게 아니라 후줄근한 것이 사법 고시생의 형국도 말이 아니었다. 뜨거운 국밥 한 그릇을 후딱 먹어 치우는 것이 며칠을 굶은 듯했다. 김 씨, 박 씨 그리고 술집에 온 남정네들이 주방 근처 작은 탁자에 앉아 순식간에 국밥을 비우는 모습을 넋을 놓고 보았다. 저 한길 건너 나무 전거리 지나 전차 종점 부근에서 산다는 말을 들었을 뿐 정확하게 사는 곳도 잘 모른다. 무슨 일인지는 잘 알 수 없으나 이 동네에 가끔 나타나는 이 청년은 세상 돌아가는 것을 뭔가 알 것 같아 믿음이 간 건 도 사실이었다. 우리나라에서 그 어렵다는, 최고의 학생만 간다는 서울법대생이지 않은가. 뜬소문으로 사법 고시 삼수 중인 것과 머리가 천재라고도 했다. 간혹 이상한 말을 한다는 소문이 돌긴 했으나 그가 입을 열 때면 한순간 주위가 조용해지는 것은 사실이었다. 그가 내뱉는 말 한마디 한마디를 놓치지 않으려고 귀를 기울이는 모양새였다. 하지만 청년은 한 번도 시원한 답을 내놓은 적은 없었다. 아니 그 어떤 답을 제대로 한 적이 없었다.

사실 천재라는 말도 건너 건너 들어온 말이었다. 청년의 형색은 또 왜 이리 후줄근한 것인지도 알 수가 없었다. 법대를 마치고 군대를 다녀와서도 오직 사법 고시에만 매달린다는 소문만 낭자한 것이었다. 중요한 것은 천재만 들어간다는 서울법대 졸업을 미루고 사법 고시만 죽어라 파고 있다는 것을 전해 들은 선술집 안주인이 유달리 이 청년을 아낀다는 것이다. 그 예로 아무 때나 와서 밥 달라면 아무런 조건 없이 밥을 준다는 것이었다. 물론 돈을 내는 것을 본 적은 없었다. 처음엔 의아했지만 고 씨는 은근히 집사람의 속내가 따로 있어 아들 입시 과외를 부탁하려고 그러려니 대강 짐작할 뿐이었다.

그런데 허겁지겁 국밥을 먹다 말고 사법 고시생이 땀 범벅이 된 얼굴을 들었다. 그리고 김 씨와 박 씨를 향해 질문을 던졌다.

"근데, 아제들요. 내 한 가지 물어보입시더. 아제들은… 배가 고파서 밥을 묵는기요? 아니면…밥이 묵고 싶어서 묵는기요?"

"그, 그거야… 배가 고파서 묵는 기지."

김 씨가 뭘 그런 질문을 다 하나 싶어 무심결에 시큰둥하니 말을 받아쳤다. 곧이어 박 씨도 그 정도는 별거 아니라는 듯 말을 던졌다.

"어데…, 밥은 먹고 싶어서 묵는 기라."

고 씨가 두 사람의 대답을 듣고 보니 왠지 이 말도 옳고 저 말도 옳은 것 같아서 우물쭈물하는 사이 사법 고시생이 고 씨를 빤히 쳐다보면서 고개를 외로 꼬았다.

"아제는 생각은 어떤교?"

"아…나도 마, 그러니까…그게, 배가 고프니께 밥을 묵는기라고 생각한다. 근데… 가만 생각해 보면 먹고 싶어서 먹는 경우도 많은 기라. 근데… 그게…질문이나 되나? 그게… 그거 아이가?"

어정쩡한 고 씨 말끝에 김 씨가 얼른 되받았다.

"형님은요! 그 간단한 걸 가지고 또 헷갈리나 보네요. 밥은요. 밥은 배가 고프니까 묵는 기지요. 어째서 묵고 싶어서 묵는기요?"
"밥은 묵고 싶어서 묵는 경우도 많다니까네!"

박 씨가 김 씨 말에 지지 않고 얼른 되받는데 사법 고시생이 자리를 떨치고 벌떡 일어나더니 껄껄껄 웃어젖히며 거침없이 말을 던졌다.

"아제들요. 아제들 말은요. 둘 다 맞고요… 또, 또… 둘 다 틀렸다아 입니꺼!"
"야! 너… 서울법대생이라는 게… 어른들 앞에 놓고 장난치냐? 그게… 그게 어째 답이고?"

김 씨가 목소리를 한껏 올릴 때 박 씨와 고 씨는 어정쩡하니 사법 고시생을 쳐다보았다.

"하하하, 아제요! 사실요. 내가 그 정답을 알면 사법 고시를 세 번이나 떨어졌겠심니까? 그나저나 우리 젊은 아아들을 그 무자비한 베트남 전쟁터에 미국이 보내라캐서 보낸 기 아이고, 한국이 먼저 보내겠다고 한 거는 알고 계시지예? 돈이면 최고아입니꺼. 군인들 목숨값 많이 준다카데예."

사법 고시생 말이 떨어지자마자 고 씨 아들이 선술집으로 불쑥 들어오더니 씩씩하게 주방을 향해 소리쳤다.

"엄마! 엄마, 지금 내가 억수로 배가 고프거든! 얼른 국밥 한 그릇 말아도!"

귀에 익은 목소리에 고 씨가 얼른 고개를 돌렸다. 아들 문석이었다. 올해 고등학교 1학년이었다. 그래, 내 아들! 갑자기 이 녀석을 보니 괜히 가슴이 뭉클했다. 이 녀석만큼은 무슨 일이 있어도 일류 대학을 보내야 한다. 그리고 꼭 집안을 다시 일으켜야 한다. 중학교 밖에 나오지 못한 자신의 한을 갚아줄 유일한 아들이었다. 죽도록 돈을 벌고 고생하는 낙을 이 녀석에게 얻을 수 있어야 했다. 오늘같이 속도 배알도 없이 이 손님 비위 맞추고 저 손님 비위 맞추고 온갖 힘들고 어려운 일을 하는 것도 다 하나밖에 없는 이 아들 녀석 때문이었다. 아들도 알고 있을 것이다. 집사람은 한술 더 떴다. 이 고생이 누구를 위한 것인가를 틈만 나면 아들 앞에서 읊어댔다. 딸이야 잘 키워서 참한 데 시집을 보내면 그만일 것이지만 아들은 그렇지 않다는 것이었다. 그러니 사법 고시생한테 비싼 외아들 과외를 맡긴 그 마음을 충분히 알고 남음이 있었다.

그러나 고 씨는 자꾸 뒤가 캥겼다. 사법 고시생의 말이 자꾸 귀에 맴돌았다. 밥은 배가 고파서 먹는 것인데 먹고 싶어서 먹는 기라고 한 것은 도대체 무슨 말인가. 공부를 많이 했으니까 아는 것도 많을 것이었다. 그 말이 자꾸 마음에 걸렸다. 뭔가 옳은 말일 것도 같고 아닐 것도 같아서였다. 아닌 게 아니라 요즘은 세상 돌아가는 것이 갈수록 석연치 않았다. 신문을 봐도 라디오를 들어봐도 금방 알아들었다가 다음 순간 헷갈리는 것투성이였다. 하지만 다른 건 몰라도 '밥은 배가 고파서 먹는 기가 맞는데' 혼잣말하며 고개를 흔들면서도 누가 잡아채기라도 하듯 자꾸 뒤가 당겼다. 하루가 다르게 밑도 끝도 없이 불안한 마음도 어쩔 수 없었다.

술손님들이 하나둘 빠지고도 끝까지 남아 있던 김 씨와 박 씨도 이제 가겠다며 일어섰다. 술이 조금 깼는지 한결 누그러진 자세로 고 씨에게 꾸벅 인사하고는 소란을 일으켜서 미안하다고 말한 후 사라졌다. 사법 고시생과 아들이 추가로 얹은 뚝배기의 나머지 국물을 후루룩 마시고 남은 밥알을 긁어먹는 소리만 드그륵 드그륵거렸다.

집사람이 말린 누룽지를 아들과 사법 고시생에게 주전부리로 나누어주고는 뒷정리하러 주방으로 들어가자마자 사법 고시생과 아들은 책을 꺼내 들었다. 조용해진 선술집 식탁에서 책을 펼쳐놓고 아들은 질문하고 사법 고시생은 친절하게 설명하고 이해를 시켰다. 보기 좋았다. 집사람이 언제 이걸 다 대비했나 싶어 갑자기 마음이 든든해지는 고 씨였다. 집사람은 뭐든지 나보다 한 수 위라니까. 흐뭇한 웃음을 짓는 고 씨는 이 둘에게 방해가 되지 않게 밖으로 나갔다. 그리고 바다로 난 길을 천천히 걸었다. 한결 시원한 바람이 찝찔한 소금기를 고 씨 얼굴에 대강 바르고는 어둠 속으로 사라졌다. 저 멀리 영도다리 위를 밝히고 있는 희미한 가로등은 두어 시간 뒤 통금 시간에 맞추어 꺼질 것이었다. 그 부근을 밝히고 있는 건물들의 전등도 마찬가지일 것이었다.

선술집은 오늘도 잘 마감할 수 있었다. 하마터면 큰일 날뻔하지 않았는가 말이다. 사람 사는 것이 이런 것 아니겠나. 누구 옳고 누가 그른지는 모르겠지만 오늘처럼 자기주장은 할 수 있어야 한다고 고 씨는 생각했다. 아까 한바탕 소란이 있었을 때 어른들 눈치에 할 말도 못 한 채 살아왔던 지난 세월이 떠올랐었다. 오래 잊고 있었던 기억이었다.

그때는 어른이 옳으면 옳은 것이었다. 그래야 했다. 누가 옳고 그른 것이 중요한 것이 아니라 어른들 말에 토를 다는 자체가 인성에 문제가 심각하다고 걸고넘어졌기 때문이다. 이제는 세상이 많이 달라졌다. 일제 치하에서 해방이 되어 이제 살만한가 했는데 동족끼리 서로 죽이고 죽이는 잔인하고도 무섭고 혹독한 전쟁을 겪었다. 그리고 이제 새로운 시대가 왔다. 언제 안정이 되는지는 몰라도 요즘은 눈만 뜨면 세상이 달라지고 있다는 것을 느낄 수 있었다. 아니 뭔가 바뀌고 있는 것이 확실했다.

캄캄한 밤하늘엔 어제처럼 변함없이 휘영청 달이 떴다. 보름달이었다. 그 보름달 아래 코앞 어선 정박지에는 짧은 밤을 보내기 위해 정박한 작은 어선들이 찰랑이는 물살에 몸을 내맡기며 자그락 자그락 간지럼을 타고 있었다. 한 번은 저쪽으로 밀려가다가 한 번은 이쪽에 밀려오면서 서로 껴안는 것이 사뭇 정다워 보였다. 같은 동작을 질리지도 않고 반복하는 미워할 수 없는 결박이었다. 고 씨는 매번 같은 풍경을 보는데도 날마다 처음 보는 것처럼 새로웠다. 그것이 좋았다. 오늘은 조금 더 짜그락거리긴 했으나 무사히 넘어갔다. 세상 살다 보면 이런 일 저런 일 예상치 못한 일이 있기 마련이다. 술집을 하다 보면 아슬하니 외줄 타는 심정일 때가 없지 않았으나 잘 헤쳐 나가면 별다른 문제 없었다. 오늘만이 아니라 내일도 또 그다음 날도 만날 수밖에 없는 이 동네 사람들 아닌가. 어둠 속의 작은 배들도 꽤 거친 풍랑을 밀어냈다가 껴안았다가 어깨를 견주며 위로 불쑥 솟아오를 때 충돌할 듯 충돌하지 않는 것은 필시 저 배도 뭘 알아서일 것이라고 고 씨는 생각했다.

적산가옥 2층

37.

하모니카 부는 청년은 골목 동네의 적산가옥 2층에 세 들어 살았다. 집주인은 큰길 건너 있는 경찰서에서 근무하는 경찰관이라는 소문이 있었다. 집주인은 가끔 집세를 받으러 이 집에 들를 뿐 얼굴을 비치는 일이 거의 없었다. 동네 사람 중에서도 하모니카 부는 청년의 이름을 아는 이가 아무도 없었다. 얼굴을 직접적으로 본 이도 별로 없었고 단지 건너 동네에 있는 선박수리소에서 수리 기술자로 일을 한다는 것만 알았다.

그는 동네에서 누구와 마주치면 가볍게 머리를 숙여 꼬박 인사를 하곤 하였는데 조용한, 단정한 인상이 좋았다. 누구와 말을 주고받는 것을 본 적은 없었으나 거친 선박수리소의 일은 할 것 같지 않은 하얀 얼굴에다 키가 크고 잘생긴 외모를 가졌다. 하모니카 부는 청년이라는 이름을 붙인 것도 이름을 모르는 탓이었다. 가끔 이른 저녁에 적산가옥 이 층 난간에서 하모니카 불고 기타를 치는 사람을 누군가 보았는지 그때 그이가 이 젊은 남자라고 했다. 어떻게 해서 이 동네에 흘러들어왔는지도 모를뿐더러 이름은 물론 신상에 대한 정보도 전혀 없었으니 편의상 하모니카 맨 또는 기타맨으로 부를 뿐이었다. 주로 이층집 총각이라든가, 이층집 청년이라는 호칭으로도 불렀는데 손쉽게 하모니카 맨 또는 기타 맨이라고도 불렀다. 그것도 별이 총총한 어느 저녁에 하모니카와 기타 소리를 듣고자 겸겸 바람 쐬러 나온 사람들이 붙여준 이름이었다.

이층집 적산가옥은 이층에다 방 네 칸이나 되는 제법 큰 규모인데 기타 치는 총각 한 사람에게만 세를 놓았으므로 빈집처럼 늘 조용했다. 아침 일찍 일하러 나갔다가 저녁 무렵 퇴근하곤 했으니 동네 사람과 마주칠 일이 거의 없었다. 아주 가끔 골목에서 그 청년과 마주칠 때면 낯선 총각인가 하다가도 적산가옥으로 들어가는 것을 보고는 '아, 하모니카 맨, 기타 맨, 또는 그 총각…' 이렇게 특별한 관심을 보이기도 했다. 그러나 평소 인적이 거의 없는 적산가옥의 존재를 눈앞에 두고 종종 빈집처럼 여겼다. 저녁에 불이 켜지면 사람이 있다는 것을 알았고 불이 꺼져 있는 날이 많을 땐 예전처럼 빈집이 되었다.

　적산가옥은 오래 비어 있었다. 해방되고 일본 사람이 떠난 후 여러 사람이 들고 났지만 비어 있을 때가 더 많았다. 장마나 태풍이 불 때는 관리를 제대로 하지 않아 이따금 창문 유리가 깨지고 화단의 나무가 꺾이며 나무 울타리가 부서지기도 했다. 그럴 때면 근처에 사는 사람들은 혹시라도 피해가 올까 자기 집은 물론 옆집 걱정까지 해야 했다. 언제부터인가 집주인이 길 건너 경찰서에 근무하는 경찰관이라는 소문이 있을 뿐 정확한 정보에 대해서는 알지 못했다. 어떤 연유로 오래 빈집으로 있었는지 어떤 경로로 하필 경찰의 손에 넘어간 것인지에 대해서 아무도 아는 사람이 없었다. 다만, 해방 후, 이 동네뿐 아니라 주변 일대 적산가옥에 살았던 일본인들이 본국으로 돌아가면서 빈집이 된 적산가옥을 누군가 재빠르게 가로채 자신의 명의로 바꾸었을 것이라고 짐작할 뿐이었다. 그들이 누구인지는 잘 알 수 없었으나 대개 국가 혼란기에 이재에 빠른 사람이거나 권력층에 있는 사람이거나 공무원들일 것이라는 추측이 난무하였다.

　어느 날 기타 맨이 더는 보이지 않았을 때야 동네 사람들은 비로소 그 존재에 대해서 궁금해했다. 별다른 교류가 없었으나 그의 존재는 컸다. 언제부터 이 동네에서 살았는지 언제 이 골목 동네를 떠났는지 잘 알지 못했다. 어느 날, 그의 하모니카 소리와 기타 소리가 오래 들리지 않으면서 이 동네를 떠났다는 결론을 내렸고 그제야 비로소 빈자리를 느꼈으며 아쉬워했을 뿐이었다. 유난히 더웠던 그해 7월의 엄청난 무더위에 동네 사람들이 쉬이 잠들지 못하고 허덕일 때 청년은 하모니카와 기타로 골목 안을 청량하게 만들어 주었다는 것과 그 어떤 말로도 설명할 수 없는 크기와 무게를 가진 낭만을 느끼게 해주었던 그해 가장 놀라운 사건으로 기억되었다. 처음엔 별다른 관심이 없었던 사람들도 이것은 알았다. 예사로 여긴 하모니카를 다시 가까이하게 되었고, 이즈음 유행하고 있었던 기타와도 가까워졌다는 것 그리고 오래 빈집이어서 경계하고 무서워했던 적산가옥의 존재에 대한 경계를 늦추었던 것도 그랬다.

　여름이 되면서 이 집 저 집의 하수구가 막혀 큰 공사가 시작되었다. 철마다 구청에서 주도했는데 여름 장마철을 대비해 해마다 집집의 물이 역류하는 것을 막기로 한 것이었다. 골목의 부분을 파헤쳐 묻어놓은 큰 배관을 열어 쓰레기와 오물로 막힌 곳을 뚫고 주변에 작은 돌을 고르는 작업을 했다. 또한 낡고 깨진 것은 들어내고 새것으로 교체했다. 집집에 연결된 배수관도 새것으로 교체하였다. 기왕 수리하는 김에 골목 안 흙길을 모두 시멘트로 덮는 작업도 병행했다. 비만 오면 질퍽거리는 흙탕물에 검정 고무신은 그런대로 견딜 만했으나 콤비 같은 운동화는 배길 재간이 없었다. 며칠 애쓴 덕에 골목 바닥이 시멘트로 바뀐 후 동네가 한결 정돈되고 깨끗해졌다.

목수 장 씨의 손을 빌려 창문과 현관문을 새로 수리하는 집들도 생겼다. 늦었지만 담벼락을 보수하는 집도 있었고 사는 형편이 조금씩 나아진 집에서는 겉모양새에 신경을 쓰거나 내부도 조금씩 손을 보았다. 1959년 태풍 사라가 왔을 때는 처음으로 근처 바닷물이 넘쳤고 이 동네의 지붕 절반 이상이 날아갔었다. 이후 태풍 경보가 내려질 때마다 그때를 떠올리며 단단히 대비해야 했다. 대부분의 태풍은 남태평양 부근에서 시작되어 대만과 오키나와 그리고 제주도를 지나 동해를 경유했다. 일부는 한국으로 일부는 일본으로 빠져나갔으나 부산 등 남해안을 마구 할퀴면서 소멸의 과정을 밟는 특징이 반복되었다. 특히 영도는 태풍이 지나는 길목이었으므로 늘 아슬아슬했다. 다행스럽게도 크고 작은 선박들은 주변 피항지로 피신할 수 있어 간신히 큰 파손을 면할 수 있었다.

한편으로 이사를 준비하는 집도 있었다. 좀 더 나은 일자리와 조금 더 넓은 집으로 이동하는 사람들이었다. 이 해 들어 이 동네에서 벌써 네 집이나 이사를 나갔다. 각각 어디로 가는지는 대강 짐작만 할 뿐 자세히는 알 수 없었다. 어떤 집은 고향으로 간다고 했고 또 어떤 집은 서울로 간다고 했다. 또 어떤 이는 인천으로 간다고도 했다. 대부분 친척의 연줄로 가는 것이라는 소문만 돌았다. 여기보다 돈벌이가 더 좋다는 것만은 확실했다. 그들이 떠난 빈자리엔 곧 다른 지방에서 일자리를 구하려는 사람들로 채웠다. 주로 적극적으로 돈도 벌고 미래 아이들 교육을 위해 열성적인 외지 사람들이었다.

이 동네 부근에서 한때 중국집을 운영한 아버지와 스무서너 살 된 딸은 특히 음식 솜씨가 좋았다. 골목의 반대편 입구에서 큰길로 나가는 초입에 살고 있었고 사람들과 교분이 좋았다. 육이오 전쟁 때 서울에서 피란을 왔는데 중국인이 모여 살던 곳으로 가지 못한 것을 동네 사람들이 더 안타까워했다. 하지만 피란길에 헤어진 어머니를 만나면 대만으로 갈 것이라고도 했다. 향자라는 이름의 중국인 처녀는 얼굴이 아주 예뻤고 싹싹했다. 골목 동네의 누구를 만나도 인사를 잘하였고 늘 입가에 웃음이 떠나지 않았다. 친절했으며 가끔 아이들을 둘러앉혀 쉬운 중국 노래를 가르쳐 주기도 했다. 아이들에게 인기가 많은 이유는 이국적인 노래가 큰 역할을 했으나 사실은 딴 곳에 있었다. 탕수육이나 튀김만두, 자장면, 짬뽕 같은 중국 음식을 직접 만들어 먹게 해준 덕분이었다. 집에서 만든 튀김만두나 탕수육을 가져와 동네 사람들이 모여 앉은 평상에 내놨을 때 아이들뿐만 아니라 아지매들의 눈은 왕방울만 해졌다. 중국 음식이야 큰 길가와 시장통에 있는 중국 음식점에서 언제든 사 먹을 수 있지만 가까운 이웃이 손수 만들어준 것보다는 못하다는 것을 알게 되면서 기회가 되면 향자의 중국 음식을 먹고 싶어 했다. 특히 중국 노래 '모리화'나 '아리산처녀'를 부를 땐 아이들은 입을 다물지 못했다. 향자의 고음 처리에 넋을 잃고 '또, 또!' 하고 재창을 신청하기 일쑤였다. 간단한 '니 하오마?', '쩐더 부시', '니 아이 워', '워시 중궈렌. 니느?', '쩌거 듀오사오 치엔?' 등등의 간단한 중국어를 가르쳐주기도 했다. 아이들은 골목에서나 큰길에서 향자 언니, 누나를 만나면 '니 하오?' '니 아이 워' 등의 말을 던지며 인사하며 각별한 척 유난을 떨기도 했다. 뭔가 든든한 '빽'이 있는 것처럼 굴었다.

그러나 어느 날 중국인 부녀가 보이지 않았다. 누군가 집으로 가 보았으나 문이 굳게 잠겨 있었다. 한동안 골목 안을 환히 밝혀주었던 중국 노래가 들리지 않으면서 '니 하오!', '니 하오마?', '니 아이 워' 등의 중국말도 사라졌다. 한참 친했던 터라 중국인 부녀에 대한 궁금증은 오래 갔다. 이따금 동네 아지매들에게 뭔지 모를 아쉬움이 남아 누가 먼저랄 것도 없이 향자 이야기를 꺼내기도 했다. 어느 날, 누군가 중국인 청년을 만나 결혼을 한 후 대만으로 갔다는 소식을 전했으나 알 수 없었다. 그냥 이 동네에서 이웃으로 계속 살았으면 좋겠다고 누군가 중국인 부녀를 붙들기도 했다고도 했다. 그럴 때마다 중국인 처녀는 웃으며 짧은 한국어로 '고맙습니다.'라고만 대답했다는 것이었다. 언제쯤 대만 가느냐, 가면 꼭 미리 알려주면 송별회 자리라도 만들거라고 벼르던 아지매도 있었다. 이 부근에 중국인들이 더러 살았으나 정이 든 중국인 부녀가 보이지 않는다고 전해왔을 때만 해도 동네 사람들은 그럴 리가 있나 갸우뚱했다. 그러나 일주일 이 주일이 지나도 중국인 부녀에 대한 소식은 들려오지 않았다. 그 어떤 소문도 없었다. 어느 날 이 동네 아지매들은 긍정적으로 결론을 내렸다. 아마 피란 때 헤어진 어머니를 만나 대만으로 갔든지 아니면 중국인 처녀가 결혼을 위해 떠났을 거라고. 동네 사람들은 그래도 타국에서 사는 것보다 자기네 나라로 돌아가서 사는 것이 더 행복할 것이라고도 결론지었다.

요 몇 년 사이 미국 대통령 존 에프 케네디 대통령이 암살당한 사건과 미국의 구호물자 공급에도 여전한 관심을 보였다. 근래 들어 원양어선 등 이런저런 배 사고 소식이 유난히 많았던 것과 세상이 급하게 변하고 있다는 소식도 심심하면 들려왔다. 한국의 경제 발전을 돕고

구호물자를 적극적으로 보내주는 미국이 주도하는 정치와 경제 정책의 영향이 한국을 잘 살게 해줄 거라는 희망과 새로운 시대를 여는 변화의 바람이 이 골목 동네에도 불어왔다. 어떤 소식은 밝았고 또 어떤 소식은 불안했으며 또 어떤 소식은 슬펐다. 새로운 소식도 그랬다. 새롭다는 것은 내용을 뜯어보면 별것 아니었다. 포장만 바꿔 단 그저 그런 것이었다. 길을 넓히고 여기저기 새 건물이 들어서고 전차가 사라지고 대신 버스가 배차되는 등의 급격한 변화가 이 오래된 골목 동네를 야금야금 갉아 먹고 있다는 것을 짐작할 뿐이었다.

38.

그해 봄부터 퍼진 유행성 소아 신장염이 이 동네에도 전염되었다. 두어 달 사이 다섯 명의 아이가 걸렸다가 세 명이 죽고 두 명은 극적으로 살아남았다. 약이 제대로 없었던 탓도 있었지만 일단 감염되면 미처 손쓸 수 없는 고열로 이어지면서 한순간 생사가 오락가락하였다. 해열하는 방법은 따로 없었다. 약은 그다지 쓸모가 없었으므로 찬물에 수건을 적셔 조금이라도 내려볼 뿐이었다. 두 눈을 뻔히 뜨고도 속수무책이었다. 아이들은 보건소에서 결핵이나 천연두 같은 예방 주사를 맞긴 해도 어른은 열악한 주변 환경에 의해 결핵에 걸리는 경우가 꽤 많았다. 이 동네 어른들 몇도 결핵에 걸려 죽는 이가 생겼고 어디론가 요양을 떠나는 이들도 생겼다. 그러나 더 억울한 일은 식구 많은 집의 한 가장이 인근 의원에서 결핵치료제 주사 한 방에 주사 쇼크를 일으켜

사망한 사건이었다. 신문에는 짤막한 기사로 보도되었을 뿐이었다. 순전히 환자가 가진 특이체질 탓이었고 의사는 책임이 없다는 것만 강조되었다. 왜 그런 결론이 났는지는 사람들은 이해할 수 없었다. 환자 가족과 친지들은 의료사고를 두고 스토렙토마이신이라는 익숙하지 않은 약물에 대한 반응과 체질 체크를 사전에 하지 않은 의사의 과실이라고 주장했으나 병원 측에선 받아들이지 않았다. 어떤 연유로 특이체질을 가진 환자의 과실로 몰아갔는지는 알 수 없었으나 의사가 맞다면 맞는 것이었다. 한동안 결핵이 전염병이라는 말이 퍼지면서 보건소에서는 기침이 좀체 멎지 않거나 가래가 끓거나 몸에 조금이라도 이상이 있으면 곧 보건소에 신고하라는 안내문을 나누어준 이후부터 이 집 저 집에서 차린 밥상에 예사로 둘러앉아 숟가락으로 밥과 국을 나눠 먹는 일이 줄었다. 빈발하는 도둑 방지에 문단속도 강화되었고 무엇보다 새롭고 확실한 일거리를 찾는 사회 분위기가 이곳 골목에도 쏟아져 들어오면서 서독 광부 파견에 지원하여 떠나는 사람도 있었다. 성사만 된다면 확실히 목돈을 쥐는 방법이라는 소문이 파다했기 때문이었다.

양삼석네가 다른 곳으로 이사한 이유 역시 아들들 때문이었다. 골목 동네에서 전사한 월남전 파병 병사 중 한 명이 양삼석의 큰아들이었다는 것을 사람들은 곧 알았다. 쉬쉬했지만 소문은 순식간에 퍼졌다. 파병형식은 지원과 차출 형식이었다. 파병되기 전 휴가를 와서 전쟁터에 가기 싫다며 아버지 앞에서 울던 아들이었다. 전쟁터에서 살아 돌아오기만 하라고 삼석은 아들을 껴안고 울음을 참으며 신신당부했다. 삼석의 아내도 아들을 껴안고 울고불고 울음바다를 만들었다. 당장 죽으러 떠나는 상황처럼 난리가 났다. 그러나 어쩔 수 없는 일이었다. 몇

날을 가족과 함께 시간을 보낸 후 반드시 살아 돌아오겠다고 거수경
례를 한 씩씩한 큰아들은 귀대했다. 그러나 서너 달 후 전사 통지서가
날아든 것이었다. 월남전에서 받은 월급을 꼬박꼬박 모아서 나중에 큰
아들의 대학교 등록금을 만들어 줄 요량이었지만 다 헛된 것이 되고
말았다. 큰아들이 편지로 동생에게 일제 스즈키 오토바이를 꼭 사주기
를 당부해 오토바이를 사준 지 일주일도 안 되었던 때였다. 귀국하면
함께 오토바이를 타고 신나게 달리자고 편지에 적었던 것을 읽고 작은
아들이 엉엉 땅을 치고 울었다. 그러나 몇 달 지나지 않아 작은아들이
스즈키 오토바이를 타다가 큰 사고를 당해 작은 아들마저 세상을 떠
나면서 온 동네가 난리가 났다. 어떻게 한 집에서 이런 비극이 연속으
로 일어날 수 있는 것인지 감당할 수 없어 했다. 골목 안쪽 끝 시장에
서 옷감 가게를 하는 집의 작은 아들도 그 무렵 월남전에 차출당했고
얼마 가지 않아서 전사 통지서를 받은 것도 그랬다.

　어느 해 크리스마스이브를 앞두고 권순갑의 큰딸 금복이가 기타맨
과 눈이 맞아 야반도주했다는 소문이 돌면서 골목 동네가 발칵 뒤집
혔다. 그것이 사실인지 아닌지는 알 수 없지만 비슷한 시기에 두 사람
이 갑자기 보이지 않으면서 흉흉한 소문으로 떠돌았다. 업둥이도 사
실은 금복이의 딸이라는 말과 함께였다. 업둥이로 들어온 아기를 딸
로 호적에 올렸으며 딸 둘을 위해서 좋은 아버지로 살아가고 있는 순
갑으로서는 참 억울한 일이었다. 그러나 이런저런 일로 금복이가 집을
떠나있는 것만은 사실이었다. 순갑이 딸이 기타맨과 야반도주했다는
사실과 업둥이 문제는 절대 아니라고 펄펄 뛰며 부인했으나 시간이 지
나면서 소문도 가라앉았다.

추석이 지나고 새로 이사 온 어느 집 마당에서 큰 굿판이 벌어졌다. 온 동네 사람들이 나무 울타리를 둘러친 담장 너머에서 구경하러 몰려 들었다. 한쪽에선 큰 대나무를 흔들고 또 한쪽에서는 꽹과리를 치고 장구를 쳐댔다. 그때 눈이 뒤집혀 흰자위만 내어놓은 무녀가 커다란 작두에 올라탄 모습을 본 동네 사람들은 무서워하면서도 구경을 놓칠세라 눈도 깜빡하지 않았다. 어떤 아이들은 어른들 틈에서 작두를 타는 모습을 보고 기겁하며 도망갔다가 호기심에 못 이겨 다시 돌아와 구경하기도 했다. 오전 내내 요란한 굿판에 떠나갈 듯 시끄럽다가 드디어 굿이 끝난 다음 상에 올려졌던 시루떡을 나눠 먹었는데 어떤 이는 귀신이 들었다고 무서워서 먹지 않았고 또 어떤 이는 세상에 귀신이 어디 있느냐고 덥석 받아먹는 이도 있었다. 그러나 안 먹는 사람이 더 많았다. 굿을 본 사람들은 그랬다. 보기 전과 보고 난 다음은 생각이 달라지는 것이었다. 작두를 타는 점쟁이의 눈을 본 사람은 그건 사람의 눈이 아니라고 말했다. 흰자위만 남기고 눈이 위로 뒤집힌 것이었는데 옆에서 누군가 저건 아무나 하는 것이라고, 사기라고 넌지시 일러주는 사람도 있었다. 큰돈을 받아 챙기려고 일부러 그러는 것이라고 했다. 굿을 벌인 이 집의 남편은 원양어선의 선장이었는데 얼마 전에 새로 이사 온 사람이었다. 원양어선을 타고 떠난 지가 열흘이 되었는데 아무래도 걱정이 되어서 용왕님이 보살펴 주어야 할 것 같다고 큰돈을 들여 굿을 한 것이었다. 그러나 굿을 한 보람도 없이 이 집의 가장이 탄 원양어선은 태풍을 만나 실종되었다. 선원들 몇과 배의 흔적만 찾았을 뿐 실종된 선장과 갑판장과 기관장 그리고 남은 선원들의 시신조차 끝내 찾지 못했다. 원양어선의 대형 사고는 잊어버릴 만하면 일어나는 것이라 어느 집 대문 앞에 대나무만 서 있어도 사람들은 두려워하며 무서움을 느끼곤 했다.

　유난히 칼바람이 많았던 그해 12월을 앞두고 뜻밖의 사고 소식에 사람들은 몸을 떨었다. 골목의 구부러진 안쪽 끝 집의 '야매' 치과 집 첫째 방에 세 들어 사는 경호 엄마가 깡깡이 일을 하다가 배에서 추락해 바다에 빠져 사망한 사고가 났다. 작업한 배는 중간 크기의 화물선이었다. 여느 때처럼 안전하게 도크에 올려놓고 줄을 단단히 고박한 후에 작업을 하였음에도 큰 사고가 난 것이었다. 깡깡이 작업은 배의 난간에 줄을 매달아 몸을 안전하게 단단히 묶은 후 작은 나무를 깔고 앉아 배의 바깥 부분에 난 시뻘건 녹을 쇠망치로 섬세하게 두들겨서 떼어내는 작업이었으나 이런 일은 처음인 경호 엄마는 직접 눈으로 살펴본 후 별문제가 없다는 듯 '일이 뭐 별거 있어예. 배우면 되지예.' 했다. 경험이 있는 아지매들은 깡깡이 녹 제거 작업이 얼마나 위험한 작업인지 잘 알고 있었다. 여차 실수하면 그대로 바다에 곤두박질칠 수 있다며 각별히 조심해야 한다고 신신당부했을 때 경호 엄마도 걱정하지 말라고 고개를 가로저었다. 지원자가 너무 많은 탓에 대기가 길었고 위험한 일인 만큼 돈을 많이 수었기에 뒷돈을 써가면서 사람들이 몰려들었다. 경호 엄마도 뒷돈을 쓰고 작업을 한 것이었는데 사흘째 되는 날 하필 작업줄이 흔들리면서 서로 엉켰고 끝내 바다로 떨어지는 사고가 난 것이었다. 사람들이 여기저기 소리를 질렀고 헤엄을 칠 줄 아는 남자 여럿이 얼른 바다에 뛰어들었으나 저녁 무렵이라 어두웠던 것이 문제였다. 경호 엄마가 배 아래로 빨려 들어가면서 찾는 것에 오랜 시간을 허비한 것도 그랬다. 막상 찾았을 때는 이미 숨을 거둔 뒤였다. 해가 짧아서 어두워진 탓이라고 누군가가 아쉬워했지만 이미 상황은 종료되었다.

그해 겨울은 하루도 쉬지 않고 거센 바닷바람이 우웅우웅 덫에 갇힌 짐승의 울음을 울었다. 집집의 지붕 처마에서 고드름이 뚝뚝 떨어져 다치지 않게 조심해서 걸어야 했다. 유난히 길었던 한 해가 저물고 새해가 되면서 모처럼 꽁치가 대풍을 만나 이곳 정박지엔 고깃배들이 엄청났다. 요 몇 년간 풍년이 든 꽁치의 많은 양은 주로 이곳 동네에서 해결했다. 강추위를 뚫고 입항한 만선의 고깃배는 작업하기 좋은 정박지에 그물을 내려야 했다. 고기 반 그물 반인 그물을 풀고 또 풀었다. 겨울 바닷가 바람은 모진 칼바람이었다. 그 위세는 대단했다. 영하 6, 7도만 되어도 체감온도는 영하 15도가 훨씬 넘었다. 선원들의 일손으로는 턱도 없었다. 그물에서 고기를 빼내는 일거리가 쏟아졌다는 소식을 전해 들은 골목 동네와 이웃 동네 사람들은 만사를 제치고 일당을 쏠쏠하게 받는 이 일을 반겼다. 일을 할 수 있는 아이들도 용돈을 제법 챙겼다. 배에 익숙한 아이들은 거침없이 '아저씨요, 나는요. 땅바닥에 떨어진 고기를 통에 주워 담을 수 있어예.' 했다. 손 하나라도 모자라는 판국에 아이들의 제안은 뱃사람들에게 잘 먹혔다. 뿐만 아니었다. 뱃사람들 감시를 피해서 작은 물통이나 빈 분유 깡통을 들고 와서 땅에 떨어진 꽁치를 뒤로 빼돌리기도 했다. 고기를 던져주며 일부러 오늘 저녁 반찬을 하라고 선심을 쓰는 선원도 있었지만 애써 잡은 고기를 뒤로 빼돌릴 것을 염려해 선원들 눈에 힘이 잔뜩 들어가 있었다.

에필로그

39.

정임은 그때의 골목 동네를 함께 걷던 다섯 아이와 함께 보았다. 골목 안에서 해가 뜨고 골목 안에서 해가 지는 그 수 많은 날을. 구석구석 여기저기 오래 숨어 있던 대롱 같은 풀꽃 씨앗들이 이 집 저 집 지붕을 뚫고 나와 하늘로 날아오르는 것을. 제 몸을 폈다가 접었다가 다시 공중으로 뿔뿔이 흩어지는 수많은 풀꽃 씨앗을 보았다. 그때의 옛집 담장 아래 장독대와 붉은 칸나가 아직도 그대로였던 것은 예상하지 못한 조우였다. 여전히 그 골목은 이송도 바다로 곧장 이어져 있었다. 오래전 그때의 시간에 갇힌 어린 정임이었다. 정임은 잠시 걸음을 멈추었다 다시 걸었고 어른 정임도 곧 그 뒤를 따랐다. 이제라도 그때 그 길을 걸어야만 했다. 곧 몇 개의 작은 신작로를 통과하면 가파른 오르막길이 나타날 것이었다. 그 길은 하늘을 향해 구불구불 위로 길게 길게 이어질 것이었다. 곧 이송도 가파른 길의 모난 골목을 돌고 돌아서 계단을 오르면 성냥개비 집처럼 절벽 가까이 아슬하게 버티고 있는 가파른 주택과 그 골목길을 만날 터였다. 바다 끝부분까지 집이 빼곡하게 들어차 있었으니 길을 잃을 염려는 없을 것이다. 바다와 집 사이 작은 골목이 용트림할 때마다 구석에 숨어 있던 작은 집과 바위 아래에 반쯤 몸을 묻은 집, 집과 집이 서로 기댄 단칸방을 지나면 새로운 길을 자꾸 내놓았던 것도 정임은 잊지 않았다. 끝내 바다에 막혀 길이 끊어진 곳도 그대로일 것이다. 낭떠러지로 깎여나간 그곳은 길이 아닌 막다른 절벽이었다. 울퉁불퉁한 바위에 가려 위험한 줄 알면서도 겁을 몰랐던 다섯 아이가 더 겁 없는 고양이처럼 위로 살금살금 기어오르던

곳, 남쪽의 넓고 푸른 바다가 한눈에 펼쳐진 가장 높은 곳까지 오를
수 있을 것이다. 그곳은 그랬다. 가장 먼저 오른 아이가 다음 오를 아
이의 손을 잡아주는 방식으로 한 명씩 용감함을 뽐내며 집과 바다 사
이와 바위 사이에 펼쳐진 바다를 향해 자기의 소망을 목청 높이 소리
쳐 보는 것이 목표였던 바로 그곳이었다.

"정임아, 니도 진짜로 홍규를 못 본 거 맞제?"

동주 오빠가 물었을 때도 망설이지 않고 고개를 끄덕였다. 그리고
몇 번 더 끄덕였다. 동주 오빠가 다시 아이들을 둘러보며 마지막으로
확인했다.

"여기 아무도 홍규를 정말로 본 사람이 없제?"
"그렇기는 한데…"
"집에 먼저 갔다 안 캤나?"
"그래…집에 갔을 끼다."

아이들이 돌아왔다는 말을 전해 들은 홍규 엄마가 저녁밥을 준비하
다가 얼른 달려와서는 눈을 동그랗게 뜨고

"우리 홍규는 왜 안 보이노?"

했을 때 동주는 대답 대신 아이들을 돌아보았다.

“홍규는예, 아까…아까 먼저 갔는데예?”

라고 동주와 눈이 마주친 상국이가 씩씩하게 대답했다.

“야들이…같이 갔으면 같이 돌아와야지, 와… 너거들끼리만 왔노?”

홍규가 먼저 집에 갔을 거라고 말한 이는 상국이었으나 홍규가 집에 오지 않았다는 것을 확인한 후 홍규 엄마 앞에서 우물쭈물했다. 그리고 곧 한참 안 보여서 그냥 혼자 먼저 갔을 거라고 생각했다며 더듬거렸다.
뭔가 심상치 않은 것을 알아챈 홍규 엄마가 갑자기 소리쳤다.

“너거들! 정말 이럴 끼가? 와, 와 같이 안 왔노? 우리 홍규 어디 있노? 어디 있노 말이다!”

해가 져도 홍규가 돌아오지 않았다. 홍규 엄마가 파출소에 실종 신고를 해놓고 홍규 아빠와 홍규 누나와 홍규 형까지 나시 빚 번을 나갔다가 돌아왔다가 반복했다. 동네 사람들이 홍규네 집에 모여서 그래도 별일 없을 거라고, 어디 놀다가 조금 늦게 들어올 거라고 위로하고 안심시켰으나 시간은 벌써 밤 아홉 시가 넘어가고 있었다. 그때였다. 파출소에서 순경이 홍규네로 찾아왔다. 곧 부모를 파출소로 데려갔고 홍규 형이 그 뒤를 따라갔다가 얼마 후, 골목에 들어서면서부터 엉엉 소리치며 울었다. 깜짝 놀란 동네 사람들이 밖으로 다시 쏟아져나왔다. 누가 먼저 말하는 것도 조심스러웠다. 서로 눈치를 보며 누군가 먼저 말을 꺼내자 기다렸다는 듯이 여기저기서 말을 받았다.

"이걸 우짜노! 어떡하면 좋노 말이다!"

어른들 사이에서 대강 이런저런 말이 오고 갈 동안 함께 갔던 아이들은 집에서 꼼짝하지 못했다. 불안에 떨며 긴 하루를 견뎌야 했다. 다음날 날이 밝자 경찰이 네 아이를 불러내었다.

"겁먹지 말고 잘 생각해 봐라. 너거들 처음부터 함께 다녔다 아이가. 이송도로 놀러 갔을 때는 분명히 함께 있었다고 했는데 돌아올 때는 홍규를 왜 아무도 못 봤노?"
"그기예…처음에는 쭉…같이 있었는데예…근데…갑자기 안 보이더라고예."
"높은 계단 오를 때까지 같이 있었거든예. 근데 조금 뒤에 돌아보니 안 보이데예."
"지는 예. 오빠가… 집에… 먼저… 갔을 끼라고… 생각했어예."

정임이 더듬거리며 고개를 푹 숙였다. 내리막 가파른 길 끝에 매달린 홍규가 살려달라고 애원했으나 손을 내밀지 못했다고 차마 말할 수 없었다. 보지 못했다고, 거짓말했다고 말할 수도 없었다. 경찰이 함께 어디를 갔는지 아이들을 하나하나 불러다 재차 확인할 때도 모두 다 비슷한 대답을 했다. 함께 올라갔지만 내려올 때는 못 보았다고 고개를 흔들며 몇 번이고 같은 대답을 할 때 정임은 고개를 푹 숙이며 작은 어깨를 마구 떨었을 뿐이었다.

아버지가 '니도 진짜로 못 본 기 맞제? 확실하제?' 하고 몇 번이고 물어보았을 때도, 곧 '잘 생각해 봐라. 홍규가 니하고 늘 함께 다녔다 아이가. 돌뿌리에 걸려 니가 엎어지면 얼른 일으켜 주고 손도 잡아주고 그랬다면서? 근데 내려갈 때 참말로 아무것도 본 기 없다는 기 맞나?' 했을 때도, 큰 눈을 동그랗게 뜨고 엄마가 또박또박 물어봐도 아무것도 본 것이 없다고 했다. 머리를 계속 흔들며 질문을 밀어냈다.

갑자기 전신에 소름이 돋았다. 온몸이 터질 것처럼 두려웠다. 정임은 갑자기 일어난 이 엄청난 사실을 어떻게 받아들여야 할지 알 수 없었다. 하지만 분명했다. 홍규를 보았다고 말하는 순간 이 사태가 자신의 책임으로 돌아올 것을 어린 마음이지만 짐작할 수 있었다.

"나는 정말 아무것도 못 봤어예…."
"나는… 진짜로 …아무것도 …본 기… 없다… 아이가…."

기어들어 가는 소리로 아버지 앞에서 엄마 앞에서 울먹이며 반복했을 때 아버지가 토닥이며 따뜻하게 안아주었을 때도 소리 죽여 같은 말을 몇 번이고 또 반복했을 뿐이었다.

40.

정말 그때의 아이들은 자신만의 심호흡을 위해 그 세계를 찾고 얻기 위해 이곳을 그토록 달려왔던 것인가. 정임은 갑자기 숨이 턱 막혔다. 걸음을 멈추고는 잠시 서 있어야 했다. 가슴 저 아래서부터 통증이 훅 치고 올라왔다. 멀리 바닷가를 따라 난 구불구불한 길은 멈출 생각이 없어 보였다. 쭉 이어져 곳곳이 철망에 가로막힌 듯 서야 했다. 아이들은 저만치 달려가고 있는데 벌써 정임은 숨이 찼다. 아이들은 도대체 어디를 향해 끝도 없이 달리는 것일까. 아이들은 뒤돌아보는 법 없이 햇빛이 쏟아지는 눈부신 길을 발뒤꿈치가 땅에 닿지도 않고 달렸다. 그때 누군가 그 길을 아까부터 혼자서 달리고 있었다. 홍규였다.

걸음을 멈춘 정임이 소리쳤다.

"홍규… 오빠!"

"홍규 오빠! 또 어디 가노? 거어는 길이 아이라니까. 거어는… 위험하다 아이가, 퍼뜩 이쪽으로 온나!"

소리치고 또 소리쳤다. 그러나 말이 입 밖으로 나가는 순간 귀에서는 더 멀어졌다. 정임은 목이 쉬어라, 외치고 외쳤다. 이번에는 꼭 불러 돌려세우고야 말 것이라고 목청을 높여 소리치고 소리쳤다.

다섯 아이가 걷는 길은 대부분 찻길이거나 일부는 바다로 난 경사지였다. 평지에 남은 길은 거의 보세창고나 철공소, 선박수리소나 조선소, 그리고 크고 작은 창고를 낀 야적장이 차지하고 있었다. 그리고 자투리 같은 대강 이어진 길은 대부분 골목으로 나 있었다. 일제강점기 때 일본으로 살길 찾아갔다가 그나마 자리 잡은 재산을 헐값에 처분하고 고국으로 귀환한 이들이거나 육이오 전쟁 이후, 전국 여러 각지의 피난민들이 여러 이유로 고향으로 돌아가지 않은 사람들이 태반이었다. 다닥다닥 붙은 집들 사이로 아이들 놀이처럼 구불구불한 골목들이 만들어졌으나 가슴 한쪽엔 막다른 희망을 품고 있었을 그 골목길이었다. 이 일대 사람이 살아내기 위해 그 어떤 위험도 감수할 수 있었던 분기탱천했던 곳이었다. 맨땅에서도 발버둥 쳤던, 비 온 뒤 흙바닥에 물고기 떼가 허우적거리다 위로 솟구쳐 분수 줄기처럼 흩어지기도 하는 잘못 든 길의 분지 같은 곳이기도 했다.

"홍규 오빠야. 미안하다아이가, 참말로 무서워서 손을 잡을 수가 없었다아이가. 오빠 손을 잡으면 같이 떨어질 것 같아서 손을 못 잡았다아이가. 그때 내가 너무너무 작았다아이가!"

정임은 울컥했다. 그리고 다음 순간 목이 메었다. 오래 참았던 날들이었다. 아득한 저 너머의 시간이었다. 하얀 거품을 입에 가득 물고 손톱을 세우며 사정없이 달려들었다. 엉엉 눈물이 쉴 새 없이 쏟아졌다. 지금까지 아무에게도 차마 하지 못했던 말이 마구 쏟아졌다. 파도가 우르르 몰려올 때마다 홍규 엄마도 울부짖었다. 시커먼 바위에 부서져 허옇게 눈이 뒤집힌 파도가 손톱을 바짝 세우고 정임을 향해 미친 듯

이 달려들었다.

"정임아, 니는 봤제? 우리 홍규 봤제? 거기에 있는 거 분명히 봤제? 니는 홍규하고 가장 친했다 아이가. 홍규 오빠야가 니 손 잡고 잘 다녔다 아이가?"

오랫동안 몸속을 누르고 또 꾹꾹 눌렀던 말이, 그 아래 납작 엎드려 숨죽이고 있던 말이 한꺼번에 봇물 터지듯 터져 나왔다. 아니 폭죽처럼 높이 솟았다가 곧 허공에서 산산이 부서졌다. 정임은 더 이상 감당할 수 없어 몸을 애벌레처럼 잔뜩 웅크려야 했다. 그 순간 저 멀리서 아니, 오래전부터 쉬지 않고 달려온 거대한 파도가 정임을 향해 함성을 토하며 와락 덮쳤다. 잠시 휘청이던 정임은 곧 무릎에 얼굴을 깊이 묻고 오래 참았던 눈물을 쏟고 또 쏟아냈다. 그때 울지 못했던 그 울음이었다.

정임은 길섶에서 꺾은 개망초와 고들빼기, 씀바귀와 애기똥풀을 바다에 힘껏 던졌다. 이 순간을 기다렸다는 듯 허연 거품을 가득 문 문 파도가 우르르 천둥소리를 내며 홍규가 매달렸다 떨어진 바위를 힘껏 때렸다. 아득한 저 너머에서 정말 오래오래 참고 달려온, 수십 년을 달려온 그 파도였다. 곧 파도는 붉고 허연 물체를 꿀꺽 삼키고는 아무 일도 없다는 듯 다시 힘껏 뒷걸음치며 순식간에 멀어졌다.

"니… 정말로… 우리 홍규 못 봤나?"

홍규 엄마가 얼굴이 허옇게 질린 채 물었을 때 겁에 질려 무서워서 고개만 가로저었던 작은 정임이 어깨를 출렁이며 멀리 더 멀리 수평선을 향해 힘껏 내달리고 있었다. 그 뒤를 따라 아이들이 두 손을 흔들며 신나게 달렸다.

"야, 같이 가자!"
"누구도 먼저 가기 없기!"
"여기만 오면 마, 가슴이 탁 트인다 아이가!"

다섯 아이는 입에 작은 두 손을 모은 채 저마다 소리쳤다. 그 위에 7월의 여름 햇살이 눈부시게 쏟아졌다. 정임은 바다를 향해 힘껏 사진을 던졌다. 곧 사진은 파도 위에서 사뿐사뿐 춤을 추다가 발을 삔 발레리나처럼 기우뚱거리며 잰걸음으로 달아나기 시작했다. 그 순간 저 먼 곳에서부터 끈질기게 달려온 파도가 사진을 한입에 꿀꺽 삼켜버리는 것이었다.
그때였다.

"정임아!"
누군가 정임을 불러세웠다.
"우리… 정말 오랜만이다. 나야, 홍규!, 홍규라고!"
"……?"
"나라니까! 홍규라니까?"
"홍규…오빠라고?"

정임은 제 귀를 의심했다. 도저히 눈앞의 현실을 받아들일 수가 없었다. 자신을 홍규라고 소개하는 키가 훌쩍 큰 낯선 남자를 경계했다. 아니, 경계해야 했다. 홍규 오빠라니. 말도 안 되는 일이었다. 있을 수 없는 일이었다. 그 순간 눈에 익은 모습이 와락 달려들었다.

"놀랐지? 이제야 너를 만나다니!"
"정말… 홍규… 오빠…야?"

정임은 여전히 경계를 풀지 않고 몇 번이고 묻고 또 물었다. 홍규는 짐작했다는 듯 빙긋 웃음을 띠고 그저 고개만 끄덕일 뿐이었다. 믿을 수 없었다. 믿을 수 없는 일이었다. 충격이라는 편이 옳았다. 수십 년이 지난 지금 눈앞의 현실을 믿어야 한다니 도저히 있을 수 없는 일이었다. 홍규는 자세를 고친 후 자신을 경계하는 정임을 잠시 기다려 주었다가 또박또박 말을 이어갔다.

"오래, 아주 오래… 기억을 잃고 살았어. 믿을 수 없을 테지만, 어느 날 기억을 조금씩 되찾기 시작하면서 제일 먼저 여기가 떠올랐던 거고. 그래서 날마다 여기를 찾아왔었던 거지. 정말 너를 다시 만나다니…지금 나도 믿을 수가 없어. 저기, 네가 사진을 던진 곳…, 우리가 달리고 달렸던 그 길…그곳에서 발을 헛디뎌 떨어진 후 아무도 나를 찾지 못한 거였어.… 이제는 다 설명할 수 있어."

홍규는 아까부터 정임을 보고 있었던 것이 분명했다. 여전히 경계를 풀지 못하고 있는 정임을 다독이며 천천히 말을 이어갔다. 자신이 떨어진 곳은 어부들이 폐그물을 잔뜩 쌓아놓은 곳이었다는 것과 경찰이 떨어진 홍규를 찾지 못한 것도 그 폐그물 때문이었음을 또박또박 설명했다. 꽤 여러 군데 샅샅이 수색했으나 성과가 없자 결국 파도에 홍규가 떠내려갔을 거라고 짐작하고는 상황을 마무리했다는 것이었다. 그러나 오후 늦게 배를 댄 어부들 몇이 폐그물을 손질하던 중 폐그물 더미에서 기절한 홍규를 발견했다는 것과 그 충격으로 아이가 자신이 어디 사는 누군지를 제대로 설명하지 못해서 경찰에 신고하는 대신 아들이 없는 어느 어부 집의 양아들로 살게 했다는 것이었다. 믿을 수 없는 일이었다, 그러나 믿어야 했다. 믿을 수밖에 없었다. 무엇보다 정임의 이름을 알고 있지 않은가. 분명 홍규 오빠였다. 정임은 어른이 된 홍규를 보고 또 보았다. 어른이 되었으나 여전히 그때의 모습이 남아 있었다. 하지만 그때의 어린 홍규를 기어이 찾아내어야 했다. 다시는 사라지지 않게 꼭 붙들어야 했다.

"정말 미안해. 홍규 오빠야! 그때 손을 잡지 못해서, 너무너무 무서웠거든…."

정임은 얼굴을 두 손으로 감싼 채 펑펑 울었다. 그러자 기다렸다는 듯 홍규가 정임을 토닥이며 그간 참았던 울음을 함께 울었다. 그때였다. 저 멀리서부터 파도가 우르르 쾅쾅 천둥소리를 내며 한달음에 달려오는 것이었다.